문학 속의
자득 철학
3

문학으로
철학하기

문학 속의
자득 철학

3

문학으로
철학하기

조동일

보고사
BOGOSA

머리말

　문학과 철학은 말을 이용해 생각을 창조하는 작업을 함께 한다. 원래 하나였다가 둘로 갈라졌다. 그 뒤에 철학은 문학을 배제해 독자적인 영역을 분명하게 하려고 한다. 문학은 배신을 원망하지 않고 자기 나름대로 철학을 키운다.

　철학은 추상적인 개념으로 명확한 논리를 전개하는 무척 힘든 작업에 몰두한다. 그 전례를 잘 알아야 한다면서, 철학 알기를 철학으로 여기도록 한다. 더 나아가고자 하면, 권위를 자랑하는 선생을 받들고 따르는 依樣 철학을 하게 되는 것이 예사이다. 그 어느 쪽도 창조력이 고갈된다.

　문학은 이와 다르다. 문학알기의 과정을 조금만 거치고, 문학하기로 바로 나아간다. 누구나 스스로 할 수 있는 문학창작에서 의양이 아닌 自得의 철학이 자라난다. 이것을 찾아내 키우면 철학이 달라진다. 힘든 작업이 쉬워지고, 고갈된 창조력이 되살아난다.

　이에 필요한 노력을 《문학 속의 자득 철학》 3부작을 써서 하나씩 한다. 세 과정은 광석의 발견·채굴·제련에 견줄 수 있다. 제1권 《문학에서 철학 읽기》는 발견이다. 제2권 《문학끼리 철학 논란》은 채굴이다. 제3권 《문학으로 철학하기》는 제련이다.

　발견을 잘하려면, 어디든지 돌아다니며 탐색의 범위를 아주 넓혀야 한다. 채굴 작업은 긴요한 곳들을 정확하게 확인하고 깊이 파고 들어가, 시행착오를 줄이고 노력의 낭비가 없게 해야 한다. 제련은 불필요한 것들은 제거하고, 순도를 최대한 높이는 결과를 얻어야 한다.

앞의 둘이 밀어주어 이 책 제3권《문학으로 철학하기》가 이루어진다. 이제 순도를 최대한 높이려고, 작업의 범위를 아주 줄인다. 문학으로 철학하기의 좋은 본보기를 한국의 역대 서정시에서 찾아 알차게 논의한다. 철학을 철학으로 전개하면 구속이 많고 진전이 더딘 결함이 있는 것을 알아차리고, 문학으로 철학하는 자유를 서정시 창작에서 얻고자 한 전례를 고찰한다.

문학 속의 자득 철학이 철학사의 범위를 넓히고, 기존의 철학에서는 가능하지 않은 창조 쇄신을 이룩한 성과를 찾아내 평가한다. 그 경과나 전례를 알자는 것이 아니고, 누구나 할 수 있는 작업을 더 잘하자고 한다. 나도 동참한 것을 알리고, 주저할 필요가 없다고 깨우쳐준다.

누구를 만날까 말한다. 철학을 할 만큼 한 분들은 제외한다. 문학으로 철학을 한 성과가 주목할 만한 탐구자만 찾아 고찰한다. 명단을 들면, 李奎報, 惠勤, 李穡, 元天錫, 李彦迪, 成運, 盧守愼, 宋翼弼, 鄭澈, 太能, 鄭蘊, 趙任道, 張維, 李敏求, 金萬英, 李溪, 金樂行, 魏伯珪, 成大中, 安玫英이다. 거기다 無名氏를 보탠다. 끝으로 내가 한 작업도 제시한다.

金時習, 許筠, 金萬重, 朴趾源 등의 다른 여러 분도 소중한 기여를 했으나, 함께 고찰하지 않는다. 문학으로 철학하는 길을 소설에서 찾은 것은 별도의 상론이 필요하기 때문이다. 이 책은 간명하게 두 가지 써서 두 가지 이득을 얻는다. 논지가 흐려지지 않고 선명하게 한다. 시빗거리를 줄여 앞으로 잘 나가게 한다.

이규보·혜근·이색은 고려후기 분들이다. 원천석은 고려와 조선에 걸쳐 살았다. 이언적·성운·노수신·송익필은 조선전기 인물이다. 태능·정온·조임도·장유·이민구·김만영·이익·위백규·성대중·안민영은 조선후기에 활동했다. 무명씨도 조선후기의 이름 없는 인물이다. 나는 오늘날 살고 있다. 오랜 기간에 걸쳐 문학 속의 자득 철학이 어떻게 이루어졌는지 고찰한다.

이규보와 이색은 시인으로 널리 널리 알려져 있다. 혜근과 태능은 승려여서 법명을 든다. 원천석은 세상을 등지고 은거했다. 이언적·성운·송익필·정온·조임도·장유·이민구·김만영·성대중은 철학을 철학으로 하다가 이루지 못한 뜻을 문학에서 풀려고 했다.

정철은 우리말 노래로 철학을 했다. 이익은 다방면의 학문을 했다. 위백규는 겉보기에는 예사 시골 선비이지만 상당한 수준의 각성을 얻었다. 성대중은 서얼 신분의 석학이다. 안민영은 중인 가객이며, 철학을 지닌 노래를 우리말로 지었다. 누군지 밝힐 수 없는 무명씨들도 우리말 노래 시조에다 철학을 남겼다.

이분들을 낯설게 여기지 말고, 가벼운 마음으로 다가가 만나자. 남긴 작품 속으로 주저하지 않고 들어가면, 어렵다고 여긴 선입견이 사라지고 깊은 이해가 바로 이루어진다. 내가 지금 하고 싶은 말을 오래전에 해놓았으니 가져가 더 보태라고 하리라. 고금의 힘을 합치면 대단한 창조가 이루어진다고 하리라.

전례가 소중하다고 하고 말면 잘못된다. 문학사의 저층을 찾아 철학사 이해를 쇄신한 연구를 했다는 것을 도달점으로 삼지 말아야 한다. 옛사람들뿐만 아니라 오늘날의 우리도, 자격을 묻지 말고 능력 탓도 하지 말고 문학으로 철학하기를 위해 분발해야 한다고 다짐해야 한다.

문학으로 철학하기를 특별한 선민이라야 한다고 여기는 차등론을 버려야 한다. 각자 자기의 창조주권을 발현하는 문학으로 철학을 하는 창조를 할 수 있고, 해야 한다. 내가 쓴 못난이 작품을 부끄럽게 여기지 않고 내놓아, 만인대등창작의 증거로 삼는다.

차례

문학 속의 자득 철학

문학으로 철학하기

이규보

1

李奎報(1169-1241)는 〈問造物〉이라는 글을 지어 문학으로 철학하기의 좋은 본보기를 보여주었다. 글 제목은 〈造物에게 묻는다〉는 뜻이다. "予厭蠅蚊之類 始發是題"라는 부제가 있는데, "나는 파리나 모기 따위를 싫어해 이 문제를 처음 낸다"는 말이다. 전문을 들고 번역한다.

予問造物者曰 夫天之生蒸人也 旣生之 隨而生五穀 故人得而食焉 隨而生桑麻 故人得而衣焉 則天若愛人而欲其生之也 何復隨之以含毒之物 大若熊虎豺貙 小若蚊蝱蚤蝨之類 害人斯甚 則天若憎人 而欲其死之也 其憎愛之靡常 何也

造物曰 子之所問 人與物之生 皆定於冥兆 發於自然 天不自知 造物亦不知也 夫蒸人之生 夫固自生而已 天不使之生也 五穀桑麻之產 夫固自產也 天不使之產也 況復分別利毒 措置於其間哉 唯有道者 利之來也 受焉而勿苟喜 毒之至也 當焉而勿苟憚 遇物如虛 故物亦莫之害也

予又問曰 元氣肇判 上爲天下爲地 人在其中 曰三才 三才一揆 天上亦有斯毒乎

造物曰 子旣言 有道者物莫之害也 天旣不若有道者而有是也哉

予曰 苟如是 得道 則 其得至三天玉境乎

造物曰 可

予曰 吾已判然釋疑矣 但不知 子言天不自知也 子亦不知也 且天
則無爲 宜其不自知也汝造物者 何得不知耶

曰 予以手造其物 汝見之乎 夫物自生自化耳 子何造哉 子何知哉
名子爲造物 吾又不知也

내가 조물에게 물어 말했다. "무릇 하늘이 많은 사람을 내놓았다.
이미 내놓고, 이어서 곡식을 내놓아 사람이 얻어서 먹는다. 이어서
명주나 베를 내놓아 사람이 얻어서 입는다. 하늘이 사람을 사랑해
살리려고 한다면, 어째서 다시 독이 있는 것들이 따르게 하는가?
크면 곰·범·표범·이리 같은 것들, 작으면 모기·등에·벼룩·이 따
위가 사람 해침이 심하다. 하늘이 사람을 미워해 죽이려는 것 같다.
미워하고 사랑함이 한결같지 않음이 어째서인가?"

조물이 말했다. "그대가 묻는, 사람과 만물의 태어남은 모두 아득
한 조짐에서 정해지고 자연에서 발현하므로 하늘이 스스로 알지 못
하고, 조물 또한 스스로 알지 못한다. 무릇 많은 사람이 태어남은
참으로 스스로 생겨날 따름이고, 하늘이 태어나게 하는 것은 아니
다. 오곡·명주·삼베가 생겨남도 참으로 스스로 생겨나고, 하늘이
생겨나게 하는 것은 아니다." 하물며 어찌 다시 이롭고 해로운 것을
분별해 그 사이에 가져다 놓겠는가? 도가 있는 사람은 오로지 이로
움이 와도 받아들이면서 각별하게 기뻐하지 않는다. 해로움이 와도
당하면서 각별하게 꺼리지 않는다. 物과 빈 것인 듯 만나므로, 物이
해를 끼칠 수 없다."

내가 다시 물어 말했다. "으뜸 기운이 처음 갈라져, 위의 것은
하늘이, 아래 것은 땅이 되고, 사람은 그 가운데 있어 세 바탕이라고
일컫는다. 세 바탕이 한 이치이니, 천상에도 이런 해로운 것들이
있는가?"

조물이 말했다. "내가 이미 말하기를, 道가 있는 사람은 物이 해치지 못한다고 했다. 하늘이 道 있는 사람만 못해서 그런 것들이 있겠나?"

내가 말했다. "만약 이와 같다면, 도를 얻어 세 하늘의 가장 좋은 경지에 이를 수 있는가?"

조물이 말했다. "그렇다."

내가 말했다. "나는 이미 의심을 풀었으나, 다만 알지 못한다. 그대가 하늘은 스스로 알지 못한다고 말하고, 그대 또한 알지 못한다고 하는데, 저 하늘은 행함이 없으니 당연히 스스로 알지 못하지만, 너 조물이라는 이는 어째서 알지 못하는가?"

말했다. "내가 손으로 물을 만드는 것을 네가 보았느냐? 물은 스스로 생겨나고 변한다. 내가 무엇을 만드는가? 내가 무엇을 아는가? 나를 조물이라고 이름 지은 것을 나는 또한 알지 못한다."

무엇을 말하는지 이해하기 어렵다. 잡다한 발상이 마구 얽혀 있어 갈피를 잡을 수 없다. 정신을 차리고 자세하게 살피면, 글이 세 층위로 이루어져 있는 것을 알 수 있다. 세 층위의 상관관계에 커다란 탐구 과제가 있다.

[가] 파리나 모기 따위를 싫어해 이 글을 쓴다고 했다. 사람을 해치는 것들을 하늘이 왜 만들었는지 항의하고 제거해주기를 바라는 것은 어리석으니, 스스로 조심해야 한다고 했다. 사람을 해치는 것들을 사회악이라고 이해해도, 범속한 수준의 처세술을 말하기나 해서 그리 대단한 것은 아니다.

[나] 사람을 해치는 것들뿐만 아니라, 천지만물이나 사람은 저절로 생겨나고 스스로 변한다. 생겨나고 변하는 것을 하늘에서 맡는다는 관념, 조물주라는 인격적인 주재자를 인정하는 관습 따위는

모두 잘못되었다고 했다. 조물주와 가상의 문답을 주고받으면서, 조물주가 조물주 노릇을 부정하는 역설로 이런 말을 해서 의심할 여지가 없게 했다.

[다] 사람의 삶이 저절로 생겨나고 스스로 변한다고 해서 주어지는 대로 살 것은 아니다. 온당하게 사는 도리를 노력해서 터득하면 많은 성취가 가능하다. 해로움뿐만 아니라 기쁨에도 흔들리지 않을 수 있다. "세 하늘의 가장 좋은 경지"라고 일컬어지는 최고 수준의 인식을 얻을 수도 있다. 이런 말로 사람의 주체적 능력을 확인하고 고양하고자 했다.

[가]는 표면, [나]·[다]는 이면이다. 이면에서는 [나]가 본체, [다]가 활용이다. [나]는 존재론, [다]는 윤리학이다. 공연히 말썽이나 부릴 사람은 [가]의 표면만 보고 안심하고, [나]의 이면까지 들어가더라도 말장난을 한다고 여기도록 했다. [나] 이면의 본체를 제대로 이해하는 동지는 [다]의 활용을 위해 함께 분발하자고 했다.

[나]는 후대에 이기철학의 용어를 사용해 더욱 분명하게 했다. 그 궤적에 대한 철학사적 이해를 소중한 연구 과제로 삼아야 한다. [다]에 관해서는 옛 사람들의 노력이 부족해 오늘날 힘써 연구하고 실행해야 할 과제가 많이 남아 있다. 존재론과 윤리학의 관계에 관한 오랜 논란을 새롭게 해결해야 한다.

이 글은 협소한 논리에 사로잡혀 창조력을 잃은 후대의 철학 논설과 아주 다른 문학 창작물이다. 표면만 소중하게 여기고 내용이 공허한 다른 창작물과도 엄연한 차이가 있다. 반발을 줄이고 효과가 아주 큰 방법으로 철학 대혁신을 선포한 것을 알아차리고 높이 평가해야 한다.

일체의 이원론에서 벗어나 "物自生自化"(물은 스스로 생겨나고 스스로 변한다)라는 철학을 제시했다. 3백년쯤 뒤에 徐敬德이 이룩한 것으로 공인되는 氣일원론 철학을, 철학 권역 밖에서 일상생활에서도 사용하는 物이라는 총체적 용어 하나만 가지고 대담하게 내놓았다. 유럽에서는 스피노자(Spinoza)가 이규보보다는 440년쯤, 서경덕보다는 140년쯤 뒤에 일원론 철학을 처음 마련했다. 이런 사실이 〈問造物〉의 세계사적 의의를 분명하게 한다.

2

이규보는 어째서 氣일원론을 내놓을 수 있었던가? 이 의문에 대해 몇 가지 대답을 할 수 있다.

철학이 아닌 문학을 했기 때문에 스스로 얻은 생각을 바로 말했다.

철학을 하려고 했다면, 멀고 험한 길을 돌아서 가야 했다. 150여 년 전의 周敦頤에서 40여 년 전의 朱熹까지에서 정립한 중국 宋代의 性理學의 理氣이원론을 오랜 기간에 걸쳐 공부하다가 자기 생각을 해야 했다. 이원론을 내부에서 뒤집고 일원론을 이룩하려고 하면, 너무 힘들어 물러나야 했을 것이다.

氣일원론은 글이 아닌 말인 구비철학에서, 민중이 주도해 창조하고 전승해왔다. 이원론은 차등을 합리화하고. 일원론은 차등이 부당하고 대등이 타당하다고 한다. 다툼이 화합이고, 화합이 다툼이라고 한다. 그 실상이 다음과 같은 구전설화에 잘 나타나 있다. 같은 설화가 고유명사는 바뀐 채 지금도 전승된다고 할 수 있다.

대단한 경지에 이른 異人 李之菡조차 모르는 일을 무명의 소금장수는 알았다. 이지함은 바다가 넘쳐 물이 차올라온다는 것만, 소금장수는 경계선이 어디인가 하는 것까지 말했다. 이름난 시인 申維翰

보다 말을 몰고 다니는 하인이 시를 더 잘 지었다. 주막집 처녀가 더욱 슬기로워 신유한에게 위험이 닥칠 것을 예고하고 방비책을 일러주었다. 남을 속이기를 일삼는 金先達이 속아 낭패를 본 일이 있었다. 천하장사 申乞石 장군이 어디 가서 누군지 모를 사람에게 지고 왔다.

이런 유형의 설화는 무엇을 말하는가? [가] 가장 높다는 것보다 더 높은 것이 있다. 끝이 시작이다. [나] 낮은 것이 높고, 높은 것이 낮다. 미천한 것이 존귀하고, 존귀한 것은 미천하다. 무식이 유식이고, 유식은 무식이다. 높고, 존귀하고, 유식하다는 것을 자랑하면 역전이 빨리 다가온다.

[가]는 총론이라면, [나]는 각론이다. 둘 다 존재 일반의 원리이면서 사람이 살아가는 모습이다. 철학 용어를 조금 사용해 간추려 말하면, [가]는 生克論의 성립 근거이고, [나]는 생극론을 이루는 중요한 이치의 하나이다. 생극은 對等에서 이루어진다. 이런 깨달음을 갖추는 데서 구비철학이 기록철학보다 앞섰다. 구비철학을 받아들이면 대등생극의 일원론을 이룩할 수 있다. 이 작업을 철학을 하지 않는 이규보가 먼저 쉽게 하고, 철학을 하는 서경덕이 나중에 힘들게 했다.

이규보는 고려전기 지배세력인 문벌귀족과 거리가 먼 지방향리 출신이다. 1170년에 무신란이 일어나 문벌귀족이 세력을 잃고 물러났으므로, 1189년에 과거에 급제하고, 1197년 이후 崔氏政權에서 크게 활약했다. 1241년에 세상을 떠나자 그해 바로《東國李相國集》이라는 문집 전집 41권과 후집 12권이 편찬·간행되고, 1251년에 교정·증보판이 이루어졌다. 1270년 지속된 무신정권이 높이 평가하고 적극 지원한 것이 문집에 잘 나타나 있다.

3

<自責 有所憤作>

三入諫坦無一語
得言舌在誰鉗鋦
泚毫草制十六禩
思涸心枯空自苦
青山有路不汝遮
胡不歸休早爲所
人或妄以台輔期
此特誑言愼勿取

〈자신 꾸짖음, 분한 일이 있어 지었다〉

세 번 諫하려고 들어가 말 한마디 못하고,
말하려면 혀 있는데 누가 막았다는 것인가?
붓에 먹물 찍어 나라 글 草하기 십육 년,
생각이 말라 공연히 스스로 괴로워한다.
청산에 길 나 있어 너를 막지 않는데,
어찌 돌아가 일찍 자리 잡지 않는가?
사람들은 더러 망령되이 재상 되기 바라나,
이는 다만 속이는 말이니 취하지 말아라.

  이 시는 이규보가 재상의 지위에까지 올랐어도, 정치적 경륜을
편 것은 아님을 말해주었다. 정치는 무신들이 장악해서 하고, 이규
보 같은 문인은 외면치레나 했다. 하고 싶은 말을 하는 것은 허용되
지 않았다. 나라의 글을 쓰는 임무도 맡아 칭송이나 일삼으니, 생각
이 말라 공연히 스스로 괴로워한다고 했다. 관직을 버리고 청산에

은거하지 못한다고 자책하고, 재상이 되어 자기를 속이는 짓을 남들이 부러워하지 말라고 했다.

이규보는 농민의 참상을 동정하고, 관원의 횡포를 고발한 시를 지어 높이 평가된다. 그런 시가 정치를 바꾸고 민생이 나아지도록 하는 데 기여하지는 못했다. 그런 것들보다 사상을 혁신한 시문은 더 큰 의의가 있어 당대의 농민은 말뿐인 혜택을 입었으나, 후대의 지식인은 누구나 남긴 글을 읽고 두고두고 깨우침을 얻는 큰 도움을 얻을 수 있다. 문학으로 철학하기가 어디까지 나아갈 수 있는지 알고, 철학 알기에 매몰된 철학을 살려낼 수 있게 해주는 것이 가장 큰 도움이다. 철학 혁신을 과감하게 한 것이 직접적인 지침으로 삼을 수 있다.

이규보가 철학 혁신을 과감하게 한 것은 타고난 가능성과 남다른 노력의 결과만이 아니다. 무신란이 일어나 기존의 가치관을 파괴한 여건을 유리하게 이용한 것도 말해야 한다. 문벌귀족의 횡포에 반발해 그 이념을 파괴하며 유교 이념을 불신하고, 성현 존숭을 짓밟는 무신들의 행패가 모든 것을 부정하고 진실을 다시 찾을 수 있는 여건을 조성했다.

세계사의 공통된 한 시기인 중세전기를 불태워 중세후기를 새롭게 이룩할 수 있는 계기를 밖에서는 몽골군이 유라시아 대륙 곳곳을 침공해 일제히 마련했다. 고려에서는 그 파동이 닥쳐오기 전에 무신란이 안에서 먼저 일어나 앞 시대를 파괴하고, 몽골군의 침공에 맞서서 민족을 수호하면서 중세후기를 창출하는 역량을 다른 어느 곳보다 먼저 조성했다. 이 과업을 이규보가 주도해 수행했다.

4

스스로 깨달은 이치를 나타낸 시가 많다. 몇 가지를 들고 고찰한다.

〈妬花風〉

花時多顚風
人道是妬花
天工放紅紫
如剪綺與羅
旣自費功力
愛惜固應多
豈反妬其艶
而遺顚風加
風若矯天令
天豈不罪耶
此理必不爾
我道人言訛
鼓舞風所職
被物無私阿
惜花若停籭
其奈生長何
花開雖可賞
花落亦何嗟
開落摠自然
有實必代華
莫問天機密
把杯且高歌

〈꽃샘 바람〉

꽃 필 때에는 미친 바람도 많아,
사람들은 이것을 꽃샘 바람이란다.
하늘이 공들여 꽃을 만들며,
가위로 비단을 아름답게 잘랐다.
이미 공력을 많이 들였으니,
아끼는 마음 적지 않았겠는데,
어찌 도리어 고운 것을 시기해,
뒤집어엎는 바람을 보태는가?
바람이 만일 하늘 명령 어기면,
하늘이 어찌 죄주지 않으랴.
이런 이치는 반드시 없을 것이니,
나는 사람들의 말이 잘못이라 한다.
고무하는 것이 바람의 직책이며,
만물에 끼치는 공덕 사사로움 없도다.
만일 꽃을 아껴 바람 불지 않으면,
그 꽃이 어떻게 생장할 수 있으랴?
꽃 피는 것이 비록 가상하다 해도,
꽃 지는 것 또한 어찌 슬퍼할 것인가?
피고 지는 것 모두 자연이며,
열매가 있어 반드시 꽃을 대신한다.
오묘한 이치 따져 묻지 말고,
술잔 잡고 소리 높여 노래나 부르자.

〈妬花風〉, 〈꽃샘 바람〉이라는 제목이 모든 것을 말해준다. 꽃이
피면 지듯이, 생성이 있으면 소멸이 있다. 꽃이 져야 열매가 맺히듯
이, 소멸이 변화를 가져와 다음 단계의 성장을 이룩한다.

하늘이 꽃을 피우고, 바람을 불게 해서 떨어지게 하는 것이 너무나도 당연하다. 이 이치는 필연이어서 누구도 간섭하지 못한다. 이치를 따지면서 공연히 딴 소리를 하지 말고, 자연스럽게 실행하며 즐겁게 살아야 한다.

〈寓古 三首〉

禱天求聖人
天不雨孔氏
鑿地索賢人
地不湧顔子
聖賢骨已朽
有力未負致
奈何今之人
賤目唯貴耳
徒生靑史毛
糟粕例自嗜
不識今世士
亦有聖賢器
後來復視今
攀企亦如此

吾觀萬物生
造化空自勤
徒生楚茨蔓
徒産荊棘繁
不使指佞草
延引榮其孫
遂令天下士
邪正久未分

大禹理洪水
未平人心險
睚眦生狂瀾
萬人平地墊

〈옛일에 얹어 지은 시 세 수〉

하늘에 기원해 성인을 구하려 해도,
하늘이 孔氏 비를 내려주지 않는다.
땅을 파고 현인을 찾으려 해도,
땅은 顔子가 샘솟게 하지 않는다.
성현은 뼈가 이미 썩었으므로,
힘이 있어도 살려낼 수 없다.
무슨 이유로 오늘날 사람들은
안목은 낮으면서 귀만 높이려는가,
공연히 역사책에서 털이 나게 하고,
찌꺼기만 늘어놓고 좋아들 하는가.
모르는구나 지금 세상 선비들도
성현이 될 자격이 있는 것을.
후세 사람도 오늘을 되돌아보며,
또한 이렇게 생각할 것이다.

내가 만물의 생장을 살피니,
천지의 조화 공연히 바쁘구나,
납가새가 함부로 생기게 하고,
가시 덩굴도 공연히 번성한다.
어째서 지녕초 같은 좋은 풀이
이리저리 뻗도록 하지 않아서,
마침내 온 천하 선비들로 하여금

그르고 바른 것 분별 못하게 한다.

大禹가 홍수는 잘 다스렸어도,
사람의 험한 마음은 다듬지 못했다.
하찮은 일로 공연히 풍파를 일으켜
만인이 평지에서 빠지게 하는구나.

　성현을 존숭하는 잘못을 이렇게 나무랐다. 孔氏는 孔子이고, 顔子는 그 제자 顔淵이다. 아무리 간절하게 기구해도, 공자의 비가 하늘에서 내리고, 안연이 샘솟게 할 수는 없다고 했다. 무신 집권기에 유교의 가치 규범이 무너진 것을 유리한 조건으로 하고, 새로운 발상을 자유롭게 전개했다.

　"안목은 낮으면서 귀만 높이려는가" 하는 말에서 안목은 자기 능력이고, 귀로 듣는 것은 남의 말이다. 자기 능력은 높이지 않고, 대단한 말을 귀로 들으려고 하는 것은 잘못이다. "不識今世士 亦有聖賢器"(모르는구나 지금 세상 선비들도 성현이 될 자격이 있는 것을)이라고 나무라고, 성현이 따로 없으니 숭앙하려고 하지 말고, 스스로 성현 노릇을 해야 한다고 했다.

　둘째 시는 조금 짧게 지어 다른 말을 했다. 천지의 조화가 만물에서 이리저리 복잡하게 얽혀, 천하의 선비들이 옳고 그른 것을 분별하지 못한다고 개탄했다. 공연히 높은 곳만 치어다보고, 주위에 나 있는 이런저런 풀은 분별하지 못하고 이름도 모르는 것은 덮어둘 수 없는 잘못이다. 책임이 만물에 있지 않고 자기에게 있는 것을 말하지 않고 알아차리게 했다.

　마지막의 네 줄 절구에서는 말을 더욱 분명하게 했다. 禹임금이 홍수를 다스리듯이 사람의 마음을 다듬을 수 없다. 그렇다고 해서 선비라는 자들이 공연한 일로 풍파를 일으켜, 만인이 위험하지 않은 평지에서 사고를 일으켜 밑으로 빠지게 하는 것이 당연하다고 할 수는 없다. 자기 눈은 감고 성현을 따르기만 하다가 남들도 오도하는 실수는 용납할 수 없다.

〈目翳偶吟〉

畫因日色見
日迺爲吾眼
夜借燈光看
我眼燈是換
自謂有燈日
眼亦明不絕
云何見空花
咫尺未辨物
借彼日燈光
是亦非眞明
況爲花所誑
不奈近於盲
三者皆前塵
明暗互欺眞
前塵却斷遣
慧眼自然新

〈눈이 흐려 우연히 읊다〉

낮에는 햇빛에 힘입어 보니,
해가 곧 나의 눈이 된다.
밤에는 등불 빌려 보니,
내 눈이 등불로 바뀌었다.

스스로 이르기를 등불과 햇빛 있어
눈에서 또한 밝음이 지속된다 하리라.
어째서 공중의 꽃은 보면서,
지척의 물건은 분별하지 못하는가?
저 등불과 햇빛은 빌린 것이라,
이 또한 참된 밝음이 아닌데,
더구나 꽃에게 속임을 당하니,
어찌 장님에 가깝지 않으랴?
세 가지는 모두 앞에 있는 티끌이라,
밝고 어둠이 서로 참됨을 속인다.
앞에 있는 티끌이 모두 없어져야만,
지혜의 눈이 자연히 새로워지리라.

　본다는 것이 무엇인지 말했다. 눈으로 보고, 햇빛과 등불의 도움을 받아서 보고, 공중에 떠오르는 꽃을 본다. 이것은 신체의 눈 肉眼으로 보는 행위이다. 햇빛이나 등불이 볼 수 있게 도와주지만, 공중에서 떠오르는 가상의 꽃 空花와 함께 눈앞을 가리는 티끌일 수 있다. 티끌이 모두 없어져 현혹되지 않아야 지혜의 눈 慧眼이 자연히 새로워진다.

　空花는 번뇌가 빚어내는 망상이므로 애초에 배격해야 한다. 햇빛이나 등불은 보지 못하는 것을 보게 해서 도움이 되지만, 실상과 다르게 보게 오도하는 잘못이 있을 수 있다. 성현의 가르침도 이와 다르지 않다. 도움을 받느라고 오도되는 것은 어리석다. 성현의 가르침이라는 것도 앞을 가리는 티끌이므로 따르지 말고 배격해야 한다.

　육안으로 보면 볼 것을 다 본다고 여기지 말고, 혜안으로 보아야 진실을 안다. 혜안은 어느 누구에게도 의지하지 않는 자기 안목이다. 허상을 가져오는 의양과 단호하게 결별하고, 오직 진실만 자득한다.

5

차등론을 가지고 백성을 괴롭히지 말고, 대등론에 입각해 모두 포용해야 한다. 이런 말은 너무나 당연하고, 명분의 차원에서는 반론의 여지가 없다. 성현이 가르친 仁을 따르지 않는 자들이 나쁘다고 하면 그만이다.

성인은 가르치는 위치에 있어 대등에 포함되지 않는다. 사람과 금수는 賢愚의 차등이 있다. 이명제가 부당하다고 입증해 타파하고, 대등론이 보편적인 원리임을 입증하는 것을 긴요한 과제로 삼았다.

〈莫笞牛行〉

莫笞牛牛可憐
牛雖爾牛不必笞
牛於汝何負
乃反嗔牛爲
負重行萬里
代爾兩肩疲
喘舌耕甫田
使汝口腹滋
此尙供爾厚
爾復喜跨騎

橫笛汝自樂
牛倦行遲遲
行遲又益嗔
屢以捶鞭施
莫笞牛牛可憐
一朝牛死爾何資
牛童牛童爾苦癡
如非鐵牛安可支

〈소를 때리지 말라〉

소를 때리지 말라 그 가련한 소를.
소가 비록 네 소이지만 때려서는 안 되리.
소가 너에게 무엇을 잘못 했다고,
소를 미워하며 때리느냐?
무거운 짐 싣고 만리 길을 다녀,
너의 두 어깨 피로함을 대신하고,
숨을 헐떡이며 넓은 밭을 갈아,
너의 배가 부르게 하니,
이것으로 네게 베푸는 것 후한데,
너는 또 올라타기를 좋아하누나.
피리 불며 너 스스로는 즐겁지만,
소가 지쳐 걸음이 혹 느리면,
너는 또 느리다고 화를 내고,
더욱더 때리기를 서슴지 않는구나.
소를 때리지 말라 그 가련한 소를.
하루아침에 소가 죽으면 너는 어쩌리
우동아 우동아 너야말로 어리석구나,
네 몸이 쇠가 아니니 어떻게 배겨내리.

소를 때리지 말고 존중하라. 수고해 도와주는 것을 감사하게 여겨라. 소는 열등하고 사람은 우월하다는 차등론은 버려라. 소와 사람은 대등이다. 대등해 서로 필요로 하고, 서로 도와준다. 만생대등을 확인할 수 있다.

소가 사람을 도와주는 것은 명백한데, 사람은 소에게 무엇을 도와주는가? 먹이를 주고 잠자리를 마련해주는가? 야생 상태에서는 아주 잘하던 일을, 잡아 길러 가축으로 만든 소는 스스로 하기 어렵게 되어 사람이 도와준다. 병 주고 약 주면서 약만 말한다. 부끄럽게 여기고 사과해야 한다.

소를 牛童이라고 하는 친근한 말로 부른다. 이 말을 널리 쓴 것이 마땅하다. 牛童이 어리석다고 한다. 몸이 쇠가 아니니 어떻게 배기는가 하고 걱정한다. 그래도 소는 알아듣지 못하고, 소의 처지는 달라지지 않는다. 이렇게 마음먹고 말을 하면, 사람이 스스로 만들어낸 차등론의 해악에서 벗어나 대등론의 편안함을 누릴 수 있다. 만생대등이 만인대등의 근거가 되는 것을 알고 실행할 수 있다.

더 생각해보자. 소를 때리는 것만 잘못이 아니다. 죽여 고기를 먹는 잘못에 관해서는 전연 말하지 않아, 이 시는 많이 모자란다. 소는 채식이지만, 사람은 잡식이므로 고기를 먹어야 한다. 소가 아닌 다른 짐승의 고기라도 먹어야 한다. 힘든 사냥을 하지 않고, 손쉽게 좋은 고기를 먹을 수 있게 하는 소에게 깊이 감사해야 한다.

소는 풀을 먹고 고기를 만들었다. 소가 먹은 풀에게도 감사해야 한다. 풀이 근원적인 먹이가 되어 짐승도 사람도 살리는 크나큰 은혜를 알고 깊이 감사해야 한다. 풀은 대지 위에서 비가 키운다. 천지의 은공을 구현하고 있다. 만물대등에서 만생대등이, 만생대등에서 만인대등이 이루어지는 은공의 순서가 있다.

〈放鼠〉

人盜天生物
爾盜人所盜
均爲口腹謀
何獨於汝討

〈쥐를 놓아준다〉

사람은 하늘이 낸 물건을 훔치고,
너는 사람이 훔친 것을 훔치는구나.
먹고 살려고 하는 짓이 균등하니,
어찌 너만 나무라겠는가?

균등은 대등의 다른 말이다. 훔쳐서 먹고 사는 것에서 사람과 쥐
가 대등해, 쥐만 나무라는 것은 잘못이다. 쥐를 박멸해야 한다는
무리한 소리 그만두고, 사람이 훔친 것을 쥐와 나누어 먹는 것을
당연하다고 여겨야 한다. 쥐를 용서하고 놓아주면, 훔치지 않고 스
스로 마련한 양식이 마음속에 가득하다.

6

銘은 詩와 다르다. 경우에 따라 이리저리 짓지 않고, 가까이 두고
늘 사용하는 어느 물건의 특징을 명확하게 그린다. 그 물건과 자기
가 같고 다른 점을 분명하게 말한다. 문학으로 철학하기에서 더욱
뚜렷한 기여를 했다.

〈小硯銘〉

硯乎硯乎

爾麼非爾之恥

爾雖一寸窪

寫我無盡意

吾雖六尺長

事業借汝遂

硯乎吾與汝同歸

生由是死由是

〈작은 벼루〉

벼루야 벼루야,

네가 작은 것은 너의 수치가 아니다.

네 비록 한 치쯤의 웅덩이이지만,

나의 끝없는 뜻을 써내게 한다.

나는 비록 육척 장신이지만,

하는 일이 너를 빌려 이루어진다.

벼루야 너는 나와 함께 나아가며,

생사를 함께 하자.

모든 일은 협력을 필요로 한다. 크고 작은 것이 차등의 이유가 되지 않고, 대등한 협력을 하게 한다. 아주 큰 사람이 무척 작은 벼루 덕분에 생각하는 것을 글로 써낼 수 있다. 아무리 큰일도 작은 데서 시작된다. 출발이 확고해야 실패를 하지 않는다.

〈樽銘〉

移爾所蓄

納人之腹

汝盈而能損
故不溢
人滿而不省
故易仆

〈술병〉
네가 모아놓는 것을 옮겨
사람이 배에서 받아들인다.
너는 가득 차면 덜어낼 줄 알아,
넘치지 않지만,
사람은 가득 차도 알아차리지 못해
쉽게 넘어진다.

　술병에 들어 있는 술을 사람이 마신다는 평범한 사실을 예리하게
관찰하고, 뜻밖의 말을 했다. 술병은 슬기롭고 사람은 어리석다고
했다. 술병처럼 가득 찬 상태가 되면 가진 것을 덜어내야 슬기롭고,
가진 것이 충분해도 알아차리지 못해 쉽게 넘어지는 사람은 어리석
다고 했다.
　술을 너무 많이 마시지 말라고 한 것만 아니다. 직접 말한 것보다
암시한 것이 더 중요한 의미를 가지는 줄 알아야 한다. 글을 겉만
읽지 말고 속까지 읽어야 한다. "이 글의 속뜻은 무엇인가?"라고 하
는 것을 논술고사 문제로 낼 만하다. 내 답안은 다음과 같은데, 많이
모자라리라고 생각한다.
　독점적인 소유욕을 경계했다. 많이 가진 것이 있으면 나누어주어
야 자멸을 면한다고 하는 준엄한 교훈을 전했다. 특히 무엇이 문제
라는 말인가? 재물을 지나치게 차지하려고 하면 탐욕의 폐해에 사

로잡혀 온전하게 살 수 없다. 지식 독점을 뽐내려고 하는 교만 때문
에 인품이 비뚤어지는 것도 이와 다르지 않다.

7

더 진전된 논의를 한 시도 있다.

〈詠忘〉
世人皆忘我
四海一身孤
豈唯世忘我
兄弟亦忘子
今日婦忘我
明日吾忘吾
却後天地內
了無親與疏

〈잊음을 읊는다〉
세상 사람 모두 나를 잊어버려,
사해에서 한 몸이 외로운가?
어찌 남들만 나를 잊겠는가?
형제도 모두 나를 잊는다오.
오늘은 아내가 나를 잊고,
내일엔 내가 나를 잊는다.
이런 다음에 온 천지 안에,
가깝고 먼 것이 없어진다.

친근하고 소원한 것, 가깝고 먼 것을 구분해, 세상이 잘못된다.

가깝고 친근한 쪽은 옹호하고 멀고 소원한 쪽은 배격해 차등이 생기고 상극이 나타난다. 모든 사람을 가까이하고 친근하게 한다는 것은 이루어질 수 없는 요구이다.

그러면 어떻게 해야 하는가? 친근하고 소원한 것, 가깝고 먼 것을 구분하는 마음을 없애야 한다. 형제가 나를 잊고, 아내가 나를 잊고, 내가 나를 잊는 것이 그렇게 하는 방법이라고 했다. 이것은 기억상실증에 걸려야 한다는 말이 아니다. 서로 냉담해져야 한다는 것도 아니다. 생각의 대전환을 요구한다.

물리적으로 가깝고 먼 거리는 없앨 수 없지만, 이것이 자동적으로 심리적인 차등이게 하는 통로는 알아차리고 단호하게 차단해야 한다. 차등에서 빚어지는 상극에서 벗어나, 원근이나 친소가 대등한 관계여서 상생을 이루도록 마음을 고쳐먹어야 한다. 보편적인 대등에서 조건 없는 상생을 이룩해야 한다.

이런 말을 어떤 성현도 하지 않았으며, 할 수 없다. 성현이라면 모두 추종자들의 존숭의 대상이 되므로, 차등의 위치에서 대등을 가르치는 자가당착에서 벗어나지 못한다. 보편적인 대등에서 조건 없는 상생을 이룩해야 한다고 하면, 자기는 예외로 하는 거짓 진술이다.

8

이규보는 철학자가 아닌 시인이다. 절실한 문제를 근본적으로 해결하는 철학이 필요해, 표방하거나 노력하지 않고 하고 싶은 대로 자연스럽게 했다. 존중되는 선인의 가르침을 이어받아 받드는 의양 철학이 아닌, 자기 스스로 생각해낸 자득 철학을 다양한 방식으로 나타냈다.

그 성과를 내 관점에서 정리하고 평가한다. 창조자란 있을 수 없고, 만물은 스스로 생기고 변하면서 서로 대등한 관련을 가진다고 한 것이 핵심이 되는 내용이다. 철학이 온전하게 이루어질 수 없게 방해하는 모든 이원론을 척결하고 만물을 일원으로 포괄하는 획기적인 전환을 徐敬德보다 210년쯤, 스피노자보다 460년쯤 전에 이룩했다.

이규보가 무엇을 더 이룩했는지, 770년쯤 지나 내가 지금 정립하고 있는 대등생극론의 견지에서 정리해 말해보자. 만물은 스스로 생기고 변하면서 서로 대등한 관련을 가지는 萬物대등론이 모든 생물은 대등한 관계에서 살아간다고 하는 萬生대등론의 근거가 된다. 만생대등론이 사람도 누구나 대등한 관계에서 살아간다고 하는 萬人대등론의 타당성을 입증해준다.

武臣亂이 일어나 문인이 모두 망했다는 것은 아니다. 고귀함을 자랑삼던 문벌귀족 문인들을 반감을 가지고 숙청한 거사가 당사자들에게는 끔찍한 불운이지만, 역사 전환을 위해서는 대단한 행운이었다. 지방 鄕吏 출신의 실력자가 새로운 문인으로 등장해 武臣의 武治만으로는 감당할 수 없는 文治의 보조 임무를 수행해야 했다. 그 덕분에 이규보가 등장해 활동 영역을 마련하고 문학과 철학의 새로운 시대를 열었다.

무신은 무력으로 권력을 장악하기만 하면 된다고 여기고, 儒學의 명분이나 권위를 필요로 하지 않았다. 그 때문에 생긴 정신적 무정부 상태라고 할 것이 생겼다. 이것은 불운이라고 할 것이 결코 아니며, 이규보에게 주저하지 않고 자유로운 탐구자가 될 수 있는 행운을 가져다주었다. 성현들은 이미 뼈가 썩어, 하늘에다 아무리 빌어도 孔氏라고 일컬은 孔子의 비를 내려주지 않는다. 땅은 顏子가 샘 솟게 하지 않는다. 이런 말을 거침없이 하면서, 발상의 역사를 온통 바꾸어놓을 수 있었다.

깡그리 무식한 것이 어설프게, 빗나가게 유식해 진정한 탐구를 방해하는 것보다 훨씬 낫다. 무신 통치가 청산되고 국정 수행이 정상화되고, 고려 조정의 난맥상을 조선왕조가 들어서서 시정하자, 선진이 후진이 되는 역전이 일어났다. 조선시대의 儒者는 되살아난 성현을 존숭해야 존재 이유가 인정되므로, 이규보만큼 당당하고 자유로울 수 없었다.

혜근

1

惠勤(1320-1376)은 '懶翁'(나옹), '게으른 늙은이'라는 號로 널리 알려진 고려말의 禪僧이다. 깨달음을 얻는 과정과 그 내용을 여러 방식의 언술로 나타냈다. 《懶翁和尙歌頌》에 많은 시가가 수록되어 있다. 모두 고찰하려면 엄청난 일거리이다. 요긴한 것들만 골라 살피기로 한다.

칠언절구 한시가 그 정점을 보여준다. 다른 언술에서는 볼 수 없는 최상의 각성을 제시했다. 그 가운데 셋만 든다.

〈遊山〉

秋深投杖到山中
巖畔山楓已滿紅
祖道西來端的意
頭頭物物自先通

〈산에서 논다〉

가을 깊어 지팡이 던져 산속에 이르니,
바위 가의 산 단풍 이미 가득 붉었다.
祖師님들 서쪽에서 가져온 바로 그 佛道

머리마다 물체마다 스스로 먼저 통했다.

祖師님들이 서쪽에서 가져온 佛道를 배우고 따라야 할 것인가? 아니다. 불도가 천지만물에 이미 갖추어져 있는 것을 산속의 단풍이 잘 말해준다. 배우고 따르기 전에, 누구나 自得하고 通達해야 한다.

이것은 방법에 관한 말이다.

〈無礙〉

了了明明空豁豁
廓周沙界絶纖塵
虛融照徹威音外
石壁山川豈障人

〈걸림 없이〉

분명 분명 밝고 밝아 비고 넓고 넓도다.
주위의 수많은 세계 미세 티끌도 없다.
비고 어울리고 통한다, 威音 밖에서.
석벽이나 산천이 어찌 사람을 막겠나.

"了了明明空豁豁 분명 분명 밝고 밝아 비고 넓고 넓도다"는 森羅萬象이면서 또한 마음이다. "明明"에 달도 있고, 해도 있어, 달처럼 해처럼 밝다고 한 것을 놓치지 말아야 한다. "廓周沙界絶纖塵 주위의 수많은 세계 미세 티끌도 없다"는 말은 밖에서 안으로 나아갔다. 마음이 걸릴 것이 하나도 없는 경지에 이르러야 한다고 했다.

"虛融照徹威音外 비고 어울리고 통한다, 威音 밖에서"는 생각이 깊어야 이해된다. '威音'이란 부처님의 위엄 있는 소리이다. 그 소리는 참고 사항에 지니지 않으며, 깨닫도록 하는 것이 아니다. 그 소리가 미치는 범위 밖에서 만물의 진상을 직접 보고 스스로 깨달아야 한다. "石壁山川豈障人 석벽이나 산천이 어찌 사람을 막겠나"에서는 석벽이나 산천이 앞을 막고 있다고 여기는 착각을 버리면, 시야가 탁 트여 깨달음을 얻는다고 했다. 이것은 방법 실행에 관한 말이다.

〈無爲〉
南北東西虛豁豁
諸般所作摠皆空
泯然蕩盡誰能測
几几騰騰現古風

〈하는 일 없이〉
남북이나 동서 넓게 넓게 비어 있다.
무엇이든 이루어지는 것들 모두 없다.
사라지고 자취 감추니 누가 헤아리며,
이것저것 일어나니 옛적의 바람이다.

공간이 비어 있다. 공간은 虛이다. 시간이 흘러도 달라지는 것 없다. 시간은 空이다. 시공은 空虛하다. 사라져 없어지니 헤아릴 수 없어 色卽是空이다. 없다가 나타나는 것이 전과 같아 空卽是色이다. 이런 이치가 사물에 갖추어져 있어 보고 깨달을 수 있다. 이것은 얻는 결과에 관한 말이다.

2

〈翫珠歌〉·〈枯髏歌〉·〈百衲歌〉라고 하는 긴 노래 세 편도 지어, 이를 〈懶翁三歌〉라고 일컫는다. 어떤 노래인지 李穡이 〈書懶翁三歌〉에서 한 말을 든다.

珠隨方映色 人之所迷也 而其淸淨則表佛性 枯髏氣散肉敗 人之所遺也 而其生存則行佛道 百衲却錦綺 綴破爛 掩肌膚 禦寒暑耳 然非此 無以莊嚴威儀 安處徒衆 入佛道 見佛性矣 三歌 首尾相應 脈絡相通 所以示後人也深且切矣 懶翁文字 信手未嘗立草 吐出實理 粲然寫出 韻語琅然 然於世俗文字 不甚解 亦可見焉

구슬은 곳에 따라 색깔을 내므로, 사람들이 헷갈린다. 그러나 그 청정함이 佛性의 표상이다. 해골바가지는 기운이 흩어지고 살이 썩어 문드러져, 사람들이 외면한다. 그러나 살아 있을 때에는 佛道를 수행한다. 누더기 옷은 화려한 비단 대신 넝마를 주어 모아 살을 가리고 추위나 더위를 막는 것이다. 그러나 이것이 없으면, 위의를 장엄하게 꾸미고 무리 가운데에 편안히 거하면서 佛道에 들어가 佛性을 보지 못한다. 세 노래는 처음과 끝이 서로 응하고 맥락이 서로 통하며, 후세 사람들에게 보여주는 것이 깊고도 절실하다. 懶翁의 문자는 손 가는 대로 쓰고, 초고를 작성한 적 없으나, 實理를 토해내는 것이 찬연하고, 韻語를 쏟아내는 것이 낭랑하다. 그러면서 세속의 문자에 대해 깊이 이해하지 못하는 것을 또한 볼 수가 있다.

구슬, 해골, 누더기 옷, 이 세 가지 서로 아주 다른 것들을 들어 佛法을 이해하도록 했다. 셋 다 생각나는 대로 쓰고 다듬지 않았다. 시를 짓는 격식을 무시하고, 진실이라고 여기는 것을 바로 토로했다. 거칠어서 심오하고, 헤픈 말이 빛난다.

3

세 노래 가운데 하나를 들어보자. 원문에서 한 그대로 연을 구분하고, 줄을 바꾼다. 한 연씩 번역하고, 꼭 필요한 설명을 간략하게한다. 나중에 총괄해 논의한다.

〈白衲歌〉
這百衲
糞掃衣
百帛於來修補亘
被褐威儀隨處足
知之滋味古來稀

〈백 가닥 누더기 노래〉
이 누더기
분소의
온갖 헝겊 주워다 적당히 꿰매,
걸쳐 입은 모양새 어딜 가나 빠지지 않는데,
이런 재미 아는 사람 예로부터 드물다.

糞掃衣(분소의)는 찢어진 채 분뇨나 쓰레기 더미 속에 버려진 낡은 옷이나 헝겊을 깨끗하게 빨아서 만든 옷이다. 승려는 이런 것을 가사로 입었다.

最當然
豈度量
四恩輕分福彌常
護持此物無餘事
衆寶莊嚴護古鄕

나에게 아주 잘 맞으니,
어찌 따질 것인가?
네 은혜 가벼울수록 복은 더욱 떳떳하니,
이 옷을 보란 듯이 지니고서 다른 일 없이
온갖 보배 장엄 고향을 지키리라.

四恩(사은)은 父母恩, 衆生恩, 國王恩, 三寶恩이다. 보배 장엄 고
향은 佛國土이다.

冬夏長被任自便
隨時受用也夷然
衲衣殘下何奇特
饑食渴茶困則眠

겨울부터 여름까지 줄곧 입어도 편안하고,
아무 때나 받아 걸쳐도 여전히 만만하다.
누더기 옷 해어진 아랫도리 어찌 별나겠나.
주리면 먹고 목마르면 차 마시고 곤하면 잠자네.

神神絳來千萬結
補之未補如殘雪
人人難信亦難持
賴有飮光持四節

신들이 내려와 만 조각을 얽었는가.
기워도 못 기운 곳은 눈 남은 것 같다.
사람들은 믿기도 지니기도 어려운데
믿음직한 迦葉 존자 사시사철 지녔네.

飮光(음광)은 부처의 제자 摩訶迦葉(마하가섭) 이름을 의역한 말
이다.

重重補處不後先
久遠補持豈偶然
唯有飮光深信得
繼繆衣首祖傳燈

겹겹 기운 자리 앞과 뒤가 없고,
오래도록 지녀 온 것이 어찌 그저 우연인가,
迦葉 존자 그 분만 깊은 믿음 얻어,
누더기 장삼으로 祖師의 등불을 먼저 전했네.

或爲席
絶愛情
從來釋子豈求榮
徑行坐臥無心着
披去披來道卽平

때로는 자리가 되어,
애착과 정감 끊어 주네.
석가의 자손이 어찌 영화를 구하겠나?
걷거나 앉고 누우며 별 생각 없이 걸치고
헤치며 가고 올 적에 道가 절로 평안하네.

或爲衣
寒暑防
精䥫隨衆又如常
天然善惡都無作
何必區區到淨方

때로는 옷이 되어,
추위와 더위를 막아 주네.
좋든 싫든 대중을 따르면서 늘 그러고,
타고난 그대로 선도 악도 전혀 짓지 않는데,
어찌 반드시 구구하게 정토에 가려는가?

隨節隨時用不違
用他重物用輕宜
時時粥飯難銷得
一衲年年修補宜

철 따라 때 따라 어김없이 쓰이네,
귀중한 물건보다 만만하게 잘 쓰이네.
시시때때 죽과 밥은 얻어먹기 어려워도,
한 벌 누더기 해마다 꿰매어 입을 만하네.

從此上行知己足
貧中富則知己足
富中貧則足心難
貧富之間知足足

이처럼 잘 닦으면 만족할 줄 알게 된다.
가난하다 부유하면 만족할 수 있어도,
부유하다 가난하면 만족하기 어렵다지만
가난하든 부유하든 만족할 줄 알게 된다.

飮光遺跡在今時
百衲遺蹤叢嶺西
東土流傳言衲子
飮光遺跡在今時

迦葉 존자의 유적이 지금도 있단다.
백번 기운 누더기 葱嶺 서쪽에 남아,
동쪽 땅으로 전해 와 衲子란 말이 되었으니,
迦葉 존자 남긴 자취 지금까지 남아 있다네.

葱嶺(총령)은 파미르 고원이다.

一椀茶
對接人
一椀冷茶再示人
會也者來如不會
示之無限更新新

한 잔의 차
사람들에게 대접하리.
차가운 차 한 잔 사람들에게 거듭 보여주리.
알아차린 사람은 올 것이고, 모른다 하더라도
보여주리 무한히 다시 새롭게 새롭게.

佛法을 한 잔의 차에 견주었다.

七斤衫
扇家風
家中細密極玲瓏

不知誰是知滋味
西域飮光趙老東

일곱 근 장삼
집안의 기풍을 드날리며,
집안의 세세한 일들을 아주 깔끔하게 처리하는
누군지 아는가, 재미를 안 사람,
서역의 迦葉 존자와 동쪽의 趙州 노승이네.

　趙州從諗(조주종심)은 중국 당나라 禪僧이다. 누가 "萬法歸一 一
歸何所"(모든 법이 하나로 돌아간다는데. 그 하나는 어디로 돌아갑니까?)
라고 물으니. "我在靑州 作一領布衫 重七斤"(내가 청주에 있을 때 베
장삼 한 벌을 만들었는데 그 무게가 일곱 근이다)라고 대답했다. 동문서
답을 해서, 萬法歸一에 대해 따져서 알려고 하는 마음을 없앴다.

趙老徒勞擧再衫
飮光爲首起衣衫
趙州重起傳東土
天下叢林百衲衫

趙州 노승 공연히 장삼을 다시 들었나,
迦葉 존자 제일 먼저 이 옷을 들고,
趙州가 다시 들어 동쪽 땅에 전해,
천하 총림이 누더기 장삼을 입게 되었네.

縱有千般玄妙說
如何殘衲明如日
照天照地劫空前
獨照靈光由萬物

천 가지 현묘한 말씀이 있다는데,
어째서 누더기 옷이 해처럼 밝을까?
하늘과 땅을 空劫 이전부터 비추어
홀로 신령한 빛으로 만물이 있게 했네.

空劫은 모든 것이 생겨나기 이전의 시기이다. 누더기 옷으로 말
해주는 佛法이 그 이전 시기부터 하늘과 땅을 비추고, 신령한 빛으
로 만물이 있게 했다고 말했다. 순서를 부당하게 말하는 역설로 누
더기 옷이 대단하다고 알려주었다.

　　爭似吾家百衲衫
　　雖如或云然殘衲掛襤縷
　　森羅萬像言無盡
　　萬法歸空百衲衫

　　무엇이 우리 집안의 누더기 장삼 비슷하다고 다투는가?
　　비록 해진 누더기 장삼을 걸쳤다고 하지만,
　　삼라만상에서 하는 말 무궁무진한 것이
　　만법이 空으로 돌아가 백번 기운 누더기이네.

　　此衲衣
　　受用無窮無不冝
　　求利求名誰得意
　　志心要道信歸依

　　이 누더기 옷은
　　항상 입어도 편안하지 않음이 없구나.
　　이익이나 명성 구해 누가 뜻을 얻는가?
　　道에 마음 두고 믿음으로 귀의하자.

甚多冝
冬夏莫分四節冝
到處叢林無所礙
隨緣受用盡威儀

아주 편안하다.
겨울 여름 할 것 없이 사시사철 편안하다.
총림 어디에 가도 거리낄 것이 없고,
인연에 따라 입어 위의가 극진하다.

披去披來事事冝
精麤隨衆且威儀
披之衣錦雖尊貴
何似無心此衲衣

입고 가고 입고 와도 일마다 어울리네.
좋든 싫든 대중을 따라, 이것이 위엄이로다.
비단옷을 입은 어느 누가 존귀하냐?
어찌 무심함이 이 누더기와 흡사한가?

醉眼看花誰敢着
衲衣之味圓通覺
看花醉眼味爲迷
掛則繿縿誰敢着

취한 눈으로 꽃을 보고, 누가 감히 입겠는가?
누더기의 맛은 圓通을 깨닫도록 한다.
꽃을 보고 취한 눈은 맛이 미혹해진다.
걸쳐 보았자 누더기이니 누가 감히 입겠는가?

深居道者自能持
道者深居知不知
心法雙忘元或云何有二
千燈暗室照同之

깊이 들어가 거처로 삼는 사람이라야 道를 스스로 지닐 수 있다.
道라는 것은 깊이 들어가면 아는가 모르는가?
마음과 法의 근원을 다 잊고 어찌 둘이 있다 하는가?
천 개의 등불이 어두운 방을 똑같이 비춘다.

　道는 밖에 있지 않고 그 속에 깊이 들어가 거처로 삼는 사람이라
야 지닐 수 있다고 하고. 이러면 道를 안다고 할 것인가는 의문이
라고 했다. 지니고 있는 것은 인식의 대상으로 삼지 않으니 모른다
고 하는 말이 더 적절할 수 있다. 마음과 그 대상인 法을 그 근원에
서부터 함께 망각했으니 둘이 있다고 할 수 없다. 천개의 등불과
같은 깨달음이 어두운 방이라고 할 수 있는 모든 의혹을 일제히 밝
혀준다.

知此衲
得幾何
必是持來歲月多
帛色莫分修補遠
體如殘雪又如霞

이 누더기
얻은 지 얼마나 되었는가?
필시 지녀 온 세월 오래리라.
원래 빛깔 알 수 없을 만큼 멀리 기워

몸체가 잔설 같고 안개 같구나.

누더기는 원래의 모습이 없어져 자기 것이 된다고 했다.

幾春秋
掩已寒
此衲從來自得閑
無事禪中何所有
茅菴依舊對靑山

몇 봄가을 동안
추위를 막았는가?
이 누더기 예로부터 스스로 한가함을 얻게 한다.
일 없이 禪定하는 가운데 무엇을 가질 것인가?
띠풀 암자 여전히 푸른 산을 마주하고 있다.

一半風飛一半留
前飛後在掛縷縷
行行步步毗盧頂
步步行行莫或云何更求

반은 바람에 날아가고 반만 남았네.
앞은 날아가고 뒤만 남아 더덕더덕 걸려,
가는가는 걸음걸음 毗盧頂에 닿는다.
걸음걸음 가고 가며 혹시 무엇을 더 구하려고 하지 말라.

차림을 잘 갖추면 추구하는 바가 온전하리라고 기대하지 말아야
한다. 누더기는 반이 날아가고 뒤만 남아 허세나 미련이 없으므로,

진정한 탐구를 가능하게 한다. 毗盧頂(비로정)은 비로자나불의 이마이며, 높은 경지의 깨달음을 뜻한다. 그것이 저 멀리 높은 곳에 머물러 있다고 착각하고, 가고 가려고 하지 말아야 한다. 걸음걸음 가고 가는 것 자체가 진정한 깨달음이고, 추구하는 목표이다.

> 獨坐茅菴霜月夜
> 茅菴獨坐更求也
> 千差萬別失家鄉
> 眞道由來霜月夜

> 홀로 앉은 띠풀 암자에 서리 내리는 달밤
> 띠풀 암자에 홀로 앉아 다시 무엇을 구하나.
> 천차만별 집을 떠나고 고향마저 잃어,
> 참된 道는 다가온다 서리 내리는 달밤에.

무엇을 말하는지 모호하다. 가능한 대로 추리해보자. 서리 내리는 달밤에 띠풀 암자에 홀로 앉아 고독을 즐기며 자기를 되돌아보려는 것은 아니다. 그런 일탈은 헛되다. 땅으로 내리는 서리나 달빛이 천차만별 집을 떠나고 고향마저 잃은 사람들의 모습이 아닌가 한다. 그 다양상이 누더기 옷과 같다. 이런 깨달음이 다가오는 참된 道이리라. 이런 참여가 소중하다.

> 莫分內外混蒙頭
> 此味從來世上無
> 世上何人知此味

> 안팎을 분간할 수 없게 머리 가려져,
> 이런 맛이 이제까지 세상에 없었는가?

세상의 어떤 사람 이 맛을 알았는가?
바람 맑고 달 밝은 밤에 가려져 있어.

진실을 찾아내 아는 맛을 말하는 것 같다.

即身貧
一物全無貧道人
無價寶珠何得用
能生萬物自由春

이 몸 가난해
가진 것 하나 없이 도 닦는 가난한 사람이
값 매길 수 없는 귀한 보배 어떻게 얻겠나?
만물을 내는 것은 봄이면 절로 된다.

지금 내가 가진 것으로 빈부를 가리려고 하지 말아야 한다. 만물
이 풍성한 엄청난 보배를 봄이면 저절로 얻게 된다. 이것이 도 닦는
나를 결코 가난하지 않게 한다.

道不窮
寂寂寥寥誰與同
獨坐林間休萬事
世間何物定眞宗

道는 끝이 없으며,
적적하고 쓸쓸하니 누구와 함께 누릴까?
홀로 앉은 숲속에서 모든 일 그만두니,
世間의 그 무엇이 참된 진리를 정한다.

적적하고 쓸쓸하면서 끝이 없는 道를 어떻게 알 수 있는가? 어느 누구와 함께 힘들게 모색하는 부담을 덜어버리고, 숲속에 홀로 앉아 있으면 기대가 성취된다. 떠나서 잊었다고 여기는 누더기 같은 世間의 그 무엇이 道가 무엇인지 모습을 갖추어 알려준다. 道는 초탈한 것이 아니고 삶에 내재되어 있다. 이것이 참된 진리라고 할 수 있다.

> 妙用千般也不窮
> 閑喧之禮錦衣同
> 門前對客如常對
> 殿裏銷香禮佛通

> 묘한 작용 천만 가지 다함이 없어,
> 조용하고 시끄러운 예식에서 비단처럼 입는다.
> 문 앞에서 맞는 손님을 예사로 맞으며,
> 불전에서 향 사르고 예불할 때도 통상복이다.

> 莫笑襤縿癡呆漢
> 非心非色非間斷
> 超聲越色也閑閑
> 世上逢人休毀讚

> 비웃지 말아라, 누더기 옷이 어리석고 멍청하다고.
> 마음도 아니고 色도 아니며 끊어짐도 없어,
> 빛과 소리를 뛰어넘어 한가하고 한가하니,
> 세상에서 만나는 사람 비방도 칭찬도 말아라.

누더기 옷이 어떤 구실을 하는가? 마음·色·끊어짐이 없고, 빛과 소리 뛰어넘어 한가한 경지에 이르게 한다고 했다. 세상에서 만나는 사람은 이곳을 모르니, 비웃거나 비방하지 말라고 했다. 칭찬도 그만두라고 했다.

> 曾恭知識續眞風
> 親見平山西指空
> 帝信開堂天下遍
> 廻來我國振宗風

> 일찍이 선지식을 찾아 진실한 가풍을 이었네.
> 平山과 西天 指空을 직접 만났다.
> 황제가 믿음으로 개설한 법당을 두루 둘러보고
> 우리나라에 돌아와 宗風을 진작시켰다.

平山은 중국 고승 平山處林이다. 指空은 중국에 와서 활동하던 인도의 고승이다. 인도를 西天이라고 했다.

> 一鶉衣
> 蔬食衲衣向道宜
> 獨坐獨行無罣礙
> 尋師訪道古來稀

> 너덜너덜한 옷 하나,
> 나물밥이나 누더기 옷이 道 닦기에 적당하다.
> 홀로 앉거나 홀로 다녀도 걸림이 없어,
> 스승 찾아 道 묻는 일 옛적부터 드물다.

앞에서는 스승을 만나 깨우침을 얻었다 하고, 여기서는 道를 자득했다고 했다. 자득한 것이 나물밥과 누더기 옷 덕분이라고 했다.

　　一瘦節
　　烏藤倒握徧西東
　　古今衲子無餘物
　　身上殘衣手活龍

　　가느다란 지팡이 하나,
　　검은 등나무 지팡이 뒤집어 잡고 마구 돌아다닌다.
　　예나 지금이나 衲子에게는 다른 물건이란 없어,
　　몸에는 해진 옷을 걸치고 손으로는 산 龍을 잡는다.

　衲子는 누더기 옷을 입은 수도승이다. 지팡이가 신통력을 가진다
고 여겨 龍이라고 했다.

　　天下橫行無不通
　　從來大道體圓空
　　十方法界非間隔
　　衲子橫行何不通

　　천하를 횡행해도 막히는 곳이 없도다.
　　원래 큰 道는 그 자체가 원만한 空이며,
　　十方의 모든 법계도 서로 간격이 없으니,
　　衲子가 횡행하는 길 어디인들 안 통할까?

　　歷遍江湖何所得
　　華嚴童子求知識
　　遊方法界未休休
　　此意尋之猶未識

강호를 두루 다녀 무엇을 얻었는가?
華嚴 童子는 善知識을 구하려고
멀리까지 法界 다니기를 쉬지 않았으니,
이 뜻을 생각해도 알지 못하겠네.

진리는 가까이 있으므로 멀리 갈 필요가 없다. 누더기 입고 사는 것 자체가 진리이다. 이렇게 말했다. 나는 말한다. 누더기 입고 체험하는 대등 이상의 진리는 없다.

元來只是學貧窮
學道須須學卽空
學得眞空眞道學
堂堂學後空不空

원래 이것은 다만 가난 배움이다.
道 배움이 마땅히 바로 空 배움이다.
참된 空을 배워 얻으니 참된 道學이다.
당당하게 배운 다음 空이 空은 아니다.

가난하게 사는 것과 空을 배우는 것이 같다고 했다. 空이 空은 아니니, 가난이 가난은 아니다.

不求利
自利從來非自利
必有爲他自利長
損他自利全無利

이익을 추구하지 않는다.

자기 이익을 추구해 자기에게 이로운 것이 없다.
반드시 남을 위해야만 자기 이익이 커진다.
남을 해쳐 자기 이익을 찾아도 아무 이익도 없다.

이익을 구하려고 남을 해치면 자기가 망가진다는 말이다.

不求名
求名必有位高情
自然高位有增慢
何事餘生此有情

명예를 구하지도 않는다.
명예를 구하면 반드시 높은 지위를 바란다.
지위가 높아지면 저절로 교만을 더한다.
무엇 때문에 남은 생애에 이런 마음 가지나?

이익도 명예도 추구하지 않고, 남들을 돕고 자기를 낮추는 것이
대등하게 사는 방식이다. 대등하게 살며 즐거움을 주고받으면 얻는
이로움이 헤아리기 어려울 만큼 크다.

百衲懷空豈有情
無思無慮性無生
求名求利何知此
此味之榮不世榮

누더기에다 空을 품었으니 무슨 다른 마음이 있겠는가?
생각도 없고 염려도 없어 性情이 생겨나지 않는다.
명예 구하고 이익 구하는 이들 이것을 어찌 알겠나?
이 맛의 영화는 세상 영화와 다르다.

性情이란 유학에서 하는 말이다. 생각도 염려도 없으면 문제되지 않는데, 명예나 이익을 구하려고 공연히 시끄럽게 하는 것이 아닌가? 이렇게 나무라는 것 같다.

> 一鉢生涯隨處足
> 鉢中蔬食能持足
> 不求修善且無心
> 何事無間墮地獄

> 발우 하나 삶이 어디를 가나 족하다.
> 발우 속 나물밥으로 만족을 느낀다.
> 善도 닦지 않고 그저 무심한데,
> 무슨 일로 무간지옥에 떨어지리오

발우 속 나물 밥으로 만족을 느끼는 것이 善은 아니다. 善도 생각하지 않는데 惡이 끼어들 것인가? 善惡을 분별하지 않아, 극락도 지옥도 없다. 이런 말을 했다.

> 只將一味過殘生
> 終始如然不退行
> 久久功成心鏡朖
> 何勞更覓悟無生

> 오직 이 한 가지 재미로 남은 생을 보내며,
> 처음처럼 이렇듯이 뒤로 물러가지는 않는다.
> 오랜 오랜 공부 이루면 마음 거울 맑아지는데,
> 어찌 수고롭게 無生을 다시 깨치려 하겠는가?

앞으로 나아가면 마음이 맑아지는데, 공연히 뒤로 물러나 어둠 속에서 헤맬 것인가? 이런 말을 깊이를 더 갖추어 했다고 이해한다. 無에 집착하면 得道한다는 착각은 아주 해롭다. 空은 無처럼 어둡게 닫혀 있지 않고, 밝게 활짝 열려 있다. 이런 풀이를 보탤 수 있다.

生涯足
得富來
徧界寶藏何用來
一衲殘時知己足
自家財寶得持來

생애가 족하고
부자가 되어
온 세계 보물창고 어디에 쓰겠나?
단벌 누더기 해졌어도 스스로 만족해
집안의 재물 보배로 간직해 오네.

많이 가지면 행복한 것은 아니다. 너무 많이 가지면 감당하지 못해 재앙을 만들어낸다. 하찮은 것도 소중하게 여기면 효용이 아주 크다. 더 바라는 것이 없으면, 불행은 사라지고 행복만 남는다.

更何求
寶滿鄕
友家醉臥起離鄕
繫珠衣裏不知去
遠到他方歲月長

다시 무엇을 구하겠나?

고향에 보배가 가득한데.
친구 집에서 취해 누웠다 일어나 고향을 떠나.
옷 속에 매어 둔 보배 구슬 모르고 가서,
멀리 타향에 가서 오랜 세월을 보낼 것인가?

무슨 말을 했는가? 어떤 사람이 친구의 집을 찾아갔다. 마침 친구
는 출장을 가게 되어, 값을 헤아릴 수 없이 귀한 보배 구슬을 옷
속에 매어주고 떠나가도록 했다. 그 사람은 취해 누워서 아무것도
모르고 있다가, 일어나서 여기저기 다른 나라를 돌아다니며 밥과
옷을 구하려고 부지런히 일했다. 그러나 살기가 아주 힘들어서 조
금만 얻는 게 있어도 만족했다. 나중에 친구가 우연히 이 사람을
만나 말했다. "여보게, 행색이 어찌 이런가? 내가 전에 자네가 편히
살면서 오욕을 마음껏 누리도록 귀한 보배 구슬을 옷 속에 매어 주
었었네. 아직 그대로 있는데 자네는 알지 못하고 이렇게 고생스럽
게 살아가니 참으로 어리석네. 이 보배를 팔아 필요한 것을 산다면
마음대로 부족함 없이 살 수 있을 것이네."《妙法蓮華經》《五百弟子
授記品》에 있는 이런 이야기를 가져왔다.

이런 유래를 몰라도, 무엇을 말하는지 이해할 수 있다. 자기에게
보배가 있는 줄 모르고 남에게 구걸하는 어리석은 짓을 하지 말아야
한다. 고향이 가장 살기 좋은 곳인 줄 모르고 타향에서 헤매는 바보
가 되지 말아야 한다.

可笑癡人分外求
前因種福若全無
今生薄福難修福
世世生生更是愁

우습구나 바보는 분수 밖을 구한다.
전생에 심은 복이 전혀 없는 것 같고,
이생에도 박복해 복을 짓지 못하며,
世世 生生 시름만 더욱 깊어지는구나.

不會福從前世作
惡因惡兮業隨惡
善因善兮善隨然
善惡之中因莫錯

전생에 지은 복을 알지 못하나.
惡因은 악하니 그 업에 악을 따르고
善因은 선하기 때문에 선이 따르나.
선악의 인과는 어긋남이 없는가.

잘못된 생각을 말한다고 여겨, 의문문으로 번역했다.

怨天怨地妄區區
不是天之與地修
自自自然自修得
不由我福外尋求

하늘과 땅을 원망하며 부질없이 허덕인다.
하늘이 그런 것도 땅이 닦은 것도 아니고
자기가 자연스럽게 스스로 닦아 얻었으면서,
내 복을 내게서 찾지 않고 밖에서 찾는다.

不記月
自居山

待到年窮不厭山
採蕨拾薪爲向食
一生不厭衲衣殘

달을 기억하지 않고,
내 스스로 산에서 살며,
한 해가 다 가도 산이 싫지 않네.
고사리 캐고 땔나무 주워 밥을 해 먹으며,
평생토록 싫지 않네 해진 누더기.

不記年
度年年
老少無常無後先
不記自然身自老
衲衣之下度年年

해를 기억하지 않고,
해를 거듭 보내며,
늙고 젊음 무상해 선후가 없네.
기억 없이 저절로 몸이 스스로 늙으며,
누더기 걸치고 해를 거듭 보낸다.

不誦經文不坐禪
不勞心力自天然
衲衣殘下知何事
眞慧無邊劫外玄

경전을 읽지 않고 좌선도 하지 않고,
마음을 쓰지 않고 자연에 맡겨 둔다.
해진 누더기 아래 무슨 일이 있는지 아는가?

참된 지혜 끝없이 시간 밖에서 현묘하다.

누더기 덕분에 어떤 경지에 이르렀는지 간추려 말했다.

土面灰頭癡呆呆
由來公道無防礙
老人頭面上灰塵
土面灰頭癡呆呆

누런 얼굴 잿빛 머리 천치 바보는
원래부터 公道 막힘이 없도다.
노인은 머리나 얼굴이 재와 티끌이고
누런 얼굴 잿빛 머리 천치 바보이다.

"土面灰頭癡呆呆"는 禪問答 집성 〈碧岩錄〉에서 보살이 "若出世
便灰頭土面"(세상에 나간다면 잿빛 머리 누런 얼굴이 되리라)고 한 데
서 가져온 말이다. "老人"은 자기이다. 자기도 그런 모습을 한 천치
바보이므로, "由來公道無防礙"라고 했다. 누더기 옷 덕분에 보살과
동격이 된다고 한 말이다.

天然衣食最爲禪
自然無我除三毒
何必堂前苦坐禪

천연 그대로의 옷과 밥이 최고의 禪이라,
절로 내가 없어지고 三毒도 사라지는데,
무엇하러 승당에 나가 애써 좌선을 하겠는가

三毒은 마음을 망치는 세 가지 독 貪瞋痴(탐욕, 성냄, 어리석음)이다. 내가 있다는 생각을 버려 세 가지 독도 사라지는 것이 최고의 경지이다. 누더기 옷을 입고 나물밥을 먹으며 천연 그대로 지내면 그 경지에 이르므로 승당에 나가 좌선할 필요가 없다. 이 말로 긴 노래를 마쳤다.

4

남루한 옷 糞掃衣 또는 納衣라고 하는 누더기 옷을 수도하는 승려들이 즐겨 입고 자랑으로 삼는 오랜 전통이 있다. 인도에서 원래 폐기된 헝겊쪽을 주워 모아 만든 糞掃衣를 입고, 이집 저집 다니면서 밥을 얻어먹는 乞食을 하며, 석가여래를 비롯한 모든 승려가 걸인처럼 지냈다. 물질에 관한 욕망을 없애 정신을 깨끗하게 하고, 가장 가난하게 사는 빈곤층과 다름없게 되어 인생이 고해임을 더욱 절감했다. 그런 생활에서 도를 닦아 얻는 불교의 깨달음이, 내 용어로 풀이하면 차등론은 잘못되고 대등론이 타당하다고 하는 것을 기본 내용으로 했다. 이것이 대단한 설득력을 가져, 인도 이동 아시아 거의 전역에서 받아들였다.

출세하면 타락해 대등론에서 자라난 것이 차등론으로 변신하는 배신이 자행되는 데 모든 종교가 예외일 수 없다. 불교는 이 배신을 막지 못하면 줄이려고 糞掃衣를 입고 乞食을 하는 관습을 둘 다 잇지 못하면 하나라도 지키려고 했다. 동남아시아에서는 황금빛 거사를 화려하게 걸친 승려가 기다리고 있던 신도들이 바치는 음식을 받는 것을 걸식으로 삼는다. 동북아시아에서는 식사는 절에서 정갈하고 알차게 마련해 걸식은 그만두고, 糞掃衣를 納衣라고 일컫고 색깔을 칙칙하게 하는 데다 누더기로 보이는 갖가지 헝겊을 모아 기운 것을 보태 품위 있는 장식으로 삼는다.

동남아시아 승려들도 걸식을 그만두고, 동북아시아 승려들도 화려한 가사를 입으면, 불교는 대등론을 지킨다는 주장이 퇴색한다. 말하는 것과는 반대로, 차등론 옹호를 사실상의 기능으로 한다. 그런 변화가 이미 나타나 있다. 동남아시아 승려들이 걸식을 한다면서, 신도들이 바쳐서 받는 음식이 최상품이다. 동북아시아 승려들은 부처 앞에서 예식을 거행하거나, 신도들을 모아놓고 높은 자리에서 설법을 할 때에는 차림이 달라진다. 納衣와는 아주 다른 화려하기 이를 데 없는 法衣을 입고 위엄을 돋운다.

고승이 화려한 차림을 하고 압도적인 권위를 행사하면서 베푸는 설법 덕분에, 최상위의 부처에서부터, 그다음의 보살, 神衆, 그 하위의 승려, 신도, 마지막의 사람이 되지 못한 축생에까지 이르는 위계질서를 분명하게 한다. 이런 것은 타락이다. 대등론이어야 할 불교가 차등론을 옹호하는 배신을 한다.

5

惠勤은 가장 높이 숭앙되는 고승이었다. 높은 자리에 앉아 대중에게 깨달으라고 일러주는 설법을 베푸는 임무를 줄곧 수행했다. 그래서 대등론이어야 할 불교가 차등론을 옹호하는 타락이나 배신에 가담했다. 그러다가 잘못 가고 있는 것을 알아차리고, 방향을 돌리는 결단을 내렸다. 자기 과오를 바로잡고, 다른 승려들도 반성하도록 하고, 차등론을 대등론으로 바꾸어놓고자 했다.

이 작업은 대중을 향한 설법이 아닌, 스스로 지어 부르는 노래에서 했다. 많은 노래가 이런 의의를 가지는 가운데 이 〈白納歌〉가 가장 긴요하다. 납의라는 누더기 옷이 어떤 것이며, 왜 입으며, 그 래서 무엇을 하는가 길게 노래하면서 많은 말을 했다. 화려한 法衣 가 망치는 생각을 누더기 납의로 바로잡고자 했다.

남루한 옷을 걸치고 밑바닥에서 살아가며 고매한 이치를 추구한 다고 했다. 남루한 것이 순수하다. 사는 자세를 최대한 낮추어 대등 을 체득하고 실현하는 범위를 가장 넓힌다. 말을 앞세우지 않고 실 행으로 말을 대신해, 누구나 이해하고 공감할 수 있게 한다. 아무렇 게나 보아도 볼 것을 보고, 더러운 차림으로 깨끗한 수행을 한다.

산만과 집중, 오탁과 청정이 둘이 아니다. 차등의 분별을 버려야, 대등의 지혜를 얻는다. 빈부를 가리지 않고, 선악도 생각하지 않는 다. 시비 분별을 하지 않는 것이 아주 높은 경지이다. 가진 것이 없이 가난해야, 천만 가지 묘한 쓰임 다함이 없게 한다.

더 생각하면 누더기 옷은 각기 다른 헝겊 조각들이 서로 필요로 하는 관계를 가지고 이어져 있다. 대등이 무엇인지 명확하게 말해 준다. 그런 관계가 무수히 많아 대등의 폭이 아주 넓다. 이것이 사람 들이 살아가는 마땅한 양상일 뿐만 아니라, 천지만물의 진정한 모 습이다. 이 점을 깨달아 아는 것이 수행이고 득도이다.

"森羅萬像言無盡 萬法歸空百衲衫"(삼라만상에서 하는 말 무궁무진 한 것이 만법이 空으로 돌아가 백번 기운 누더기이네)라는 말은 깊이 깨달음을 말해준다. 삼라만상이 하는 무궁무진한 말이 백번 기운 누더기와 대등하다. 둘 다 아주 많은 것들이 空이다. 多則空에서 양쪽 대등하다. 이것은 만물대등론이 아주 심오한 경지로 나아간 각성이다.

"衲衣之味圓通覺 看花醉眼味爲迷"(누더기의 맛은 圓通을 깨닫도록

한다. 꽃을 보고 취한 눈은 맛이 미혹해진다.) 이 말도 다시 보자. 맛이 란 감각이고 인식이다. 화려한 꽃을 보고 매혹되면, 맛이 혼미해진 다. 그런 잘못을 누더기가 바로잡아준다. 모든 것이 圓通, 원만하게 상통하는 깨달음의 경지로 나아가게 한다.

누더기 옷이 "一半風飛一半留 前飛後在掛縷縷"(반은 바람에 날아 가고 반만 남았네. 앞은 날아가고 뒤만 남아 더덕더덕 걸려.) "行行步步 毗盧頂 步步行行莫或云何更求"(가는가는 걸음걸음 毗盧頂에 닿는다. 걸음걸음 가고가며 혹시 무엇을 더 구하려고 하지 말라.) 이렇게 말한 대목에 특히 깊은 뜻이 있다.

차림을 잘 갖추면 추구하는 바가 온전하리라고 기대하지 말아야 한다. 누더기는 반이 날아가고 뒤만 남아 허세나 미련이 없으므로, 진정한 탐구를 가능하게 한다. 毗盧頂은 비로자나불의 이마이며, 높은 경지의 깨달음, 도달하고자 하는 이상을 뜻한다.

도달하고자 하는 이상이 저 멀리 높은 곳에 있다고 착각하지 말 아야 한다. 그곳으로 기필코 가고 가야 한다고 생각하지도 말아야 한다. 걸음걸음 가고 가는 것 자체가 진정한 깨달음이고, 추구하는 목표이다.

이색

1

李穡(1328-1396)은 權近이 쓴 행장에서, 모든 논의를 "必合於程朱之旨"(반드시 程子·朱子의 宗旨에 맞게 해서) "東方性理之學大興"(동방의 성리학을 크게 일으켰다)고 했다. 이것은 과장이거나 오해이다. 우상이 필요해 조작했다고 해도 지나친 말은 아니다.

程朱를 받들어 성리학을 논하는 글을 쓰지 않았다. 성균관에서 가르치면서 그런 말은 했을 수 있지만, 정착시켜 업적으로 삼지 않았다. 이치의 근본을 스스로 밝히려고 분투했다. 4천 수가 넘는 시가 모두 이치의 근본을 스스로 밝히려고 한 노력을 알려주니, 분투했다는 것이 적절한 말이다.

성현의 가르침을 가져와 풀이하면 철학 알기를 자랑으로 삼고 존경받을 수 있다. 훈계나 호령에 위엄이 따른다. 이색은 그 길을 택하지 않고, 이치를 스스로 밝혀 철학하기를 하려고 힘들게 노력했다. 미혹에서 헤매며 자기를 미친놈이라고 한 詩에서, 철저한 비판과 탐색을 위한 진지한 자세를 확인할 수 있다.

2

〈我狂〉이라고 한 제목이 같은 시 두 편에서 하나는 네 줄씩만 들고, 또 하나는 다 든다.

〈我狂〉

止則如繫馬
行則如逝水
言不擇其時
語必忤他意

〈나는 미쳤다〉

가만히 있으면 묶인 말이고,
움직이면 흘러가는 물이다.
언사가 때를 가리지 않고,
수작은 남들의 뜻을 거스른다.

　이것은 탐구하는 자세이다. 매인 데 없고 자유로워 말썽을 일으
킨다. 제목이 같은 다음 시는 탐구하는 내용이다. 눈에 보이는 모든
것에 의문을 가지고 까닭을 알아내려고 한다. 성현의 가르침에 해
답이 있는 것은 전연 아니다.

〈我狂〉

我其發出狂
踽踽顧四方
膽烏止誰屋
家耄遜于荒
涉水其無涯
心憂亦孔將
今天其命哲

鳳凰飛高岡

〈나는 미쳤다〉

나는 미친 것을 출발로 삼고,
종종걸음으로 사방을 살핀다.
저 까마귀 누구 집에 내려앉나?
물을 건너면 끝이 없어지는가?
집안의 노인과 손자 흉년 만나,
마음에 근심 구멍이 생기겠네.
지금 하늘의 명령이 슬기로운지,
봉황이 언덕 위 높이 날고 있네.

  각기 다른 말이 이어진다. 1-2행 자기 거동, 3-4행 눈으로 보고 가지는 의문, 5-6행 왜 살기 어려운가? 7-8행 해결책이 있는가? 자기 거동은 미친 것을 출발로 삼고, 종종걸음으로 사방을 살핀다. 남들은 예사롭다고 하는 것이 모두 의문투성이다. 까마귀가 내려앉고, 물이 흐르고, 살기 어려운 사람들의 처지를 그냥두고 보지 못하고 함께 근심하니 가슴에 구멍이 뚫린다. 이 모든 비정상이 어떻게 시정되는가 묻고 싶다. 알고 싶다.

3

〈永慨辭〉
〈길게 탄식하는 말〉

이것은 길게 이어진다. 서두·중간·결말에서 한 대목씩 든다.

興言蹙口以出聲兮
人謂我其宣驕
辯之好以明道兮
人謂我其譊譊

홍이 나서 입을 오므려 소리 내니
남들은 나를 일러 교만하다고 한다.
변론해 도리 밝히기 좋아하니
남들은 나를 떠들어댄다고 한다.

人謂我其無用兮
斯其學之殽也
人謂我其無體兮
斯其行之澆也

남들이 나를 일러 쓸모없다고 하니,
이는 내 학문이 어지럽기 때문이요.
남들이 나를 일러 체통 없다고 하니,
이는 내 행실이 천박한 때문이다.

爾旣悔兮猶豫之如斯
宜乎人謂我其難料
千載而有人兮
想永慨於中宵

너는 이미 뉘우치고도 이렇게 머뭇거리니,
응당 남들이 나를 일러 알기 어렵다 하리라.
천년 뒤에 나를 아는 사람이 있으면,
한밤중에 길이 개탄하리라고 생각되네.

세상 사람들이 하지 않은 말을 하려고 하고, 그 때문에 비방의
대상이 될까 염려했다. 통념을 따르지 않고 새로운 이치를 밝히려
고 노력하면서 이렇게 말했다. 알아주는 사람이 천년 뒤에나 있어,
불우함을 두고 길게 탄식하리라고 했다. 어떤 이치를 밝혀 무어라
고 했기 때문에 불우하게 되었는지 알기 어렵다. 진전은 더디고 진
통이 너무 오래 계속되었다.

〈自訟辭〉

豈子言之訐詐兮
子則師其恫愊也
豈子學之鹵莽兮
子則至于其極也

〈스스로 소송한다〉

어찌 내 말이 거짓되다고 하는가?
나는 진실하고 정성스러운 것만 본받았다.
어째서 내 학문이 거칠다고 하는가?
나는 이제 궁극의 경지에 이르렀다.

하는 말이 거짓되다는 비방을 물리쳤다. 진실하고 정성스러운 것
만 본받아 거짓될 수 없다. 이제 궁극의 경지에 이르렀다. 궁극의
경지가 어떤 것인가?

〈自傷學之未至也 求諸日用中吟成二首 以致其力焉〉第一首
人心與道心
只從動處求

性發乃本源
欲生卽派流
分明只一水
吾今復何憂
養成浩然氣
天地莫能周
脈絡却細密
愼旃無謬悠

〈학문이 미치지 못함을 상심해, 일상생활 속에서 찾을 것을
찾아 시 두 수를 읊으며 스스로 힘쓴다〉 제1수
인심과 도심은
다만 움직임에서 찾아야 한다.
본성은 바로 본원에서 발원하고,
욕심이 생김은 지파의 흐름이다.
분명히 물은 하나뿐인 것인데
내가 지금 다시 무엇을 걱정하랴?
호연지기를 잘 기르면,
하늘과 땅도 에워싸지 못하리.
맥락을 세밀히 관찰하여,
어긋남이 없도록 삼갈지어다.

이것이 궁극의 이치이다. 인심과 도심은 출처가 다르다고 하지
만, 한 흐름이다. 호연지기를 잘 기르면 염려할 것이 없다. 마음을
크게만 가질 것은 아니다. 세심하게 살펴, 해야 할 일을 어긋남이
없게 해야 한다.

4

〈責蟲吟〉

有蟲有蟲小如蠶
養出軀幹天地深
不與玄蟬蛻污濁
清風湛露爲腹心
形形色色萬不齊
父乾母坤同一忟
所以聖人贊化育
匹夫匹婦皆自足

〈벌레를 나무라는 노래〉

벌레 벌레 누에같이 작은 벌레여
천지의 깊은 곳에 몸뚱이를 길러내고,
가을 매미와 함께 더러운 곳 벗어나서,
맑은 바람 이슬만 마시고 살진 못하누나.
형형색색 수많은 사물 가지런하지 않으나,
하늘 아비 땅 어미는 어디서나 같은 마음,
이로써 성인이 천지의 화육을 도와.
이런저런 남녀가 모두 자족하게 한다.

"形形色色萬不齊 父乾母坤同一忟 형형색색 수많은 사물 가지런
하지 않으나, 하늘 아비 땅 어미는 어디서나 같은 마음", 이것이 이
치의 핵심이다. 하늘과 땅이 부모 같은 마음을 가지고 만물을 화육
하고, 성인이 그 임무 수행을 도와 이런저런 남녀가 모두 자족하게
한다고 했다. 혜택이 더러운 곳을 벗어나지 못하고 살아가는 작은

벌레에까지 미치는 것을 알아야 한다. 알아야 할 것을 모르면 잘못이라고 벌레를 나무란다는 말을 해서 사람이 크게 뉘우치게 했다.

〈獨吟〉 전반부

動植雖疎闊
相須自有方
盲龜値浮木
疥馬得枯楊

〈홀로 읊다〉 전반부

동물과 식물이 비록 서로 소원하지만,
서로 의지함엔 절로 방도가 있도다.
눈먼 거북은 물에 뜬 나무를 만나고,
옴 오른 말은 마른 버들을 얻는다네.

　여기서는 천지가 만물을 화육한다고 하는 것과 다른 말을 했다. 만물은 대등한 관계를 가지고 서로 돕는다고 했다. 동물과 식물은 소원한 것 같아도 서로 돕는다고 하고, 동물이 식물의 도움을 받는 예증을 들었다. 발상의 획기적인 전환을 확인하면서 미흡함을 아쉬워한다. 내 논의를 조금 보태지 않을 수 없다.
　천지가 만물을 화육하고 성인이 돕는다는 것은 차등의 관계이다. 관념적으로, 인습적으로 인정된다. 동물과 식물이 서로 돕는 것은 대등의 관계이다. 명백한 사실로 확인되는 필수적인 관계이다. 식물은 살아서, 동물은 죽어서 서로 먹이가 된다.

5

〈觀魚臺小賦〉(관어대 소부)는 得意作이다. 序에서 말했다. "觀魚臺 在寧海府 臨東海 石崖下游魚可數 故以名之 府吾外家也 爲作小賦 庶幾傳之中原耳"(관어대는 영해부 동해 가에 있다. 돌 벼랑 아래에서 고기들이 노는 것을 셀 수 있어 그렇게 이름 지었다. 영해부는 나의 외가가 있는 곳이다. 소부를 지어 중원에 전해지기를 바란다.)

외가가 있는 곳의 관어대가 천하제일의 명승과 대등하다고, 자기 작품이 중원 역대 명작과 대등하다고 평가되기를 바랐다. 附記를 달아, 전에도 여러 賦를 지었는데 과거에 급제하기 위해 자기 뜻이 아닌 말을 했으므로 기록에 남기지 않는다고 했다. 전문을 한 대목씩 들어 번역하고, 필요하면 풀이한다.

丹陽東岸
日本西涯

단양의 동쪽 언덕이고,
일본의 서쪽 물가이다.

무척 높은 곳에서 내려다보는 듯이, 시야가 아주 넓다. 관어대가 나라 안에서는 국토 중앙의 단양 동쪽 언덕이라고, 나라 밖에서는 일본 서쪽 물가라고 했다. 序에서 중원에 알려지기를 바란다고 했으니, 동아시아 세 나라를 한 자리에 놓고 서로 대등하다고 했다.

洪濤淼淼
莫知其他

其動也如山之頹
其靜也如鏡之磨

큰 파도가 아득하고,
알 수 없다, 그 나머지는.
움직이면 산이 무너지는 듯하고,
잠잠하면 거울을 닦아 놓은 것 같다.

시선을 축소해 눈으로 직접 볼 수 있는 것만 말했다. 물결에 압도
되어 다른 것은 잊었다. 앞 대목과 연결시키면, 거시와 미시를 함께
갖추고, 생각하는 것과 보이는 것을 대등하게 말했다.

風伯之所橐籥
海若之所室家
長鯨群戲而勢搖大空
鷲鳥孤飛而影接落霞

바람의 신이 풀무질을 하고,
바다의 신이 집으로 삼는다.
길게 이어진 고래 떼의 놀이가 창공을 뒤흔들고,
사나운 새 외로이 나는 그림자에 저녁놀이 이어진다.

물결 외의 다른 것들도 보고 생각한다. 이것저것이 이어지고,
인과관계를 가지기도 하는 것을 알 수 있다. 만물이 다채롭게 생
동한다.

有臺俯焉
目中無地

上有一天
下有一水
茫茫其間
千里萬里

臺가 있어 내려다보니,
눈에 땅은 없다.
위에는 하늘 하나만 있고,
아래는 물 하나만 있다.
아득히 먼 그 사이가
천리만리이다.

멀리 보니 이렇다. 하늘과 물이 하나씩이다. 그 거리가 엄청나다.

惟臺之下
波伏不起
俯見群魚
有同有異
圉圉洋洋
各得其志

오직 대 밑에는
파도가 눕고 일지 않는다.
고기들을 내려다보니,
같은 것도 다른 것도 있다.
느릿한 놈들 활발한 놈들이
각기 그 뜻을 얻었다.

가까이 보니 이렇다. 놀고 있는 고기들이 서로 같기도 하고 다르기도 하다. 그러면서 각기 그 나름대로의 뜻을 얻었다. 각기 다른 것이 차등이 아닌 실상을 파악해, 대등론의 이치를 분명하게 했다고 할 수 있다.

> 任公之餌夸矣
> 非吾之所敢擬
> 太公之釣直矣
> 非吾之所敢冀

> 任公의 미끼는 과장된 것이라,
> 내가 감히 흉내낼 바 아니다.
> 太公은 낚시 바늘이 곧았으니,
> 내가 감히 바랄 바가 아니다.

고기를 보니 낚시를 생각했다. 낚시를 별나게 했다는 옛 사람들이 떠올랐다. 任公은 《莊子》〈外物〉에서 50마리 소를 미끼로 삼고, 會稽山에 걸터앉아 東海에 낚싯줄을 드리워 아주 큰 고기를 낚았다고 했다. 姜太公은 渭水에서 고기를 잡을 뜻이 없어 곧은 바늘로 낚시를 했다는 말이 전해온다. 각기 다르게 허세를 부린 것을 지적하고, 자기는 그럴 뜻이 없다고 했다. 그러면 무엇을 하는가? 다음 대목이 말해준다.

> 嗟夫我人
> 萬物之靈
> 忘吾形以樂其樂
> 樂其樂以歿吾寧
> 物我一心

古今一理

아 우리 인간은
만물의 영장이다.
내 형체를 잊고 그 즐거움을 즐긴다.
즐거움을 누리며 죽으면 편안하리.
物我가 한 마음이고,
古今의 이치가 하나이다.

낚시로 고기를 잡으려고 하지 않고, 이치를 탐구해 파악했다. 이익을 추구하지 않고, 마음을 넓혔다. 인간이 만물의 영장이라고 해서, 만물보다 우월한 것은 아니다. 내 형체를 잊고 만물의 즐거움에 동참한다. 그 즐거움을 누리며 죽으면 편안하다.

차등론을 버리고 대등론을 실현하며, 物我一心을 깨닫는 것이 신령스러워 영장이라고 한다. 이런 이치는 고금에서 일제히 말하고, 시대에 따라 변하는 것이 아니다. 이 대목에서 깊은 의미를 지닌 자득 철학이 뚜렷한 모습을 갖추고 나타났다.

孰口服之營營
而甘君子之所棄
慨文王之旣歿
想於物而難跂
使夫子而乘桴
亦必有樂于此

그 누가 구복 채우기에 급급해,
군자의 버림받기를 달게 여기겠나?
슬프구나, 文王은 이미 돌아갔으니,

於牣을 생각해도 바라기 어렵겠다.
夫子로 하여금 떼를 타게 한다면,
또한 반드시 여기에 즐거움이 있으리.

　於牣(오인)은 "아 가득하다"는 뜻이며, 《詩經》〈大雅 靈臺〉에서
"於牣魚躍"(아, 가득히 고기가 뛰노는구나)라고 한 말에서 유래했다.
文王이 백성들과 함께 즐기는 仁政을 펴자, 백성들이 문왕의 집을
영靈臺, 못을 靈沼라 하고 그 못에서 뛰노는 고기를 보고 이렇게
말했다고 한다.
　夫子는 孔子이다. 《論語》〈公冶長〉에서 "道不行 乘桴浮于海"(道가
행해지지 않으니, 나는 떼를 타고 바다에 뜨리라)고 한 말을 가져왔다.

　　　惟魚躍之斷章
　　　酒中庸之大旨
　　　庶沈潛以終身
　　　幸撌衣於子思子

　　　惟魚躍之斷章
　　　酒中庸之大旨
　　　庶沈潛以終身
　　　幸撌衣於子思子

　《中庸》에서 "鳶飛戾天 魚躍于淵"(솔개는 하늘에서 날고, 고기는 못
에서 뛴다)는 말로 道가 천지에서 실현되는 것을 말했다. 子思子는
孔子의 손자이며, 《中庸》의 저자이다.
　자득 철학을 말하고 끝을 내지 않고, 마지막 두 대목에서 자득한
바가 옛 사람이 한 말과 연결된다고 했다. 의양이면 안심이 되고,

자득은 빗나가지 않는가 염려하는 풍조를 거슬리지 않으려고 한 것만은 아니다. 古今의 이치가 하나임을 확인하고, 자기가 한 말을 다시 보도록 했다.

펼쳐놓는 것을 능사로 삼지 않고, 자득을 집약했다. 物我一心을 분명하게 말한 것은 전례가 없다. 의양에서 자득으로 나아가 무엇을 이루었는지 이 한 말로 알려주었다.

작품을 오늘날의 관점에서 더 살펴보자. 아름다운 경관이 펼쳐져 있는 공간, 경관을 바라보는 시각, 공간과 시각이 함께 달라지게 하는 날씨의 작동, 이 셋을 함께 보여주는 입체 조형물을 이룩했다. 이 셋이 각기 상반된 양면을 갖추었다.

공간에서 거대와 미세, 시각에서 거시와 미시, 작동에서 격동과 고요가 맞물려 돌아간다고 했다. 이런 구조를 가지고 무엇을 말했는가? 두 가지 대답을 할 수 있다.

자기 고장의 명승 觀魚臺와 그 주위 바다 위아래의 온 천하가 하나를 이룬다고 했다. 거대·거시·격동을 찬양하며, 자기 고장을 버리고 온 천하라는 곳을 찾아 멀리 떠나간다고 독수리 같은 위세를 자랑하며 차등론의 나팔을 우렁차게 불지 않았다. 어려서 놀던 바닷가의 관어대로 되돌아와, 미세·미시·고요를 소중하게 여기며 바로 아래 내려다 보이는 물속의 고기들을 한 마리씩 세고. 다정한 벗이라고 여기고 오래 알고 있는 이름을 부르는 것 같았다.

미세·미시·고요의 영역에서 노는 고기의 무리와 대등한 관계를 가지고 고향으로 회귀한 즐거움을 확인했다. 이런 1차대등론을 근거로 삼아, 거대와 미세, 거시와 미시, 격동과 고요가 서로 달라 서로 필요로 하는 관계를 가지는 2차대등론을 이룩해 천지만물의 모든 것을 차별 없이. 상호관계에 입각해 이해하고 평가했다. 자아와 만물이 따로 있지 않고, 物我一心인 이치를 확인했다.

物我一心이라고 한 궁극적인 대등론은 遠近一鄕, 外內一路, 異同一體, 暗明一光, 愚賢一人이기도 하다. 차등론에 사로잡혀 혼미에 빠지지 말고, 대등론 발견에서 눈을 뜨는 각성이 이루어지는 줄 알고, 실행해야 한다. 대등론은 한 가닥이 아니고, 사방으로 널려 있다.

6

이색은 철학은 하지 않고 문학만 했다. 철학은 하지 않아 의양 철학을 하는 글을 쓰지 않았다. 문학을 하면서 자득 철학을 조심스럽게 조금씩 이룩한 것이 여기저기 남아 있다. 그 자취를 힘써 찾아야 한다.

李奎報와 비교해보면, 이색은 조심스럽게 살며 글을 쓴 차이점이 있다. 생각도 말도 거침없이 뻗어나게 하지 못하고, 신중한 태도로 이런저런 시험을 했다. 자득으로 바로 나아갈 수 없게 하는 의양의 제약을 의식하면서 우회로를 찾고자 했다. 기존의 가치관이 무너진 무신란 시대의 혼란을 자득을 위한 여건으로 이용할 수 없게 된 것이 그 이유일 수 있다. 고려를 지킬 것인가 새 왕조를 이룩할 것인가를 두고 생긴 첨예한 대립을, 어느 쪽에 가담하지 않고 넘어서고자 하는 것은 무척 힘들었던 것도 알아야 한다.

惠勤과 비교하려면, 불교와 유교의 기반이 다른 것을 알아야 한다. 불교는 독자적인 활동영역이어서, 그 중심에서 편하게 지내며 이미 확보되어 있는 많은 지지자를 상대로 말을 하고 글을 쓰는 혜근은 대단한 자유를 누렸다. 그래도 누더기를 입고 가난하게 살아가 차등이 아닌 대등을 깨달음으로 삼았다. 조심하는 태도로 관직에 종사하면서 국왕의 미움을 사지 않는 범위 안에서 올바른 도리를 말하며, 사사로운 글쓰기는 더욱 알뜰하게 해야 하는 유신 문인의 어려움을 보여주었다.

크게 보면 이규보·혜근·이색은 차이점보다 공통점이 크게 두드러진다. 셋이 함께 고려후기를 창조력이 넘치는 시대이게 했다. 동아시아 전역의 중세후기를 이룩하는 데 앞장서서 새 시대를 이끌도록 했다. 그 역량으로 조선왕조를 창건했으나, 선진이 저지되는 장애가 생겨났다. 불교는 억압하고, 유교를 지배이념으로 했으며, 理氣이원론으로 사고를 규제하는 의양 철학을 확립해, 자득 철학이 자라나려면 많은 어려움을 겪게 했다.

원천석

1

元天錫(1330~1402)은 麗末鮮初의 隱士이다. 고려와 조선 양쪽의 정치를 불만스럽게 여겨 자취를 감추어 거리를 두었다. 雉嶽山 속에 들어가 산수를 벗으로 삼고 농민과 함께 지내면서, 시 창작에 힘썼다. 隱居는 표나지 않고 소리 없는 逍遙遊이다.

천여 수의 시를 수록한 저작을 《耘谷詩史》라고 해서, 역사에 대한 증언으로 알도록 한다. 피상적으로 읽어도 된다며 독자를 모으는 데 끌려 들어갔더라도, 정신을 차리고 잘 읽어야 한다. 그 속에 감추어져 있는, 궁극의 진실이 무엇인지 밝힌 대단한 수준의 자득 철학을 알아내야 한다.

2

〈代民吟〉

生涯寒似水
賦役亂如雲
急抄築城卒
兼抽鍛鐵軍

風霜損禾稼
縷雪弊衣裙
未忘妻孥養
心煎火欲焚

〈백성을 대신해 읊는다〉

생애는 물같이 차가워지고,
부역은 구름처럼 얽혀 있다.
갑자기 성 쌓는 졸개로 뽑혔다가,
쇠 다루는 군인을 겸하기도 한다.
바람과 서리에 농사가 망가지고,
눈발 탓에 옷은 해어지고 말았다.
처자식 돌보아줄 걱정 잊지 못해,
마음이 불붙어 타들어가려 한다.

이 시에서는 官民이 나누어져 있고, 士農이 다르다. 士가 官의
임무를 맡아 農民을 부리려고 하지 않았다. 官과 맞서는 士民이 되
어 農民이 하지 못하는 항변을 맡아서 토로했다. 자기가 농민이 되
지는 않아 거리가 있으므로, 하는 말이 개괄에 그치고 절실하지는
않다.

〈耘老吟〉

[가]
耘老平生可憐
心無綵繪之飾
有時半醉高今
十里溪山動色

[나]

耘老今年農業
不耕一畝水田
由來我腹空洞
無物可容可全

[다]

耘老不耘禾穀
亂苗稂莠荒蕪
皇天不儆人物
化俗賢良絕無

[라]

耘老全忘勢利
陶陶且或囂囂
遵性樂天何敢
嗟嗟只不簞瓢

[마]

耘老聊將管城
發生十分狂興
管城且笑且言
怪爾一生塵甑

〈김매는 노인의 노래〉

[가]

김매는 노인 평생은 아주 가엽다.
마음의 그림 장식이랄 것도 없다.
때로는 반쯤 취해 노래 부르면,

십리 개울과 산에 빛이 일렁인다.

[나]
김매는 노인의 올해 농사
논 한 이랑도 갈지 못했네.
원래 내 배는 텅 비어 있고,
받아들여 채울 것이 없도다.

[다]
김매는 노인 논에서 김매지 않아,
잡초가 제 멋대로 우거져 있구나.
하늘이 사람과 동물 경계하지 않고,
풍속을 교화할 어진이 전연 없구나.

[라]
김매는 노인 권세나 이익은 아주 잊고,
질그릇 질그릇 속이 온통 비어 있다.
천성대로 즐기는데, 하늘인들 어쩌리?
살림이 너무 빈약하다고 탄식하지 않는다.

[마]
김매는 노인 붓을 잡기만 하면,
아주 미친듯한 감흥이 일어난다.
붓은 웃기도 하고 말하기도 한다.
괴이하다 평생 시루에 먼지 쌓여.

　모두 열 수 연작인데, 절창이라고 할 수 있는 것들 다섯 들었다.
김매는 노인 耘老의 생활을 노래하면서, 노래하는 시인이 은거하고

있는 처지임을 말했다. 芸老와 상응하는 말이 필요해 詩隱이라고
한다.

詩隱과 芸老는 士農의 지체 차등이 있고, 일을 心과 身을 움직여
하는 차등도 있다. 그러면서 원래부터든 선택해서든 궁벽한 곳에
물러나 사는 窮居가 대등하다. 더 바라는 것이 없어 스스로 즐거워
하는 自樂 또한 대등하다. 차등과 대등을 번갈아 말하다가, 차등이
대등이고 대등이 차등이어서, 詩隱과 芸老는 둘이 아니고 하나라고
했다.

[가] 온통 芸老의 삶을 말한 것 같으나, 취해 부르는 노래는 양쪽
공통이고, 그림 장식이 없다는 것은 詩隱의 마음가짐이다.

[나] 芸老의 농사가 잘 되지 못한다는 말이다. 배가 텅 비었어도
채울 것이 없다는 말도 芸老의 처지를 나타내지만, 詩隱이 어떻게
지내는지 알려주기도 한다. 비가 비었듯이 마음을 비우는 것은 당
연해 명분이나 욕망으로 유혹해도 받아들이지 않는다.

[다] 芸老의 게으름을 나무란다고 여기면 범속한 시이다. 세상이
온통 잘못되고 있는 것은 芸老가 게을러 詩隱이 廢農한 것과 다름없
는 詩隱의 임무 포기 때문이니 책임을 절감해야 하는가? 이런 생각
을 한다고 보면, 깊은 토론을 해야 한다.

[라] 芸老와 詩隱이 다르지 않다. 권세나 이익을 잊었으니, 궁핍
한 것이 당연하다.

[마] 평생 시루에 먼지 쌓이는 신세를 떨치고 일어나. 芸老가 붓
을 집고 휘두르니 미친 흥이 난다. 이렇게 말한 것은 詩隱의 분발이
다. 詩隱이 芸老처럼 살아 芸老의 힘을 얻어 일어선다는 말이다.

士農의 차등을 詩隱과 芸老의 대등으로 부정한다. 士는 詩隱이
되어 아래로 내려가고, 農이 芸老가 되어 위로 올라가, 둘이 엇갈리

면서 서로 도와주다가 하나가 된다. 대등론의 구조와 효용을 아주
잘 말해준다.

3

　畜生에까지 관심을 가졌다. 소, 닭, 파리 등이 어떻게 살아가는지
살피는 별난 시를 지었다. 자기 심정을 토로하기 위해 그런 것들을
드는 통상적인 발상에서 벗어나, 무엇이든 사람과 다름없는 삶을
누리고 있는 것을 발견했다. 만인대등을 넘어서서 그 근거를 확실
하게 하는 萬生對等을 발견하고 입증했다. 이것은 획기적인 의의가
있다.

　소·닭·파리는 大中小 畜生의 대표자로 선정되었다. 소는 세 번
노래했다. 그 가운데 하나, 전거가 없고 자기 말만 한 것을 든다.
닭 노래는 두 편 연작이다. 파리 노래는 상당히 길다.

　　〈雨中牧牛圖〉

　　放牛春岸草菲菲
　　料峭輕寒間夕霏
　　縮坐樹根眠更穩
　　任從枝露滴矮衣
　　坡平草軟一江眉
　　煙曳輕紈雨散絲
　　穩跨牛腰欹蒻笠
　　太平身世孰如斯

　　〈비 오는데 소 먹인다〉

　　소 풀어놓은 봄 언덕에 풀이 향기롭고,

으스스한 추위에 저녁 비 가끔 내리네,
나무 밑 쪼그리고 앉아도 잠이 편안하고,
나뭇가지 이슬에 옷 젖어도 내버려두네.
언덕 평평하고 풀 부드러운 강 언저리에서,
안개는 비단 살짝 끌고 비는 실 흩날린다.
소 잔등에 비스듬히 앉아 삿갓 기울이니,
태평스러운 신세 어느 누가 이와 같으리.

소를 먹이면서 소와 함께 지내니 소처럼 편안하다. 아직 으스스 추운 봄날 저녁에 비가 가끔 내리는 시련이 있어도, 언덕이 평평하고 풀이 부드럽고 향기로운 것을 만족스럽게 여기는 소처럼 살아간다. 나무 밑에서 쪼그리고 자고, 나뭇가지 이슬에 옷이 젖어도 불만이 없다. 소 잔등에 비스듬히 삿갓을 기울이고 앉아, 세상의 어느누구도 따를 수 없는 태평을 누린다.

이렇게 말한 데 깊은 이치가 있다. 자기와 소가 함께 살아간다. 둘이 하나가 되어, 언덕이 평평하고 풀이 부드럽고 향기로운 곳과 어울리며, 아직 으스스 추운 봄날 저녁에 가끔 내리는 비와도 친근하게 지낸다. 이 모든 대등에서 태평이 이루어진다고 했다. 차등론은 紛亂을, 대등론은 太平을 가져온다.

〈聞雞〉

愧我虛消日
憐渠不廢時
一聲無改節
三唱莫違期
天宇何冥晦

星河漸轉移
謾勞鳴叫苦
曉色政遲遲

〈닭 소리를 듣는다〉
부끄럽다, 나는 헛되게 소일하는데,
어여쁘다, 너는 시간을 버리지 않네.
한 소리 계절에 따라 다름이 없고,
세 번의 노래 때를 어기지 않네.
하늘 집이 어찌 저리도 어둡고,
별 물결은 왜 더디게 옮겨가는가,
수고 많이 하며 부르짖었는데,
새벽 빛은 아주 느리고 느리구나.

이 노래는 층위가 둘이다. 층위 1과 2라고 한다. 둘이 어떻게 다른지 말한다.

층위 1: 사람인 나는 헛되게 소일하며 시간을 낭비한다. 닭인 너는 시간을 버리지 않고 알뜰하게 이용한다. 사람과 닭의 賢愚·勤怠의 우열이 역전된다. 모든 생명은 대등하다는 만생대등의 일단이 입증된다.

층위 2: 언제나 일정한 소리를 꼭 세 번 내는 규칙을 지켜도, 기대하는 변화는 더디게 일어날 수 있다. 규칙과 불규칙, 필연과 우연은 병행한다. 둘의 간격을 좁히려고 조바심을 낼 필요는 없다.

〈又〉
嗟子不學道
笑汝强知時

闇闇將闌夜
嘐嘐預報期
蕭蕭風雨急
苒苒天機移
善惡吾無念
渠鳴任早遲

〈하나 더〉

슬프게도 나는 도리를 익히지 못했는데,
우습게도 너는 시간을 아주 잘 아는구나.
어둡고 어두워, 가로막히려는 이 밤에
꼬끼오 꼬끼오, 때가 이르렀다 미리 알리네.
쓸쓸하고 쓸쓸한 비바람 급하게 몰아치더니,
유유히 유유히 하늘의 움직임이 달라지네.
착한지 악한지 나는 생각하지 못하고 있는데,
큰 울음에 빠르고 더디냐 하는 것 맡겨져 있다.

 나는 도리를 익히지 못해 착한지 악한지 분별할 수 없다. 그런데
너는 사태 변화를 예견하고 큰 소리를 쳐서 조속히 실현한다. 둘
사이에 거리가 있다. 나는 누구이고, 너는 누구인가?
 이 물음에 대해 두 가지 해답을 할 수 있다. 해답 1: 나는 평가자
이고, 너는 행위자이다. 평가자가 행위자를 따르지 못한다. 해답 2:
나는 사람이고, 너는 역사이다. 역사가 그것대로 움직여 큰 소리를
내며 예상보다 빠르게 바뀌는 것을, 사람은 이해하고 평가할 능력
이 모자란다.

〈嘲蠅〉

蒼蠅蒼蠅汝何物
見汝無人相悅懌
一身六足甚微細
未解高飛徒有翮
聞腥聚集聲紛然
驅去復來何所索
能成點穢汚凡物
白者爲黑黑爲白
營營役役無暫休
止樊亦自來我席
筆端遇逐忽驚飛
扇上逢彈難寄跡
汝生稟質愚且癡
被世嫌憎良可惜
詩人所責古猶今
汝不知汝頗勞劇
勸汝從此減輕狂
輕狂於汝百無益
趨炎赴熱不多時
十月風霜催汝厄

〈파리를 조롱한다〉

파리야, 파리야. 너는 어떤 것인가?
너를 보고 좋아하는 사람은 없구나.
한 몸에 여섯 다리 아주 작은데.
높지 못하니 깃촉이 공연히 있구나.
비린내 나자 엄청 소란하게 몰려오다가,
쫓겨나고 다시 와서 무엇을 찾느냐?

고약한 점 찍어내 무엇이든 더럽혀,
흰 것은 검게, 검은 것은 희게 만든다.
앵앵거리고 수고하며 잠시도 쉬지 않고,
울타리에 멈추었다가 내 자리로 다시 온다.
붓 끝에서 우연히 쫓겨 놀라서 달아나고,
부채 위에서 튕겨 자취 깃들이지 못하니,
네가 타고난 자질이 어리석고 못났구나.
세상에서 미움만 받고 있어 참으로 애석하다.
시인이 맡은 책임은 예전이나 지금이나 같다.
너는 모르리라, 너무 많이 애쓰고 있는 것을.
권하노니, 너는 이제 가벼운 미친 짓거리 줄여라.
가벼운 마친 짓거리 너에게 백해무익하니까.
더위를 따라다니는 시기 얼마나 많이 남았는가?
시월의 바람과 서리가 너의 액운 재촉하리라.

   조금 뒤에는 한 걸음 더 나아가, 오랜 잘못을 온통 뒤집어 바로잡
았다. 먼저 파리의 거동을 세밀하게 살폈다. 애착을 가졌기 때문이
다. "營營靑蠅 止于樊"이라는 말을 다정한 느낌이 들게 다시 했다.
파리 같은 녀석들을 조롱하지 않고, 세상의 잘못을 파리와 함께 조
롱했다.
   싫다고만 여기던 파리의 거동을 가까이서 다시 보니 마음이 달라
졌다. "止樊亦自來我席 울타리에 멈추었다가 내 자리로 다시 온다.
筆端遇逐忽驚飛 붓끝에서 우연히 쫓겨 놀라서 달아나고, 扇上逢彈
難寄跡 부채 위에서 튕겨 자취 깃들이지 못하니, 汝生稟質愚且癡
네가 타고난 자질이 어리석고 못났구나." 이 말을 다시 천천히 읽으
면서 곰곰이 생각하자.

어리석어 순진하고, 못나서 진실하기만 한 마음씨를 가지고 자기도 모르게 다가오는 벗을, 무관심이 횡포가 되어 내치는 잘못을 이 시에서보다 더 잘 그릴 수는 없다. 萬生對等을 근거로 한 사랑이 얼마나 소중하고, 이것을 배신하는 행위가 어느 정도 끔찍한지 설득력을 잘 갖추어 말해, 모든 종교의 경전을 일거에 넘어선다.

거기다 더 보태 미친 짓거리를 경계한다는 말까지 했다. 어느 누구도 得意하면 들뜬다. 기쁨이 끝없이 계속되리라고 착각하고 경거망동을 한다. 미친 짓거리 경거망동을, 기쁨이 슬픔이고, 삶이 죽음이고, 있음이 없음이기 때문에 하지 말아야 한다. 파리 덕분에 시인의 지속적인 임무를 확인해, 모든 종교인을 무색하게 한다.

4

〈會三歸一〉

三敎宗風本不差
較非爭是亂如蛙
一般是性俱無礙
何釋何儒何道耶

〈셋이 만나 하나 된다〉

세 종교의 근본 바탕 본디 차별 없는데,
잘못 비교 옳음 다툼 개구리처럼 시끄럽다.
마찬가지인 이 본성 모두 걸림 없는데,
어째서 유가니 불가니 도가니 하리오.

고려를 무너뜨리고 조선왕조를 창건하는 세력이 抑佛崇儒를 주장할 때, 이런 시를 지었다. 儒·佛·道家에서 각기 다른 말을 해서 충돌을 일으키는 탓에 세상이 더욱 혼탁해진다고 개탄하고, 셋이 만나 하나가 되는 길을 이렇게 제시했다. 공연한 논란을 벌이며 승패를 다투지 말고, 사람의 마음이 다 같은 경지에 함께 이르러야 한다고 했다.

논란의 실상을 명확한 본보기를 들어 알아보자. 儒家는 "天何言哉", 佛家는 "五蘊皆空", 道家는 "谷神不死"를 말하는 것이 깊은 뜻은 서로 만나는데, 너무나도 거창하게 하는 말이 아주 달라 불통을 빚어내고 불화를 키운다. 會三歸一해, 셋이 만나 하나가 되자는 제안에 동의한다고 하자. 어떤 말을 어떻게 해야 하는가? 할 말이 없어 더 나아가지 못한다. 조약을 체결하지 못해 합의가 무효이다.

김매기를 오래 한 노인은 말한다. "일을 노는 듯이 해야, 힘이 알차다." 시가 시다운 경지에 이른 시인은 말한다. "잘 쓰겠다는 생각이 없어야, 좋은 시를 얻는다." 모든 성현이 무색해져 각기 자기 졸도들에게 다투지 말라고 하도록 할 이치를, 머리에서 지어내지 않고 몸을 움직여 얻어서 알려준다.

소·닭·파리는 어떻게 살아야 하는가, 말은 하지 않고 실행만 한다. 낭비가 거의 없는 최상의 모범을 파리가 보여준다. 작고 가벼운 몸으로 공기 진동마저 아주 줄여 소리를 전연 내지 않고, 가야 할 곳으로 가고, 해야 할 일을 한다. 먹을 수 없어 버린 것을 마다하지 않고 자양분으로 삼는다. 그 슬기로움을 알고 높이 평가해야 한다.

파리도 사람도 시행착오를 저지르고, 사람은 시행착오에서 발전을 이루는 역전 능력이 탁월하다. 이렇게 말하고 말 것은 아니다. 착오의 정도가 문제이다. 파리는 너무 높이 올라가 곤두박질치고 떨어지는 실수를 하지 않는다. 사람의 시행착오 실수는 엄청난 위력을 가진 대량살상무기를 다투어 만들어 자멸하려고 하는 데까지 이른 것을 우습게 여길 자격을 갖추고 있다.

사람은 자만을 버려야 위기를 모면할 수 있고, 희망이 있다. 파리를 말이 없어 훌륭한 선생으로 모시고, 공부를 처음부터 다시 해야 한다. 에너지를 절약해 자기와 그 주변을 파멸에서 구출하는 방법을 습득하는 것이 긴요한 과제이다. 노력은 줄이고 성과는 키우는 비결을 전수받아야 한다.

이언적

1

李彦迪(1491-1553)은 도리를 밝힌 여러 글을 알고, 많은 궁리를
한 결과 다음과 같이 말했다.(〈書忘齋忘機堂無極太極說後 丁丑〉)

[가] 夫所謂無極而太極云者 所以形容此道之未始有物 而實爲萬
物之根柢也 是乃周子灼見道體 逈出常情 勇往直前 說出人不敢說
底道理 [나] 令後來學者 曉然見得太極之妙 不屬有無 不落方體 眞
得千聖以來不傳之祕 [다] 夫豈以爲太極之上 復有所謂無極哉 此
理雖若至高至妙 而求其實體之所以寓 則又至近而至實 若欲講明
此理 而徒騖於窅冥虛遠之地 不復求之至近至實之處 則未有不淪
於異端之空寂者矣

[가] 이른바 無極而太極이라 함은 이 道가 시작하기 전에 物이
있어 실로 萬物의 근거가 됨을 형용하는 것이다. 이는 곧 周子(周敦
頤)가 道體를 밝혀 보고, 예사로운 느낌을 넘어서서 곧장 앞으로
나아가 다른 사람들은 감히 말할 수 없는 道理를 나타낸 것이다.
[나] 뒤에 오는 학자로 하여금 太極의 妙를 분명하게 알아보게 하
고, 不屬有無 不落方體, 있음이나 없음에 속하지 않고, 모난 물체
로 떨어지지 않게 하고, 千聖 이래로 전해지지 않은 비밀을 진정으

로 얻게 한다. [다] 무릇 어찌 太極 위에 다시 無極이 있다고 하겠
나? 이 이치는 비록 至高至妙하지만, 그 실체가 깃든 것을 구한다
면, 至近至實해야 한다. 만약 이 이치를 강구해 밝히려고 하면서
아득하고 먼 곳으로 달리기만 하고, 至近至實한 곳에서 다시 구하
지 않는다면, 異端의 空寂에 빠지지 않을 자가 없을 것이다.

　[가] 신유학의 기본을 이루는 周子(周敦頤)의 無極而太極에 대한
통상적인 해설이다. 철학 알기를 말했다. "此道之未始有物 而實爲
萬物之根柢"라고 하는 것은 막연하고 적실하지 못하다. 철학 알기
의 한계를 드러낸다. 예사 선비는 이 정도의 말만 하고 만다.
　[나] 그 도리의 의의에 대한 자기의 평가이다. 철학 알기에서 철
학하기로 나아가고자 했다. "不屬有無 不落方體, 있음이나 없음에
속하지 않고, 모난 물체로 떨어지지 않게"한다는 것을 들어, 어떤
편견에서도 벗어나게 하는 효용성을 평가했다.
　[다] 그 의의를 실현하기 위해 특히 유의해야 할 사항에 대한 자
기의 견해이다. 至高至妙한 도리를 그 자체로 추구하면 空寂에 빠
지므로, 마땅히 至近至實한 데서 찾아야 한다고 말했다. 이것은 자
득의 철학하기에 이른 성과이다.

　　　2

　無極而太極은 화두에 지나지 않고 지속적인 의의가 없다. 성현의
가르침은 자각을 위한 격려일 따름이다. 至近至實한 일상적인 현실
을 소중하게 여기면서, 不屬有無 있음이나 없음에 속하지 않고, 不
落方體 모난 물체로 떨어지지 않아야 한다는 것이 자기 철학이다.

이에 대한 논술은 더 하지 못했다. 기존의 용어나 개념에서 벗어나지 못해, 새로운 논의를 전개하기 어려웠기 때문이다. 자기 말을 하는 것은 시에서나 가능했다. 시를 지어 미진한 논의를 분명하게 했다.

〈上洛路上卽事〉

大塊之中萬象藏
廓然悠久更無疆
江河山岳長流峙
日月星辰互隱彰
古往今來觀世變
春生秋殺見天常
箇中何物能爲此
一本昭昭獨主張

〈서울로 올라가는 도중에 문뜩 짓는다〉

큰 덩어리에 모든 것이 들어 있고,
탁 트여 유구하니 다함이 없구나.
강하와 산악 오래 오래 흘러가고
해와 달 별들은 번갈아 지고 뜨는구나.
고금 왕래에서 세상 변화 볼 수 있고
봄 생성 가을 살육에서 천도 나타난다.
그 가운데 무엇이 이런 일을 해내는가
밝고 밝은 한 근본이 홀로 주장한다.

至近至實한 일상적인 현실에서 不屬有無한 마음을 가지고 不落方體한다. 이것이 어떤 경지인지 말해주었다. 용무가 있어 서울로 올라가는 도중에 우연히 보이는 것들에서 마음을 넓힐 대로 넓혔다.

궁극적인 원리를 찾아내 구원을 얻고자 하는 소망이 빗나가는 것을 경계하고 바로잡고자 했다. 모든 것을 "一本昭昭獨主張, 밝고 밝은 한 근본이 홀로 주장한다"는 것을 인정해야 지리멸렬한 혼란에서 벗어난다. 그러나 그것이 멀리 아득한 곳에 있는 것은 아니다.

가까이 있는 "江河山岳"에 오묘하다고 생각되는 "日月星辰"의 이치가 나타나 있다. 장기간의 "古往今來"와 눈앞에 보이는 "春生秋殺"과 다르지 않다. 이것저것 다 양쪽이 대등하다. "日月星辰"에 관한 과도한 기대나 근거 없는 신비화를 버리도록 한다.

장차 멀리 가서 대단한 업적을 이룩하겠다는 것은 잘못이다. 지금 하고 있는 일을 최선을 다해 하면 더 바랄 것이 없다. 서울로 올라가다가 문뜩 떠오르는 생각을 말한다는 이 노래가 미련한 소견을 크게 깨우쳐준다. 초월적 지혜나 비장한 탐구를 자랑해 이름난 명작을 무색하게 한다.

3

〈山窓卽景〉

淸曉衣冠靜坐
峯頭日出窓明
默言皆是存養
吟詠無非性情

〈산창에서 바로 보는 경치〉

맑은 새벽에 의관 갖추고 조용히 앉으니,
봉우리 위로 해가 솟아 창이 밝아오네.

침묵이나 말이나 모두 마음 다스림이고,
시 지어 읊는 것마다 性情이 아님이 없도다.

　밖의 해, 안의 마음이 다르지 않다. 해가 밝아오듯이, 마음이 다스려진다. 해는 조용하게 기다리며 바라보면 밝아온다. 마음도 특별히 힘쓰라고 일러주는 비결과는 무관하게 저절로 다스려진다. 침묵해도 되고 말해도 된다. 시를 지어 읊는 것도 모두 그 방법이다. 至近至實한 일상적인 현실에서 不屬有無한 마음을 가지고 不落方體한다. 이 이치에 대해 한층 깊은 성찰을 했다.

〈喜晴〉

霧盡山依舊
雲收天自如
奇觀森莫數
眞象豁無餘
一妙看消長
玄機感卷舒
昏明要不遠
人孰反求諸

〈날이 맑으니 기뻐〉

안개 다하니 산이 전과 다름없고,
구름 사라지니 하늘 또한 그대로네.
奇觀은 아주 많아 헤아릴 수 없고,
眞象이 남김없이 드러나는구나.
一妙가 사라지고 자라나는 것을 보고,
玄機가 말려들고 펴지는 것을 느낀다.

昏明을 멀리서 찾을 필요가 없구나,
사람이 누구나 자기에게서 구할 수 있도다.

날이 맑아 볼 것이 선명하게 보인다는 말로 어떤 이치를 깨달았는지 알려주었다. 한 단계씩 나아가면서, 필요한 용어를 사용했다. 1·2행에서는 산과 하늘의 모습이 그대로 나타난다는 말로 의혹이 해소되었다고 했다.

3·4행에서는 개체와 총체의 관계를 말했다. 개체의 奇觀이 헤아릴 수 없이 많아도, 그 총체의 眞象이 남김없이 드러난다는 말로 핵심을 파악한 기쁨을 알렸다. 5·6행에서는 표면과 이면의 관계를 말했다. 하나이며 묘한 실체 一妙가 사라지고 자라나는 것을 보고, 그 안에 숨겨져 있는 아득한 내막 玄機의 움직임도 알 수 있는 경지에 이르렀다고 했다.

7·8행에서는 앞의 모든 논의에서 크게 더 나아가, 어둡고 밝은 昏明의 구분을 누구나 스스로 해야 한다는 인식과 실천의 과제를 제시했다. 어째서 그래야 하는지 해명하지 않고, 탐구해야 할 과제를 남겼다. 1·2행에서 5·6행까지의 과정을 누구나 거치도록 했다.

〈感興〉

萬象紛然不可窮
一天於穆總牢籠
雲行雨施神功博
魚躍鳶飛妙用通
雖曰有形兼有迹
本來無始又無終
沈吟默契乾坤理

獨立蒼茫俯仰中

〈느낌〉

萬象은 너무 어지러워 추궁할 수 없다지만.
一天이 그 모두를 아울러 돈독하게 관장하네.
구름 가고 비 내려 신령한 공덕이 넓고,
고기 뛰고 솔개 나니 묘한 작용을 하는구나.
형체 있고 자취 또한 있다고 말하지만,
본래부터 시작 없고 또한 끝도 없도다.
깊이 생각하며 말없이 건곤의 이치 깨달아,
홀로 서 있도다 아득한 이 천지 사이에.

무엇을 깨달았는지 정리해 말했다. 제1·2행에서는 萬象과 一天의 관계를 말했다. 萬象은 너무 많고 추궁할 수 없게 어지럽지만, 一天으로 총괄할 수 있다고 했다. 一은 하나라는 말이고, 天은 근본을 이룬다는 것이다. 근본을 이루는 하나가 萬象으로 분화되어 있다. 그러므로 총괄적인 이해가 가능하다. 이 둘을 분명하게 해서 철학을 이룩했다. 一天이 一理인가 一氣인가는 말하지 않았으나, 萬象을 주재한다고 하지 않고 萬象으로 분화되어 있다고 한 것은 一天이 一氣라는 말이다. 徐敬德과 같은 견해이면서 一氣가 陰陽이며 生克해 萬象을 이룬다고 하지는 않았다.

제3·4행에서는 至近至實한 것들에서 근본적인 이치를 찾는다고 했다. 제5·6행에서는 있음과 없음, 공간과 시간의 관계를 말했다. 공간에서는 있음이 확인되지만, 시간은 시작도 끝도 없다는 사실을 알려준다. 둘이 하나가 되어야 한다. 徐敬德이 虛則氣라고 한 것을 자기 관점에서 말했다. 7·8행에서는 위에서 한 말이 깊이 생각해서 홀로 깨달은 결과라고 했다. 성현의 가르침을 공부해 후진에게 전해주었다는 속설은 타당하지 않다.

〈樂天〉

乘興逍遙展眺遲
暮天雲盡碧山多
茫茫宇宙無終極
俯仰長吟浩浩歌

〈즐거운 하늘〉

흥에 겨워 서성이다 먼 곳을 바라보니,
저녁 하늘 구름 걷혀 푸른 산이 많도다.
아득하게 펼쳐진 우주 끝이 없다고.
올려다보고 浩浩歌 노래 길게 부른다.

여기서는 말을 여러 단계로 하지 않고 하나로 합쳤다. 이치를 따지지 않고 감격을 나타냈다. 많고 많은 푸른 산, 끝없이 펼쳐진 우주와 하나가 될 만큼 마음을 넓혀, 넓고 넓다는 노래 호호가를 길게 부른다고 했다.

4

〈林居十五詠〉(숲에서 살며 읊은 15수)은 깨달음이 어디까지 이르렀는지 말해주는 得意作이다. 그 가운데 셋을 든다.

〈獨樂〉

離群誰與共吟壇

巖鳥溪魚慣我顔
欲識箇中奇絕處
子規聲裏月窺山

〈홀로 즐긴다〉

무리를 떠났으니 누구와 함께 시를 읊겠나?
바위 새와 개울 물고기가 내 얼굴 알아보네.
그 가운데 아주 기이한 것 보려고 하니,
두견새 울음 속에서 달이 산을 엿보는구나.

　사람의 무리를 떠나 바위 새, 개울 물고기, 울음 우는 두견새를
벗 삼고 시를 짓는다고 했다. 두견새 울음은 달이 산을 엿보게 한다
고 하니, 아주 절묘한 詩이다. 어떻게 酬唱해야 하는가? 사람이 그
런 시를 지을 수 있는가? 이런 의문을 가지게 한다.

〈存養〉

山雨蕭蕭夢自醒
忽聞窓外野鷄聲
人間萬慮都消盡
只有靈源一點明

〈마음 가다듬기〉

산중의 비가 쓸쓸해 꿈에서 절로 깨어나자,
홀연히 들려오는구나 창밖의 들꿩 소리.
인간 세상 만 가지 근심 모두 사라지고,
오직 한 점 마음만이 밝게 빛난다.

存養이란 유학에서 성현의 가르침을 따라 마음을 가다듬는 것이다. 그런 제목을 내걸고 아주 다른 말을 했다. 인간 세상의 만 가지 근심을 두고 꿈에서까지 번민하는 것이 헛되다. 들꿩이 내는 외마디 소리와 같은 것을 사람도 내며, 본연의 순수함을 확인해야 마음을 제대로 가다듬었다고 할 수 있다. 한 점 밝게 빛나는 마음이 훼손되지 않은 원래의 상태로 되돌아가는 것 이상 더 할 일이 없다.

　위의 두 시에서 바위 새, 개울 물고기, 울음 우는 두견새나 꿩이 사람보다 더 친근한 벗이고, 잃어버린 진실을 일깨워준다고 했다. 사람은 다른 생명체보다 우월하며 지배력을 행사하는 것이 당연하다고 하는 편견을 뒤집어엎고, 만생대등을 이해하고 평가해야 한다고 일깨워주었다. 사람은 五倫이 있어 만물의 영장이라는 주장을 비판하고 거부한 획기적인 의의가 있다.

　元天錫의 소·닭·파리 노래와 이어지면서, 철학 혁신을 조금 더 분명하게 했다. 장차 洪大容이 초목은 초목의 예의가 있고, 금수는 금수의 예의가 있어 사람과 대등하다고 할 주장의 일부를 시 창작과 관련시켜 구체화했다. 이것은 철학에서 철학 알기만 하면 모르고, 문학에서 철학 알기를 해야 알 수 있는 광맥이다.

5

〈無爲〉
萬物變遷無定態
一身閑適自隨時
年來漸省經營力
長對靑山不賦詩

⟨하는 일 없이⟩
만물은 변천하며 일정한 자태 없고,
한 몸은 한적해 절로 때를 따른다.
근래에는 추진력 점차 줄어듦을 살피고,
산을 오래 바라보며 시 짓기도 하지 않네.

여기서는 들뜬 감격에서 벗어나 이치를 조용하게 말했다. 不屬有無가 有無를 구분하지 않는다는 말이 아니다. 그 어느 쪽에도 집착하지 않는다는 뜻이다. 有가 無로 기울어지고, 펼쳤던 삶이 말려들어도 당연하다고 받아들이고, 깨달음을 조용하게 심화하는 것이 당연하다고 했다. 짓지 않은 시를 지은 시보다 더 높이 평가할 수 있다. 지은 시는 유한한 있음만 말하지만, 짓지 않은 시는 무한한 없음까지 나타낸다고 할 수 있다.

이것이 이언적 철학시의 도달점이다. 늘 변천해 일정한 자태가 없으면서, 산을 오래 바라보며 아무것도 하지도 않아, 사람이 만물대등의 경지에 이른 것을 보여주었다. 만생대등보다 한 걸음 더 나아간 궁극의 각성이 무엇인지 말해주었다.

성운

1

成運(1497-1573)은 형이 을사사화 때 화를 입자 속리산에 은거했다. 관직을 주고 불러도 나아가지 않았다. 《大谷集》 세 권을 남겼는데, 절반이 시이고 나머지는 대단치 않은 글이다.

曺植과 처신이 같은 知己였으나, 성리학을 하려고 하지 않은 것이 달랐다. 목표를 너무 크게 세워 실패했다고 탄식하는 소리가 요란해 이름이 나지 않고, 隱士의 모범을 보인다고 인정되었을 따름이다. 왜 은거를 하며, 은거가 어떤 의의를 가지는지 시를 써서 조용하게 일러주었다.

통상적인 언사를 넘어서서 깊은 깨달음을 알려주어, 철학을 했다고 평가할 수 있다. 논설을 썼다면 의양을 하지 않을 수 없었는데, 시를 택해 자득으로 나가갔다. 道家의 無名이나 佛家의 不立文字와 상응하는 경지를 무어라고 표방하지 않고 보여주어, 자득 철학의 진면목을 알아차리게 한다.

그런 시를 入·居·省·遊로 정리할 수 있어, 각기 다음의 2·3·4·5에서 들고 살핀다. 入에서는 산에 들어간다고 했다. 居에서는 어떻게 살고 있는가 말했다. 省에서는 마음을 살핀다고 했다. 遊에서는 나다니며 무엇을 얻었는지 알려주었다.

2

〈遊離山下川〉

白石溪邊不點塵
紫桃花發去年春
山靈自是多情者
黃髮欣迎舊主人

〈속리산 아래 냇가에서 노닌다〉

흰 돌 시냇가 먼지 한 점 없고
지난 봄처럼 붉은 복사꽃 피었다.
산신령이 본디 다정한 분이라.
黃髮의 옛 주인을 반겨 맞는다.

黃髮은 검었다가 희어지고, 더 늙어 누렇게 된 머리털이다. 그 경지에 이르니 산의 옛 주인이라고 인정되어 환영받는다고 했다. 산으로 들어가는 것은 어디로 도피하는 짓이 아니다. 아주 깨끗한 시내를 건너 복사꽃 피는 고향을 찾아가, 다정한 친구 산신령과 다시 만나는 원상회복이다.

〈入大谷偶吟〉

溪面風生細動鱗
靑鞋穩踏草如茵
於禽得友無相背
松鶴欣迎舊主人

〈대곡에 들어가 우연히 읊는다〉

시냇물에 바람 부니 비늘 같은 잔물결 일고,

짚신 신고 조용히 밟으니 풀이 깔개처럼 보드랍다.
새들을 벗으로 삼고 서로 등지지 않으니,
소나무 곁의 학이 옛 주인을 반겨 맞이한다.

　산은 사방이 막혀 협소하지 않고, 넓은 골짜기 大谷을 펼쳐놓고
있다. 마음의 골짜기는 얼마든지 넓어질 수 있다. 大谷을 자기 號로
하고, 넓고 깊은 깨달음을 어떻게 얻는지 말했다. 잔잔한 물결, 부
드러운 풀, 다정한 짐승들, 반겨 맞이하는 소나무 곁의 학과 다시
만나 마음을 주면, 모두가 하나 되어 한계가 없어진다.

3

〈偶吟〉

繞舍皆靑嶂
通溪小逕開
身爲田父賤
朋有野僧來
夜榻時邀月
山園盡種梅
風煙供日用
不必恨無財

〈우연히 읊는다〉

집을 온통 푸른 산봉우리가 둘러싸고,
흐르는 시냇물 곁에 작은 길이 나 있다.
밭 가는 아비가 되어 천한 몸인데,
벗이 있어 野人 승려가 찾아온다.

밤 침상에서 이따금 달을 맞이하고,
산골 뜰에는 온통 매화나무를 심었다.
아름다운 풍광이 날마다 눈앞에 펼쳐져,
재물 없다고 한탄할 것 없도다.

〈又〉

臘近寒威甚
群陰蔽日輝
山精難續餌
秋絮未縫衣
護臂抛琴久
頤神出語稀
幽居甘屛迹
卒歲掩柴扉

〈또〉

섣달 가까워 날씨가 몹시 춥고,
음산한 것들이 햇빛을 가린다,
좋은 약초 계속 구해 먹기 어렵고,
가을 솜옷은 아직 누비지 못했다.
팔이 아파 거문고 놓은 지 오래고,
정신을 차리려고 말을 적게 한다.
자취 감추고 은거함을 달게 여겨,
한 해 끝나도록 사립문을 닫고 있다.

　　어떻게 살고 있는지 구체적으로 말하고, 고난과 각오도 알려주었
다. 隱士가 되기 쉽지 않다.

〈村居述懷〉

板屋初成南牖明
新裁春服著來輕
潛淵絶想乘雷起
伏櫪休思逐日行
目淨定因看月色
耳醒應爲聽溪聲
幾多身計消如雪
自覺心源老更淸

〈촌에 사는 감회를 읊는다〉

나무 얽어 지은 집 남쪽 창이 밝고,
새 옷인양 입어보니 봄빛이 가볍구나.
못에 잠겨, 우레 타고 일어나겠다는 생각 끊는다.
마판에 엎드려, 매일 다니려는 마음 쉬게 한다.
눈이 맑은 것은 바로 달빛을 보아서이고,
귀가 깨인 것은 응당 시냇물 소리 듣기 때문이다.
일신을 위한 허다한 계책 눈처럼 녹고,
늙을수록 마음이 더욱 맑아짐을 느낀다.

드디어 고난은 사라지고 환희가 찾아왔다. 나무를 대강 얽어 만든 집 엉성한 남쪽 창으로 밝게 들어오는 봄빛이 몸과 마음을 가볍게 하는 즐거움 누리라고 한다. 용이 되어 하늘로 오르겠다던 망상을 버리고, 남의 말 노릇을 하는 신세로 매일 노역에 시달릴 염려도 하지 않아, 자유를 얻는 것만 아니다. 달빛을 보고 눈이 맑고, 시냇물 소리를 들어 귀가 밝다. 무슨 계책을 세우다가 더럽혀진 마음이 세월의 흐름을 그냥 따르니 마냥 깨끗해진다.

4

〈春日閑居〉

春入南園綠草生
物華隨處畫新成
山花泣露枝枝亞
溪竹迎風葉葉鳴
知命雖貧心自泰
耽書已老眼猶明
傍人祇見關門臥
錯道能忘世上名

〈봄날 한가로이 지내며〉

남쪽 정원에 봄이 와 푸른 풀 자라나고,
무엇이든 피어나 모두 새로 그린 그림이다.
산속의 꽃은 이슬 맺혀 가지마다 늘어지고,
시냇가 대나무는 바람 맞아 잎새마다 소리 낸다.
天命을 아니 비록 가난해도 마음이 절로 평안하고,
책을 보노라고 이미 늙었지만 눈이 아직도 밝다.
사람들은 문 닫고 누워 있는 모습만 보고,
세상 명리를 잊고 산다고 잘못 말하지 말아라.

　세상의 명리를 잊고 산다고 하는 것은 모르고 하는 소리이다. 명리처럼 위태롭지 않고 편안하기만 한 무엇이 크나큰 즐거움을 가져다주는 것을 알려주고자 한다. 이름이 없어 때묻지 않아 무엇이라고 할 수밖에 없는 것을 구태여 설명하자면 산수 자연 속에 들어가 지내며 한마음이 되는 경지이다. 物我一心이라고 하면 관념의 껍질이 생기므로, 보고 듣고 느끼는 것을 그대로 말했다. 남다르게 대단한 경지에 이른 것이 아니고, 누구나 날마다 누리는 기쁨이다. 산골 사람은 부처로 태어났는데, 작심하고 노력해 성불했다고 자랑하면 웃긴다고 해야 한다.

〈松亭待月〉

蟾光初射衆星稀
描得疏松影落衣
心鏡久磨明自照
何須借月更添輝

〈소나무 정자에서 달을 기다리며〉

달빛이 막 비치자 별빛이 희미해지더니,
성긴 소나무 그림자 옷에 떨어진다.
마음의 거울 오래 닦아 절로 밝게 빛나니,
굳이 달을 빌려 빛을 더할 필요 있겠나.

산수자연과 하나가 되어 마음이 밝아진 것만은 아니다. 의양의 대상을 그쪽으로 바꾼 것이 다행이라고 하면 소견이 많이 모자란다. 物我一心은 대등한 관계에서 이루어지는 상호 조명이다. 사람이 할 일을 제대로 해야 자득으로 인정된다.

5

〈遊山〉

路入靑溪踏淨沙

白雲蒼樹衆眞家
天晴谷暗常含雨
春盡林幽尙帶花
疊嶂摩霄霜劍利
懸泉舂石玉虹斜
詩成七字圖山水
醉墨縱橫飜暮鴉

〈산을 유람한다〉

푸른 냇물 들어가 깨끗한 모래 밟게 하고,
흰 구름 짙은 나무로 이어져 신선의 거처로다.
하늘이 맑아도 골짜기는 어두워 늘 비를 머금고,
봄 다 지나도 숲은 깊어 꽃이 아직 남았다.
겹겹 봉우리 하늘에 닿아 예리한 칼 세우고,
떨어지는 폭포 바위에 부딪혀 옥빛 무지개다.
칠언시를 지어 산수를 그림으로 그려내며,
취한 붓 종횡으로 휘둘러 저녁 갈가마귀로다.

〈遊山〉이라는 시가 여럿인데, 셋을 든다. 이 시는 산의 외모를
네 대목에서 단계적으로 파악한다. 하나씩 살펴보자.
1·2행: 보이는 것들이 모두 우선 경이롭다. 3·4행: 다시 살피니,
어둠과 밝음이 교체된다. 5·6행: 예리하게 쏟아지는 빛이 압도적이
다. 7·8행: 어느 것이든 시나 그림으로 휘어잡는다. 밖에서 안으로
들어갔다.

〈遊山〉

溪頭煙樹綠初勻

仙鶴飛來不怕人
波底相忘魚得所
風雷無慕上龍津

〈산을 유람한다〉

시냇가 안개 낀 나무는 이제 막 푸르고,
仙鶴 날아와 사람을 두려워하지 않는다.
물속의 고기 서로 잊고 제각기 것을 얻어,
바람 우레 일으키며 높이 오르려 하지 않는다.

　나무, 학, 물고기, 이 모두 자기 삶을 충실하게 하고, 더 바라는
것이 없다. 이것이 차등론을 배격하는 대등론의 이치이다. 이 이치
를 나는 '各得己當'이라는 말로 일컫고 그림을 그려 나타냈다. 〈老巨
樹展〉이라는 화집에 있는 그 그림을 《대등의 길》 책 표지로 삼았다.

〈行山野間偶吟〉

溪面初生淡淡風
桃花落盡野壇空
到家何物誇多得
收拾山雲滿袖中

〈산과 들 사이를 지나다 우연히 읊는다〉

시냇물 위로 담담한 바람이 이제 일어나는데,
복사꽃 다 떨어져 들판 언덕이 비었다.
집에 와서 무엇을 많이 얻었다 자랑하랴,
소매에 산 구름만 가득 담아 왔다오.

各得己當이 자기 충실을 위한 남들과의 경쟁이 되지 않아야 한다. 得은 無得이어야 가장 크다. 當은 非當이어야 아주 적합하다. 산도 들도 아닌 곳에서, 텅 비어 흡족한 것을 보고, 소매에 산 구름 담아 온 것을 자랑스럽게 여긴다. 이런 경지에 이른 시를 쓸 만큼 마음을 비웠다.

6

마음 비우기가 어디까지 나아갔나? 詩가 아닌 雜著라면서 이런 것도 남겼다.

〈虛父贊 幷序〉
縛草爲人形者 俗謂之虛父 僕年來 耳聾不聞人聲 心昏不知人事 徒有形骸外完 正似虛父 故以虛父自號 因而爲贊 贊曰
肌以藁
筋以索
人其形
塊然立
心則亡
虛其腹
中天地
絕聞覩
處無知
誰與怒

〈허수아비를 기린다. 序와 함께〉
풀을 묶어 사람의 형상을 만든 것을 세상에서 허수아비라고 한다. 나는 근년에 들어 귀가 먹어 남의 말소리가 들리지 않고, 정신이 흐릿하여 인사를 살피지 못한다. 다만 형체만 겉으로 멀쩡한 것이 그야말로 허수아비와 비슷하다. 이런 까닭에 허수아비를 스스로 호로 삼고, 기리는 글 贊을 짓는다. 찬은 다음과 같다.

짚으로 피부를 만들고,
새끼로 근육을 만들었다.
사람 형상을 하고서
우두커니 서 있구나.
심장이 없고,
뱃속도 텅 비었다.
하늘과 땅 사이에서,
보고 들음이 아주 없다.
아무런 앎이 없으니,
누구에게 화를 내리오.

허수아비가 되고자 했는가? 지나치다고 할 것인가? 충격을 주어 自慢을 없애려고 했다면 나무랄 것이 아니다.

7

지금까지 살핀 바와 같이, 성운의 詩는 儒·佛·道家 어느 쪽도 아니었다. 어느 쪽의 경전도 받들지 않고, 선학의 학설도 가져오지 않고 자기 말을 했다. 의양을 하지 않을 수 없는 文은 통상적으로 필요한 것만 조금 쓰고, 얼마든지 허용되는 詩의 자득에서 물러나 사는 즐거움을 확인했다.

사람에게서 배우고 책에서도 배우며 남들이 가는 길을 버리고,

자연을 선생으로 모시는 쪽으로 방향을 돌리니 어둠이 걷히고 광명이 닥쳐왔다. 산천·초목·금수와 현장에서 직접 만나고 정겹게 껴안고 만물·만생대등을 확인하니, 기쁨이 넘친다. 둘이 아니다. 무지렁이 시골 농부가 가장 슬기롭게 되는 賢愚 逆轉으로 만인대등을 이룩하는 작업을 함께 하니 더욱 즐겁다.

儒·佛·道家가 차등의 어둠을 헤치고 대등의 꽃길로 나아가게 해준다면서 인도자의 갑질로 차등을 키우는 공통된 결함이 내부의 토론으로 해결될 수 없었다. 대등은 혼란이나 가져오니 물리쳐야 하고, 天地·君臣·人物·性情·理氣의 차등을 분명하게 해야 질서가 이룩된다고 하는 정통 儒家의 理氣이원론 성리학이 진시황 같은 통일 군주가 되고자 했다. 李滉은 부드럽고 신중한 분이지만, 추대되어 높은 자리에 올랐다.

이에 관한 시비가 없지 않았다. 曹植은 李滉이 그처럼 중대한 임무를 맡을 자격이 있는가 시비했다. 자기는 비단을 내놓겠다고 작심하고 비상한 노력을 하고 있는데, 李滉은 무명을 쉽게 짜서 모자라는 대로 써먹는다는 비유를 사용해, 타락된 시대의 수준 낮은 반칙을 나무랐다. 李珥는 훌륭하다고 칭송해야 할 작업을 의양의 방식을 내세워 추진하면 떳떳하지 못하다고 비판하고, 자득의 길을 개척해야 한다고 했다.

李滉과 成運은 아주 높이 숭앙되고 망각되어 찾는 사람이 거의 없는 차이가 하늘과 땅보다 컸다. 그러나 의양으로 다진 차등론은 이제 위광이 사라져 효력을 잃고, 자득의 대등론이 새 시대를 이룩하는 지침이 된다고 하면, 평가가 반대로 된다. 이황의 언설은 손상을 염려해 그대로 두고 받들어야 하고, 성운이 남긴 말은 다시 하면 내 것이 되어 빛이 더 난다.

曹植과의 비교는 이미 한 데다 말을 보탠다. 둘은 隱士로 일관하는 처신이 같은 知己였으나, 성운은 성리학을 하려고 하지 않고 자기 길로 나아갔다. 조식처럼 목표를 너무 크게 세워 실패했다고 탄식하는 소리가 요란해 이름이 나지 않고, 은사의 모범을 보인다고 인정되었다가 잊혀졌다. 이황과 조식이 극도의 숭앙 경쟁에 휘말려 말라비틀어지지 않게 하려면, 성운이 일어나 갖가지 꽃을 많이 피게 한 것을 알려주어야 한다.

徐敬德의 氣일원론에서 전개하기 시작한 虛氣·陰陽·生克에 관한 논의는 자득 대등론의 타당성을 분명하게 입증하지만, 철학을 철학으로 하다가 사고가 경색되고, 무엇을 어떻게 해야 하는지 모른다고 하게 만들 염려가 있었다. 賢愚의 차등을 이론으로만 격파해, 예사 사람들의 마음에서는 더 굳어질 수 있는 것이 근심스럽다. 성운의 시를 다시 읽으면, 염려가 녹아내리고 근심이 사라진다.

"눈이 맑은 것은 바로 달빛을 보아서이고, 귀가 깨인 것은 응당 시냇물 소리 듣기 때문이다." 이것은 만물대등이 얼마나 소중한가 말한다. "새들을 벗으로 삼고 서로 등지지 않으니, 소나무 곁의 학이 옛 주인을 반겨 맞이한다." 이것으로 만생대등의 즐거움이 얼마나 큰지 알려준다. 만인대등을 추가해 말하지 않아도 되리라.

오늘날 나는, 우리는 어떻게 해야 하는가? 시를 우리말로 써야 한다. 살아 있는 말이 철학이게 하고, 말로 하는 구비철학을 넓게 받아들여야 한다. 자득 대등철학이 넓이와 깊이를 더 갖추고 이 시대 온 인류를 행복하게 하는 데 힘써야 한다.

이를 위한 산문 논설도 써서, 시와 서로 호응하게 해야 한다. 시문은 언어의 장벽을 넘기 어려워, 더 나아가야 한다. 미술이나 음악 등 여러 예술의 창작에서도 대동 단결, 연합 작전을 해야 한다.

노수신

1

盧守愼(1515-1590)은 어떤 사람인가? 장원급제를 거듭하고 진출해 영의정에 이르렀다. 70세가 넘어 노쇠해 물러나려고 하니, 국왕이 집에 누워 있으면서도 도와달라고 했다. 이 정도면 더 바랄 것이 없다고 하겠으나, 영달해 부귀영화를 누리려고 한 것은 아니다.

글을 잘 써서 칭송받으려고 한 것도 아니다. 趙絅(조경)의 〈穌齋先生集後敍〉와 許穆의 〈蘇齋先生神道碑銘〉에서 일제히 말했다. "簡易 崔立之와 滄洲 車雲輅는 항상 우리 조선 300년 동안 문필에 종사하는 선비 가운데 穌齋(노수신)를 따를 사람은 없다고 했다." 이런 평가를 바라지 않았다. 이런 평가로 논의를 끝낼 수 없다.

李瀷이 《星湖僿說》의 〈蘇齋詩〉에서 한 말도 든다. "國朝文章 必數盧蘇齋 蘇齋之詩 多雜俚語 人嫌其不雅 然斤兩甚重 如挽十石弓 自始鉤弦至彀率 毫髮不可怠其力"(우리나라 문장으로 반드시 노소재를 손꼽는다. 소재의 시는 속된 말이 많이 섞여 있어 우아하지 못하다고 탈잡는 사람들이 있으나, 무게가 아주 무거워서 열 섬 무게의 활을 당긴 것 같다. 활을 시위에 걸 때부터 최대로 당길 때까지 조금도 태만하지 않는다.)

"속된 말이 많이 섞여 있어 우아하지 못하다"고 한 것은 표현에 대한 평가이다. "열 섬 무게"나 "조금도 태만하지 않"다는 긴장은, 심각한 문제를 제기하고 해결하려고 분투한 것을 말한다. 시는 문학이기만 하면 되는가, 철학이어야 하는 사명까지 수행해야 하는가? 노수신은 뒤의 길로 나아가야 사는 보람이 있다고 여겼다.

2

어떻게 살아야 하는지 고민하고, 바른 길을 찾고자 했다. 당시의 신진 세력인 사림파의 일원이 되어 도학 또는 성리학을 했다고 할 수 있다. 13세 연상인 李滉과 사명감을 공유하며 논란을 벌였으며, 지향하는 바는 달랐다. 주고받은 시에 주목할 말이 있다.

이황은 "學貴虛心得 名羞掩耳偸"(학문은 마음을 비우고 얻는 것이 귀중하고, 이름은 귀를 가리고 얻으면 수치스럽다)고 하는 말이 있는 시를 지어 보냈다. 이에 대해 노수신은 "徒虛恐引偸 須要有自得"(공연히 비우면 도둑을 부를까 염려되니, 마땅히 자득함이 있어야 한다)고 응답했다. 이 자료가 둘의 학문이 어떻게 다른지 명백하게 말해 준다.

우회 논법을 사용해 말썽을 피하려고 하지 말고, 차이점을 적나라하게 말하자. 마음을 비운다고 자처하고 이름을 얻고자 하지 않는다는 광고까지 하면서, 존경하는 고인에게 기대는 것은 무책임한 행실이기만 하지 않다. 그 사람을 빈집털이 도둑으로 보이도록 만든다. 이것은 용서하기 어려운 결례이고 중대한 과오이다.

학문을 한다면 당연히 依樣을 버리고 自得을 갖추어야 한다. 자득으로 이룬 바가 있어 헛된 이름과는 다른 실질적인 기여를 해야 밥을 얻어먹을 자격이 있다. 노수신이 하지 않고 보류해 둔 말을,

내가 끄집어내 이렇게 펼쳐놓는다.

　《선조실록》21년 1588년 1월 5일 기사에, 趙憲이 상소해 한 말을 적어놓았다. "노수신은 겨우 글줄이나 읽을 줄 아는 사람이면서 이황과는 서로 반대되니, 이는 僞學이다"고 하고, "欲者人之性"이라고 한 것과 또 하나의 시를 증거로 들었다. 그 시가 이런 것이다.

　　　〈贈柳修撰成龍〉

　　　欲者人之性
　　　人皆不可無
　　　何修以入道
　　　吾老竟歸愚
　　　病眼三年淚
　　　離懷八月湖
　　　幾人曾此論
　　　今日更長吁

　　　〈수찬 유성룡에게 주다〉

　　　욕망이란 사람의 본성이라
　　　누구도 없을 수 없다.
　　　어떻게 닦으면 도에 들어가나?
　　　나는 늙어 끝내 어리석게 된다.
　　　병든 눈에 삼 년째 눈물이 흐르고,
　　　팔월 호숫가에서 작별을 생각한다.
　　　몇 사람이나 이런 것을 논했는가,
　　　오늘 다시 길이 탄식한다.

　유성룡은 이황의 제자이다. 당시 수찬의 임무를 맡고 있었으며,

노수신 사후 임진왜란이 일어났을 때 국난 극복을 위해 헌신했다. 소견이 막혀 있지 않으리라고 생각해 이 시를 지어준 것이 되어 모함에 이용되었다.

사람에게 '欲'이라고 하는 욕망 또는 욕심이 있는 것은 늙으면 쇠약해지는 것만큼이나 당연하다. 바람직한지 논의할 여지가 없다. 修道에 힘써 욕망을 없애라는 훈계는 불로초를 먹고 늙지 않아야 한다는 지시와 다르지 않다. 늙으니 삼 년 내내 눈물이 흐르고, 팔월 호숫가에서 작별을 생각한다. 이 두 말 가운데 뒤의 것은 설명이 필요하다.

孟浩然의 〈臨洞庭湖贈張丞相〉에 "八月湖水平 涵虛混太淸"(팔월에 호수 물이 평평해지고, 하늘을 머금고 아주 맑네)라는 구절이 있다. 거기서 가져온 "八月湖"는 충만하고 맑기가 으뜸인 경지이다. 그런 경지 이르렀다고 해서 더 살 수는 없어, 이별하고 떠나가야 한다고 마음속으로 작정해야 한다고 했다. 너무나도 당연한 말을 한 시의 한 구절을 떼어내 僞學의 증거라고 고발하는 이황 숭앙 패거리의 작태가 겹겹의 잘못을 저지른다. 이황을 욕보이고, 언론의 자유를 말살하고자 한다.

사람에게 '欲'이라고 하는 욕망 또는 욕심이 있는 것은 늙으면 쇠약해지는 것만큼이나 당연하다. 이런 이치는 말할 필요가 없어 덮어둘 것은 아니다. 밝혀 논해 의심의 여지가 없게 해야, 황당무계한 자설이 끼어들어 주인 행세를 하며 세상을 어지럽힌다. 이런 생각을 하며, 직무유기를 자책하고 탄식했다.

3

한동안 훈구파가 사림파의 대두를 억제하는 판국이었다. 그 수난을 李滉은 물러나기를 일삼아 피했으나, 노수신은 정면으로 당해 19년 동안이나 귀양살이를 해야 했다. 이황은 성현을 존숭하며 마음을 바르게 할 따름이라고 했는데, 노수신은 자득의 이치로 세상을 바로잡으려고 귀양살이를 하면서 더욱 분발했다.

노선 차이는 그 전에 이미 나타났다. 孔子가 말한 時習의 의미를 知行合一의 견지에서 이해하고 실행해야 한다는 지론을 일찍 폈다. 〈時習箴 幷序〉의 序에서 말했다. "必以時習之於心 則心與理相涵 無枯燥生澁之病 而所知者益精 必以時習之於身 則身與事相安 無危殆杌隉之患 而所行者益一"(반드시 때로 마음에 익혀야 하니 그렇게 하면 마음과 이치가 서로 함양되어 건조하고 생경한 병통이 없어져서 앎이 더욱 정미해지고, 반드시 때로 몸에 익혀야 하니 그렇게 하면 몸과 일이 서로 편안해져서 위태롭고 위험한 근심이 없어져서 행함이 더욱 전일해질 것이다.)

이 글을 26세 때 지었다. "慕齋金先生以知館事入太學 試諸生以時習箴 歷考羣製 嘆人才不競 及見先生之作 大悔前言輕發 稱賞不已曰 此豈詞章之儒所能及"(모재 金安國 선생이 태학을 관장하고, 時習箴을 쓰라고 하고 학생들을 시험했다. 여러 글을 보며 인재의 다툼이 없는 것을 개탄하다가, 선생의 글을 보고, 앞에서 경솔하게 말한 것을 크게 뉘우쳤다. 글이나 다듬는 선비는 어찌 이 경지에 이르겠나.) 이런 설명과 함께 전한다.

가장 큰 견해차가 이황은 四端七情을, 노수신은 人心道心을 말한 데서 나타났다. 이황이 선한 마음 四端과 악할 수 있는 마음 七情은 출처가 다르다고 한 것이 마땅하지 않다고 여기고, 李珥가 人心이나 道心은 다 같은 마음이며 지향점이 다르다는 반론을 제기한 것은 잘 알려졌다. 이이보다 21년 연상인 노수신이 그보다 앞서서 마음의 用은 人心, 體는 道心이라고 한 것은 몰라서 평가하지 않는다.

그런 논의를 전개한 노수신의 글은 여러 선인의 말을 인용하고 시비하는 작업을 아주 복잡하고 난해하게 전개했다. 李珥가 명쾌한 논의를 적실하게 한 것과 비교해보면, 결함이 많아 이해나 동의를 얻기 어렵다. 이렇게 된 이유는 두 가지 차질에 있다. 노수신은 철학 글을 잘 쓰지 못한다. 이것은 사소한 차질이다. 탁상공론의 잘못을 탁상공론으로 바로잡을 수 없다. 이것은 중대한 차질이다.

4

중대한 차질을 바로잡으려면 적극적인 대책이 있어야 했다. 노수신은 귀양살이의 불운을 행운으로 역전시켜 획기적인 전환을 했다. 名山大刹을 찾아가 웅대한 기상으로 마음을 씻고, 善知識과 만나 슬기로움을 겨루었다. 유가 도학의 편협함을 타파하고, 드넓은 시공으로 나아갔다. 만물대등의 크나큰 이치를 깨닫고 실행했다.

〈三臺感興 養仁臺 安心臺 開心臺〉

仁養心安相待成
此心開處又平亭
兩儀已自分高下
一氣終須有濁淸
山勢南來人異見
水聲東去我同聽

莫將二樂終身誦
却只爲邪累本情

〈삼대에 대한 감흥 양인대 안심대 개심대〉

어짊 기르고 마음 안정함 서로 도와 이루니,
마음 크게 열린 이곳에 평정이 있구나.
음양은 이미 아래와 위로 나누어져 있고,
한 기운 모름지기 맑고 흐림 있도다.
산세는 남으로 내려와 사람마다 달리 보고,
동으로 흐르는 물소리 나도 같이 듣노라.
두 가닥 노래만 종신토록 부르지 말라.
오히려 잘못되어 본래의 정에 누를 끼친다.

밖으로 나가 養仁臺·安心臺·開心臺라고 하는 큰 바위가 이어져
있는 것을 바라보고 감탄하며 천지만물의 이치에 다가간다. 바위의
이름으로 삼은 養仁·安心·開心, 仁을 길러 마음을 편안하게 하고
활짝 연다. 여기까지는 표면을 파악한 서론이다.

내면을 말해주는 본론은 그다음 대목에 있다. 하나인 氣가 아래
와 위, 흐리고 맑은 등의 특징을 가진 陰陽으로 나누어져 운동하고
작용하는 이치이다. 氣일원이라고 할 수 있는 것을 책을, 글을 읽지
않고 천지만물을 직접 보고 알아차렸다. 큰 덩어리를 많이 보니 더
욱 확실하다.

이것은 남으로 뻗어 내리는 산세나, 동으로 흐르는 물소리 같다.
사람마다 달리 볼 수도 있고, 나도 같이 들을 수 있다. 이렇게 가볍
게 하는 말로 결론을 삼지 말아야 한다. 음양은 두 가닥의 노래를
각기 들려주어도 하나임을 잊지 말아야 한다. 性이 따로 있지 않고,

情이 본래의 마음인 줄 아는 것이 궁극의 각성이다.

〈贈信明上人〉

明也元離俗
儵然早脫銜
孟笋一介淡
雲石自家饞
執事還恭謹
修辭更信誠
三旬知可與
百世保無讒
邂逅歡萍水
分携惜鳳巖
風塵隨白眼
歲月絆靑衫
黽勉行招咎
歸來性守凡
林間愧靈徹
天上謝巫咸
漫興神猶騖
多情口轉緘
誰能從我者
滄海有孤帆

〈신명 상인에게 주다〉

신명 상인은 원래 세속을 초탈하고,
재갈을 일찍 벗어 던진 분이다.
바리때 지팡이 하나씩만 지니고,
구름과 돌만 집으로 여겨 탐낸다.

일 처리 공손하고 근엄하게 하고,
글을 지을 때면 정성을 더 기울인다.
한 달 동안 알고 함께 지낼 수 있었으나,
백세토록 거짓 없으리라고 보장하겠다.
부평초 인연으로 우연히 만나 기뻐하다가,
봉암사 그곳에서의 이별이 못내 아쉽다.
나는 풍진 세상에서 백안시당하며
몇 해 동안 말직의 관복을 입다가,
힘써 봉직한 것이 허물을 불렀기에
돌아와 범속한 마음 지키려 한다.
영철 스님 생각하면 숲속에서도 부끄럽고,
천상 무당에게 운수를 물을 생각은 없다.
아직도 부질없는 흥취로 정신이 달리다가,
느끼는 다정이 입을 더욱 무겁게 한다.
나를 따를 수 있는 이가 그 누구인가,
외로운 돛배를 창해에 띄워 보낸다.

"上人曾遇于嶺東者 今復有重遊之約 故首尾歷擧"(상인은 일찍이 영동에서 만난 분이다. 다시 만나 놀자는 약속이 있어, 있었던 일을 자초지종 든다.) 이런 설명을 뒤에 달아놓았다. 信明上人이라는 승려를 만나 道伴으로 삼았다. 다 버리고 떠난 것을 각성의 원천으로 삼는 체험을 공유하고자 했다. 잠깐 같이 지내다가 헤어졌으나, 잊을 수 없다고 했다.

"바리때 지팡이 하나씩만 지니고, 구름과 돌만 집으로 여겨 탐낸다." 이렇게 말한 경지에 자기도 이르고자 하지만 않지만, 아직 거리가 멀다. 미관말직에 종사하다가 쓴 허물에서 벗어나, 숲속에서 범속한 마음 지키려 하면서 당나라 詩僧 靈徹을 따르지 못해 부끄럽다. 옛적의 神巫 巫咸을 만나 운수를 물을 생각이 없으니 마음이 안정되었다고 할 것은 아니다. 부질없는 내닫게 하는 興趣와 입을 더욱 무겁게 하는 多情 사이에서 왔다 갔다 한다. 이런 말을 하면서, 따르는 이가 있기를 바라고 외로운 배를 띄운다고 했다.

고사를 이것저것 들고 상념이 이리저리 엇갈리는 상태에서, 배를 띄워 어디로 가겠다는 것은 몽유병 수준의 망발이다. 숲속으로 돌아와선 범속한 마음 지키고 있다고 하다가, 자기를 따를 사람이 있기를 바라는 것은 처치 곤란한 당착이다. 道를 닦겠다고 하면서 망발이나 당착에 사로잡히는 것은 무슨 까닭인가? 道라고 여기는 것이 머리에서만 맴돌고 몸에 녹아들지 않은 탓이다.

〈上上開心庵〉

只憐雙目快
不惜兩筋忙
數息清溪得
時眠白石當
日從山徑遠
雲與海天長
暝色歸愁盡
狂夫信更狂

〈마음 여는 암자로 높이 높이 오른다〉

두 눈의 상쾌함만 좋아하고,
팔다리 바쁨은 애석하게 여기지 않는다.
두어 번 쉬기는 맑은 시내가 좋고,
때로 졸기는 깨끗한 돌이 그만일세.
해는 오솔길을 따라 멀어지고

구름은 바다 하늘과 같이 길구나
어두우면 돌아가야 한다는 걱정도 없어지고,
미치광이가 참으로 더 미친다.

여기서는 고요한 상태에 머물러 마음을 다스리겠다는 착각을 시정한다. 적극적으로 나서서 힘들게 움직이며 차츰 높이 올라가니, 막혀 있던 시야가 활짝 열린다. 과거의 고사와 종잡을 수 없게 얽힌 잡념을 씻고, 현재의 山水·木石·天海와 바로 이어지는 감격을 누린다. 마음을 여는 암자 開心庵은 어디 따로 있지 않고, 삼라만상 그 자체이다. 거기까지 이르니, 道를 닦는다는 관념이 사라지고 온몸이 새롭게 생동한다. 모든 관념을 뒤집어엎는 미치광이 짓을 더 철저하게 하는 실행을 悟道頌으로 삼는다.

5

깨달았다는 것이 무엇인가? 빈말은 그만두고, 정답을 말해보자. 만물·만생·만인대등론을 갖추어야 공허하지 않은 깨달음이고, 세상을 바르게 하는 데 실제로 기여한다.

높이 올라가 만물대등만 말하면, 차등론의 정상을 고고하게 보여준다고 오해할 수 있다. 미치광 짓을 더 철저하게 하려면, 정반대로 방향을 바꾸어야 한다. 만생 가운데 맨 아래의 가장 미천한 쪽에게로 다가가야 한다. 사람에게 종속되어 이용당하기만 하다가 죽는 가축이 자기와 대등하게 소중하다고 해야 한다. 〈上上開心庵〉과 정반대가 되는 다음의 시가, 가장 낮은 자리에서 더 높은 경지의 깨달음을 온전하게 실행한다.

〈葬驟〉

驢馬生殊骨
剛強見異常
一年筋力寓
幾度往來鄉
萁荳何曾飽
風霜不免傷
無帷可謝過
深闕厚苫藏

〈노새를 장사 지낸다〉

나귀나 말과 별다른 골상을 타고나,
완강하고 비범함을 드러내 보였다.
한 해 내내 있는 대로 근력을 바쳐
몇 번이나 내 고향을 왕래했던가.
콩깍지 찌꺼긴들 언제 배불리 먹었던가,
풍상 속에서 몸 다치는 것을 못 면했다.
휘장이 없는 것을 마땅히 사과하면서,
깊이 파고 두껍게 싸서 묻어 주리라.

이 시는 《禮記》〈檀弓下〉에서 말한 孔子의 일화와 연관된다. 기르던 개가 죽자, 공자가 子貢에게 묻어 주게 하면서 말했다. "吾聞之也 敝帷不棄 爲埋馬也 敝蓋不棄 爲埋狗也 丘也貧 無蓋 於其封也 亦予之席 毋使其首陷焉"(내가 들으니, 해진 휘장을 버리지 않는 것은 죽은 말을 싸서 묻어 주기 위함이요, 해진 수레 덮개를 버리지 않는 것은 죽은 개를 묻어 주기 위함이라고 했다. 나는 가난해 수레 덮개가 없으니, 그 시체를 묻을 때 내 거적자리를 가져가 머리가 흙에 함몰되지 않도록 하라.)

공자의 관심은 禮이고, 노수신은 情을 말했다. 말이나 개의 장사에서까지 禮를 갖추면 주인의 품격이 그만큼 높아지는 것을 잘 알면서, 공자는 따르지 못해 안타깝다고 했다. 자기 거적자리로 감싸 개의 머리가 함몰되지 않게 하는 것만으로도 공자는 禮를 존중한다고 알리려고 했다. 노수신은 노새가 수고를 너무 많이 하다가 죽은 것이 애통하다고 여기는 情을 간곡하게 나타냈다. 깊이 파고 두껍게 싸는 장사를 지내, 노새가 지난날을 아주 잊고 편안하게 잠들기를 바랐다.

禮는 차등, 情은 대등의 표상인 점이 아주 다르다. 공자가 가장 훌륭하다고 높이 받들어 禮의 허점을 더 키운다. 대등의 情으로 그 잘못을 바로잡아야 한다.

6

가축뿐만 아니라, 다른 금수, 미물이라고 하는 곤충까지도 사람과 대등하다. 대등의 情을 느끼게 한다. 말만 이렇게 하지 말고, 마음 깊이 느끼는 바가 있어야 한다. 그쪽의 삶을 온몸으로 실행한다고 하면 더 좋다.

〈杜鵑〉
殘夜不須怨
故山猶可歸
初聲從客聽
幽意與今違

衰病雙親在
音書萬里稀
羈魂亦將化
覺爾讓沾衣

〈두견〉

새벽까지 원망하며 울 것은 없구나.
고향 산천에 돌아갈 수 있으리라.
그 소리 처음 나그네일 적에 들었고,
깊은 뜻이 지금과는 서로 달랐네.
쇠하고 병드신 양친 아직 계실 텐데,
만 리 먼 길이라 소식조차 드물다.
이 나그네 넋이 또한 죽게 되면,
네 피 젖은 옷 넘겨주는 줄 알리라.

〈蛬〉

西風淡月斜
露墮暗叢裡
一聲思君子
一聲怨君子

〈귀뚜라미〉

가을바람에 희미한 달 비껴 있고,
더부룩한 숲에 이슬 한창 내리는데,
한 울음소리는 낭군을 사모하고,
한 울음소리는 낭군을 원망한다.

두견이나 귀뚜라미는 사람과 대등의 情을 나타낸다고 말해왔다.

두견은 자기 울음을 울어주고, 귀뚜라미는 누군가 하고 싶은 말을
한다. 이런 생각을 다시, 훨씬 간명하게 나타냈다.

〈蠅〉

有雪方書異
無氷已削常
爾生爲最得
天意遣偏昌
白黑自變幻
昏明誰主張
紛紛萬物化
隱几一陰陽

〈파리〉

눈이 내리면 이상하다고 기록하고,
얼음 없어지는 것은 예사롭게 여긴다.
너는 가장 좋은 때를 얻어 나왔구나.
하늘의 뜻으로 한쪽만 번창하는구나.
흑백은 스스로 변해 달라진다지만,
밤낮은 그 어느 누가 맡아 주도하는가?
분잡스레 만물이 변화하는 가운데,
밤낮 하루 동안을 안석에 기대 있노라.

〈蟻〉

仰嗅燈檠後
遙緣食案邊
今能亂吾睡
不復顧其穿

歷硯沾涓滴
翻書汚聖賢
脩然笑無語
爾命亦由天

〈생쥐〉

머리 쳐들고 등경 뒤쪽 냄새 맡다가,
멀리 밥상 가를 타고 다니기도 한다.
요즘은 내가 잠을 잘 이루지 못하면서,
벽 뚫는 것도 본체만체하고 지내다.
벼루를 지나며 그 물을 묻혀 가다가,
책장 뒤집고 성현을 마구 더럽히는구나.
조용히 앉아서 웃고 말하지 않는다.
너의 수명 또한 하늘에 달려 있겠지.

〈蛇〉

爾生能毒物
爾死能療人
利害旣如此
天公仁不仁

〈뱀〉

너는 살아서 독으로 해치다가
죽으면 사람의 병을 치료한다.
이롭고 해로움이 이와 같아,
하늘의 인과 불인이 가지런하다.

파리, 생쥐, 뱀은 해를 끼친다고 미워하고 죽이려 했다. 사는 것이 사람과 그리 다르지 않다. 악행만 저지르지 않고 도움이 되기도 한다. 이렇게 말하며 대등의 情을 느끼자고 한 것만이 아니다. 그런 것들이 살아가는 방식에서 깊은 이치를 깨닫는다.

겨울이 가고 날이 따뜻해져 파리가 생겨나는 것을 예사로 여기지 않고 유심히 살폈다. 만물이 변환하는 원리를 알아내도록 하는 과제를 낸다. 말을 더 보태서 하면, 그런 파리를 싫다고 하지 말고, 선생으로 여겨야 한다.

생쥐의 경망스러운 행동을 나무랄 것이 아니다. 생명의 발랄함을 모험으로 표출하는 충동을, 손상되지 않은 원래 그대로 보여준다. 먹물 묻은 발로 책 속의 성현을 더럽히는 것도 天眞의 발로일 수 있다.

살았을 때는 생명을 해치는 뱀의 독이, 죽은 뒤에는 생명을 구하는 약으로 쓰인다. 해로움이 크면 이로움도 크다. 仁과 不仁, 상생과 상극이 둘이 아니고 하나인 이치를 말해준다.

7

노수신의 시문은 당대에 이미 높이 평가되었다. 표현이 각별했기 때문이 아니다. 어떻게 해야 사는 보람을 얻는가? 이에 관해 깊이 고심하며 바른 길을 찾아 얻은 것이, 마음을 깊이 움직이기 때문이다.

朱子學의 독선을 陽明學으로 시정하고, 알아서 얻은 것이 있으면 가슴에서 익히고 몸으로 실행해야 한다고 했다. 유가의 구속에서 벗어나, 불가나 도가의 길을 찾으려고 했다. 巨峯에 오르며 古刹에 들려 善知識 고승을 만나 道伴으로 삼았다.

그래서 깨달아 얻은 것을 詩로 나타냈다. 유가의 논설은 이리저리 걸림이 많아 말이 복잡해지고, 주장을 선명하게 하기 어려웠다. 그런데도 人心과 道心에 관한 시비를 가로맡아, 마음의 體가 道心이고 그 用은 人心이라고 했다. 불가의 禪問答을 한다면 구름 잡는 이야기로 정신을 멍하게 하고 말 수 있다. 선승들과의 酬唱을 그렇게 하지 않고, 내실을 갖추는 방법을 찾았다.

어떻게 했는가? 요약이면서 상징인 達觀언어를 갖추어, 자득 철학을 얻자는 것이라고 할 수 있다. 시를 지어야 이럴 수 있다. 내가 근래 이렇게 하고 있는 말을, 이미 실행에 옮긴 좋은 본보기를 많이 보여주었다. 《대등생극론》을 써서 전개한 지론을, 5백여 년 전에 이미 이룩했다.

그 결과로 얻은 것을 말해보자. 성현−군자−소인의 차등에서 벗어나, 인류 본연의 만인대등을 되살려야 한다. 만인대등은 단독으로 이루어지지 않고, 만생대등을, 만생대승은 만물대등을 근거로 삼는다. 이것 또한 《대등생극론》을 앞질러 이룩한 업적이다.

그러면서 각별한 노력을 바친 작업이 있다. 만물·만생·만인대등론의 연결을 중간에서 분명하게 하려고, 가축에서부터 시작해 가깝고 먼 관계를 가진 여러 동물, 곤충까지의 삶을 자기 혈육인 듯한 대등의 情을 가지고 살폈다. 그 사연을 속삭이듯 알려주는 시를 많이 지었다.

그뿐만 아니다. 해를 끼친다고 여기고 혐오감을 가져온 생명체들도, 자기 나름대로 살아가는 것이 당연하다. 좋고 나쁘고, 옳고 그른 것을 일방적으로 판단하지 말아야 한다. 해로움의 이면에는 이로움이 있다. 이로움과 해로움은 둘이 아니고 하나이다. 이런 말도 했다.

인심과 도심에 관한 시비를 마음의 體가 道心이고 그 用은 人心이라고 해서 해결한 것을 이어받아, 생각을 더해보자. 모든 동물은 마음이 있고, 마음이 있으면 그 본체와 활용이 있다. 마음 본체와 활용 사이의 크기가 크든 작든, 거리가 멀든 가깝든, 이것은 차등이 아닌 대등의 조건이다.

道니 人이니 하는 것이 차등론과 연관되어 있어, 말썽을 일으킨다. 마음의 體는 本心, 그 用은 活心이라고 하면, 사람을 포함한 영장류에서 아주 작은 미생물까지 모두 本心을 지니고 活心을 낸다. 마음의 구성과 작용에 관한 일반론을 차질 없이 이룩할 수 있다.

13세 연상인 李滉과 가깝게 지내 편지로 논란을 주고받으면서, 노수신은 따르지 않고 거역했다. 반면교사의 자극을 받고, 탐구하는 방향을 바꾸었다. 朱子를 받드는 依樣의 道學에서 벗어나, 삶의 올바른 길을 스스로 찾는 철학을 自得하고자 했다. 얻은 성과는 분명하지만 이름이 없어 등록되지 않고, 가부간의 논란이 나타나지도 않아, 묻히고 말았으니 안타깝다. 오늘날 철학사에서는 무시하고, 문학연구는 외양이 남다른 자유인이라고 여기는 정도를 벗어나지 않는다.

망각의 먼지를 털어내고, 소중한 내용을 찾아낸다. 그 요체는 차등론을 대등론으로 바꾸어놓는 것이다. 만물·만생·만인대등론을, 그 중간의 만생대등론을 추론과 실행 양면에서 확고하게 입증하는 공사에 특히 힘써 수미상응하게 연결시켰다. 내가 지금 하고 있는 작업의 훌륭한 본보기를 오래전에 이미 이룩했다. 이어받고 다듬으면 큰 진전이 이루어진다.

거시에서 미시로 시선을 돌려도, 예상하지 못한 탐구 성과 또는 과제가 있다. 누구나 싫어하는 파리·생쥐·독사에게, 대등의 情을 가지고 다가가 말한 것을 다시 보자. [가] 날이 더워지니 파리가 많이 생기는 것이 당연하다. [나] 생쥐는 먹 묻은 발로 책도 함부로 밟고 지나가, 누군지 모르고 성현을 더럽힌다. [다] 독사의 독은 누구에게나 위협이다가, 주인이 죽으면 좋은 약이 되어 널리 좋게 쓰인다.

왜 이런지 밝히는 과학 연구는 힘써 하면 기대하는 성과를 얻는다. 그 이치를 말해주어야 하는 철학은 임무를 어떻게 수행해야 하는가? 셋을 포괄하는 명제를 세 단계로 정립하는 것이 착상이다. [1] 무엇이든 각기 자기 방식대로 생멸하는 대등한 권리를 누린다. [2] 이런 사실을 알고 적절하게 대처하면 잘 지낼 수 있으니, 나에게 유익한지 해로운지 가리는 일방적인 판단을 앞세우는 차등론의 횡포를 저지르지 말아야 한다.

셋째 명제는 풀어서 말하고, 더 나아가보자. [3] 해로운가 유익한가 하는 것은 고정되어 있다. 해로운 것이 유익하고, 유익한 것이 해로울 수 있다. 독이 약이 되는 것만이 아니다. 생쥐가 함부로 더럽힌 것을 나무라지 않고 오히려 고맙게 여기고, 성현은 다른 오물도 모두 씻어내고 다시 나타나야 한다.

이처럼 미시는 거시에 이른다. 거시가 더 커지려면, 미시가 훨씬 작아져야 한다. 대소의 유무상통으로 모든 것이 굴러간다. 이것을 알아내 마음과 몸을 움직이는 학문을 해야 한다. 노수신에게서 시작해 앞으로 많이 나가려면 이 방향을 찾아야 한다.

8

《대등생극론》이라는 책을 써놓고 노수신이 남긴 글을 읽었다. 내가 하는 말을 이미 많이 한 것을 알고 당황하지 않으며, 당연하다고 여긴다. 반가움이 용기가 되고, 사명감을 키운다. 노수신이 다시 태어나 미진한 작업을 하는가 하는 생각도 한다.

정신을 차리고 다시 말한다. 고금의 일치가 타당성을 서로 입증한다. 고금학문 합동작전의 좋은 본보기를 보여준다. 노수신이 준 것을 넣어 책을 다시 쓰면, 논의가 너무 복잡해진다. 노수신에 관해 논의 요점을 《대등생극론》에 수록해, 보완 작업을 하도록 한다. 책이 공저라고 하려고 한다.

그뿐만 아니다. 눈을 크게 뜨고, 거시를 확대하자. 시간뿐만 아니고 공간에서도 아주 멀리 떨어진 곳에서 만물의 궁극적인 이치를 탐구하는 만생 또는 만인의 일원은 같은 작업을 할 것이다. 방해 전파 때문에 이리저리 헤매다가, 대등생극론을 탐구하고 정립하는 데 이를 것이다.

《대등생극론》은 우주가 어떻게 이루어져 있는지 말해주는 우주인의 공저이다. 내가 저자라고 여기는 것은 근시안적 착각이다. 너무나도 크나큰 소리를 지구 한 모퉁이에서 한국어로 받아적는 말단 서기는 잡념이나 잡담을 하지 말아야 한다. 임무에 충실해야 한다.

송익필

1

宋翼弼(1534-1599)은 신분이 미천해 진출하지 못했다. 이치를 밝히는 공부에 힘써 큰 성과를 얻은 것이 알려졌다. 朱子의 理氣 차등론에 통달해 숭앙의 대상이 되면서, 또한 차등론을 부정하는 대등론으로 그릇된 세상을 바로잡으려고 했다. 남긴 시문에 그 양면이 함께 나타나 있다.

〈太極問〉이라는 글이 아주 긴요하다. 근본적인 의문에 대한 "以觀後學所答如何 後患答者多不合理 略成答說以便看"(후학들의 해답이 어떤지 살피니, 후환을 갖추고, 이치에 부합되지 않은 것이 많으므로, 정답을 간략하게 작성해 편하게 보도록 한다)고 했다. 81개 조항의 문답 가운데 특히 요긴한 것을 하나 든다.

> 問 未有一物之前 先有太極耶 既有萬物之後 繼有太極耶
> 答 有物之後 始知太極 而然初無太極 則物不能爲物矣

> 문: 한 物도 있기 전에 太極이 먼저 있고, 만물이 있는 다음에
>   太極이 이어서 있는가?
> 답: 物이 있고서 太極을 비로소 알지만, 처음에 太極이 없으면
>   物이 物일 수 없다.

(가) 物에서 太極을 알아낸다. (나) 物이 있게 한 것은 太極이다. 이 두 말은 상반된다.

(가)에서는 성현의 가르침에 따라 太極을 먼저 알고 萬物을 고찰하지 않고, 누구나 보면 알 수 있는 사실이나 현상에서 숨은 원리를 찾아야 한다고 했다. 이것은 대등론이다. 崔漢綺가 推氣測理라고 하는 순서나 방법을 미리 말한 의의가 있다.

(나)에서는 太極이 萬物 자체에 내재한 원리가 아니고, 萬物을 생성하는 외래의 원리라고 했다. 이것은 차등론이다. 理先氣後를 말하는 지배이념의 타당성을 확인했다.

2

李珥가 알아보고 존경했다. 이치의 근본에 대해 문의해 응답한 편지가 몇 개 있다. 그 가운데 〈答叔獻書別紙〉가 가장 요긴하다. 문답의 요지를 여러 조항으로 정리하고, "旣擧先儒之說 而以己意明其義 又申之以己說焉"(이미 거론한 선유의 여러 견해를 스스로 뜻한 바에 따라 명확하게 해서 독자적인 학설로 전개하겠다)고 했다. 그다음에 이렇게 말했다.

> 夫未動是性 已動是情 而包未動已動者爲心 心所以統性情也 譬之水 心猶水也 性水之靜也 情水之動也 四端單擧其流也 七情竝言其波也 水不能無流 而亦不可無波 波之在平地而波之溶溶者 波之得其正也 波之遇沙石而波之洶洶者 波之不得其正也 雖然 豈以溶溶者爲波 而洶洶者不爲波哉 故曰情有善不善也

무릇 아직 움직이지 않는 것은 性이고 이미 움직인 것은 情이다.

움직임과 움직이지 않음을 포용한 것은 心이다. 心은 性과 情을 통괄하는 바이다. 이것을 물에다 견줄 수 있다. 心은 물에, 性은 고요한 물에, 情은 움직이는 물에 견줄 수 있다. 四端은 다만 물의 흐름만 말하고, 七情은 그 물결까지 말한다. 물은 흐름이 없을 수 없고, 물결도 없을 수 없다. 물결이 평지에서는 잔잔하다. 물결이 정상이다. 물결이 모래나 돌을 만나면 흉흉해진다. 물결이 정상이 아니다. 그러니 어찌 잔잔한 것은 물결이고, 흉흉한 것은 물결이 아니리오. 그러므로 情에 善한 것도 善하지 않은 것도 있다고 한다.

이해하기 쉬우면서 뜻이 분명하다. 사람 마음의 善惡을 사실이나 현상에서 살펴, 四端이니 七情이니 하는 것에 관한 구구한 시비를 종식시킬 수 있는 결론을 제시했다. 四端과 七情은 출처가 다르다. 人心과 道心은 지향하는 바가 다르다. 이렇게 말하는 이원론은 타당하지 않다고 했다.

情의 흐름은 하나인데, 상황에 따라 그 물결이 잔잔할 수도 있고 흉흉할 수도 있어 善하기도 하고 不善하기도 한다. 不善은 모래나 돌이 물결을 흉흉하게 하는 것 같은 외부적인 요인에서 생겨난다. 이런 일원론이 타당하다고 했다. 장차 任聖周·洪大容·朴趾源이 제기할 견해를 미리 말했다고 할 수 있다.

이쯤에서 상반된 견해를 말한 이유를 생각해볼 수 있다. 太極이 萬物을 생성하는 외래의 원리라고 한 理先氣後의 차등론은, 처신의 어려움을 헤쳐나가려고 하는 흉흉한 물결이 아닌가 한다. 대등하게 보면 알 수 있는 萬物의 사실이나 현상에서 太極이라고 하는 숨은 원리를 찾은 것이 잔잔하게 흐르는 진심이라고 할 수 있다.

추구하고 깨달은 바를 논설로 말하려면 기존의 용어를 사용하지 않을 수 없고 선행 학설과 이리저리 얽혀 행보가 어렵다. 시를 지으면 남들과 시비하지 않고 보고, 듣는 것들과 직접 만나 마음을 편안하게 할 수 있다. 그런 가운데 궁극의 이치에 관한 깊은 탐구가 저절로 이루어진다.

3

〈靜坐〉

不出南庭畔
遊觀唯敬天
心中無一物
默契未形前

〈고요하게 앉아〉

남쪽 뜰 밖으로 나가지 않고,
遊觀하며 오직 하늘을 공경한다.
마음속에 한 물건도 들어 있지 않아,
묵묵히 맞아들여간다 형태 있기 전과.

시에서는 철학을 자득하는 방법을 자득의 표현으로 말했다. 靜坐, 고요하게 앉는다는 것은 마음속에서 진리를 스스로 발견하려고 명상하는 자세이다. 遊觀은 목표 없이 살핀다는 말이다. 불타는 태자 시절에 四門遊觀을 하고 삶의 실상 목도하는 충격을 받았다고 하지만, 자기는 남쪽 뜰 밖으로 나가지 않고 명상해 하늘을 공경하는 각성을 얻는다고 했다.

하늘은 아직 아무것도 이루어지지 않은 본원의 상태이다. 무엇을 생각하거나 지니지 않고 마음을 비우면 하늘과 합치될 수 있다. 다른 여러 시에서도 하늘과의 합치를 일관되게 추구했다. 만물이 아닌 太極, 情이 생기기 전의 性을 말하면 따르는 수많은 논란을 배제하고, 더욱 분명하고 설득력이 큰 각성을 자득의 내용과 표현을 갖추어 제시했다.

〈獨立〉

長嘯仰天天浩浩
俯臨滄海海無窮
獨立此間無一事
却將興廢笑英雄

〈홀로 서서〉

파람 불며 우러르니 하늘 넓어 아득하고,
푸른 바다 굽어보니 바다는 끝이 없다.
그 사이에 홀로 서니 아무 일도 없어서,
공연히 흥망을 다투는 영웅들을 비웃노라.

하늘과 바다는 아득하게 넓다. 그 사이에 홀로 서니 마음도 아주 넓어져 거슬리는 일이 전연 없다. 작은 것을 가지고 흥하는가 망하는가 다투며 영웅이라고 뽐내는 무리를 가소롭게 여기고 비웃는다. 이렇게 말하면서, 대등의 너그러움을 자랑하고 차등의 옹졸함을 나무랐다.

〈雨後登山〉

天近日月明
騰身積霧中

連峯碧無盡
幽壑深不窮
林虛籟歸寂
水定淵涵空
朗吟倚層壁
長袖拂彩虹
曠望極人目
地遠來清風
天門勢漸逼
九扈何處通
回看舊時伴
鷽鳩藏蒿蓬

〈비 온 뒤에 산에 올라〉

하늘이 가까우니 일월이 밝아,
쌓인 안개 가운데서 몸이 오른다.
이어진 산 푸름이 무한하고,
그윽한 골짜기 깊이가 끝없다.
숲이 비어 온갖 소리 적막하고,
물은 고요해 연못에 하늘이 잠겼다.
낭랑하게 읊조리며 절벽에 기대니,
긴 소매가 무지개를 스친다.
멀리까지 바라보니 시야가 아주 넓고,
거리가 있는 곳에서 맑은 바람 불어온다.
天門의 끌어당김 점점 가까워지며,
九扈은 어디를 거쳐 간다는 말인가?
지난날의 동반자들 돌아다보니,
鷽鳩 되어 쑥대 속에 숨었구나.

비가 오고 안개 끼는 방해 요인을 물리치고, 커다란 이치를 탐구하려고 산에 올랐다. 푸르름이 무한히 이어지고 그윽한 골짜기가 끝없이 깊은 것을 흡족하게 여기지 않고, 마음을 비우니 더 멀리, 더 높이 보이고 들리는 것이 있다. 하늘 같은 깨달음을 얻는 것이 궁극의 소망이다. 하늘 궁전으로 들어가는 문 天門과 九扇이 발견되고 열리는 듯하다는 말로 거기 이를 가능성이 크다고 했다.

지난날의 동반자들은 뒤떨어져, 鷽鳩(학구)는 작은 비둘기처럼 되었다고 했다. 《莊子》〈逍遙遊〉에서 北海의 鯤(곤)이라는 大魚가 鵬(붕)이라는 큰 새로 변해 구만 리 밖 南冥으로 날아가니, 鷽鳩가 공연한 수고를 한다고 비웃었다고 했다. 산에 올라 하늘로 하늘 같은 깨달음을 얻으려고 자기를 이해하지 못하고 비웃는 同學들이 가련해 이렇게 말했다.

구도자의 각오, 구도의 방법과 단계, 주위 사람들과의 관계를 이 시 한 편에서 아주 잘 정리해서 말했다. 편법을 택하려고 하지 말고, 구도를 제대로 해야 철학을 자득한다. 비가 오고 안개 끼는 방해 요인 때문에 물러나지 말고, 鷽鳩 수준의 논평에 구애되지 않아야 한다. "멀리까지 바라보니 시야가 아주 넓고, 거리가 있는 곳에서 맑은 바람 불어온다." 이 말대로 해야 한다.

4

〈樂天〉

惟天至仁
天本無私
順天者安

逆天者危
痾癢福祿
莫非天理
憂是小人
樂是君子
君子有樂
不愧屋漏
修身以俟
不貳不夭
我無加損
天豈厚薄
存誠樂天
俯仰無怍

〈하늘을 즐긴다〉

저 하늘은 지극히도 어질다.
하늘은 본디 사사로움 없다.
하늘을 따르면 편안하고,
하늘을 거스르면 위태롭다.
병들거나 복록 받는 것이
하늘 이치 아닌 것이 없다.
이런 이치 걱정하면 소인이고,
이런 이치 즐기면 군자이다.
군자에겐 이런 즐거움이 있어,
어두운 곳에 혼자 있어도 부끄럼 없다.
자기 몸을 잘 닦고 기다리면,
좌절도 없고 요절도 없다.
내가 더하고 깎지 않는데,
하늘 어찌 후하게 박하게 하랴.

참된 마음으로 하늘 즐기니,
오르내려 보아도 부끄럼 없다.

하늘은 모든 일이 공정하게 이루어지는 원리이다. 이렇게 말하고, 세 가지 보충 논의를 했다.

[1] 병이 드는 불운이나 복록을 받는 행운이나, 그럴 만한 이유가 있다. [2] 이것을 불평을 하면 소인이고, 수긍하면 군자이다. [3] 자기 몸을 잘 닦고 기다리면 좌절도 요절도 없다. 자기가 더하고 깎지 않는데, 하늘이 어찌 후하게도 박하게도 하겠느냐? [4] 참된 마음으로 하늘을 즐기면 부끄러움이 없다.

[1]에서 말한 이유가 [3]에 있다. 잘 되고 못 되는 것은 자기 탓이다. [2]에서는 이에 대해 불평을 하지 말아야 한다고 하고, [4]에서는 더 진전된 논의를 했다. 하늘의 원리를 알고 받아들이는 마음이 참된 마음이다. 그러면 즐거움이 있다. 불운이 닥쳐도 원망하지 않을 뿐만 아니라 부끄럽게 여기지 않는다.

〈天〉
君子與小人
所戴惟此天
君子又君子
萬古同一天
小人千萬天
一一私其天
欲私竟不得
反欲欺其天
欺天天不欺
仰天還怨天

無心君子天
至公君子天
窮不失其天
達不違其天
斯須不離天
所以能事天
聽之又敬之
生死惟其天
既能樂我天
與人同樂天

〈하늘〉

군자든 소인이든 함께,
떠받든다 오직 저 하늘을.
군자는 서로 다른 군자라도,
하늘은 만고에 같은 하늘이다.
소인의 하늘은 천만 개며,
하나하나 사사로운 그 하늘이다.
자기가 바라는 것 얻지 못하면,
도리어 하늘을 속이려고 한다.
하늘을 속이려 해도 속지 않으면,
하늘을 우러르며 오히려 원망한다.
無心한 것은 군자의 하늘이고,
至公한 것은 군자의 하늘이다.
궁핍해도 그 하늘을 잃지 않고,
현달해도 그 하늘 어기지 않는다.
잠시라도 하늘을 떠나지 않고,
그러면서 능히 하늘을 섬긴다.

하늘이 하는 말을 듣고 공경한다.
살든 죽든 오직 하늘만이고,
그래서 능히 자기 하늘을 즐긴다.
남들과 함께 하늘을 즐긴다.

　여기서 하늘이 무엇인지 더 말했다. 하늘은 모든 것이 하나인 불변의 원리이다. 마음 쓰는 것이 없어 無心하고, 어느 쪽으로 치우치지 않아 至公하다. 군자는 이런 하늘을 그대로 인정하고 따른다. 궁핍하거나 현달하거나 변함이 없다. 소인은 그렇지 않다. 사사로운 하늘이 무수히 많이 있다고 여기고, 그 가운데 어느 것을 자기가 차지해 유리하게 이용하려고 기만하기를 일삼는다. 뜻대로 되지 않으면 원망한다.

　오늘날의 용어를 사용해 말하면, 보편적 가치를 군자는 인정하고 존중한다. 소인은 그런 것은 없다고 하고, 자기 이익을 추구하기만 한다. 이 둘이 서로 다른 것을 하나이고 불변인 하늘과 각기 자기 나름대로 이용하고자 하는 무수히 많은 하늘을 들어 말하니, 일관성이 있고 이해하기 쉽다.

5

　시 여러 편에서 할 말을 다 한 것 같지만, 의문이 있다. 무엇이든 자기 탓인 것이 하늘의 공정함인가? 불운이나 궁핍도 즐겁게 여겨야 하는가? 소인의 잘못은 지적하기만 하면 할 일을 하는가? 군자는 무력해지고, 소인이 득세하는 것을 그대로 두고 보아야 하는가? 그렇다면 하나이고 불변인 하늘이 무슨 소용이 있는가?

정철

1

鄭澈(1536-1593)은 어떤 사람인가? 金集이 쓴 행장에서 한 말을 들어보자. "束脩金河西麟厚之門 又從奇高峰大升問學 旣又與牛溪 成先生 栗谷李先生定交 其趨向之正 制行之高 盖有淵源矣"(金河西 麟厚의 문하에서 공부하고, 또한 奇高峰 大升을 따르면서 학문을 묻고, 또한 牛溪 成先生 및 栗谷 李先生과 벗을 했으니, 지향하는 바가 바르고, 나아가고 물러나는 행실이 높은 것이 대개 연원이 있다.)

그렇다면 성리학자 또는 도학자였을 같은데, 그렇게 하지 않았다. 성리학에 관한 논의에 참여하지 않았으며, 도학을 문학보다 앞세워야 한다는 주장에 동의하지 않았다. 중국 남송의 朱熹를 朱子라고 높여 일컫고 스승으로 받드는 李滉, 金麟厚, 奇大升, 成渾, 李珥 등의 성리학자 또는 주자학자들과 가까이 지내는 동시대인이었어도, 주위의 색깔에 물들지 않고 연꽃이 피듯이 몇 세기 앞선 문학 활동을 하고 사상을 전개했다.

2

朱熹의 시 가운데 〈武夷櫂歌〉가 가장 널리 알려지고 많은 영향을 끼쳤다. 은거하면서 도학을 탐구한 武夷山의 빼어난 경치를 읊은 山水詩이다. 이해하고 계승하려는 주자학자들은 탐구하는 자세만 보였는가 탐구한 내용까지 말해주는가를 두고 논란이 있었다. 정철은 가까이서 진행되는 이 논란 안에 발을 들여놓으려고 하지는 않고, 상당한 정도로 거리를 두고 총체적으로 맞서는 새로운 작품을 창작했다. 〈星山別曲〉이 이런 것이다.

어떤 사태인지 오늘날의 시정인도 잘 이해할 수 있는 비유를 들어 친절하게 설명하겠다. 주위에 있는 여러 대리점을 드나들며 소비자의 견지에서 사소한 시비를 하지 않고, 멀리 있는 본사를 직접 상대했다. 직거래로 이익을 더 남기고자 한 것은 전연 아니다. 본사의 위세가 무색해지고 와해되지 않을 수 없게 하는, 획기적인 신제품을 당당하게 생산해 내놓았다.

두 물건을 비교해보자. 주희의 〈武夷櫂歌〉와 정철의 〈星山別曲〉은 표면상 아무 관련이 없을 것 같으나, 기본적인 일치점이 있는 발상을 아주 다르게 나타냈다. 두 작품의 서두와 결말을 들어 비교해보자. 〈武夷櫂歌〉는 다음과 같이 시작하고 끝난다.

武夷山上有仙靈
山下寒流曲曲淸
欲識個中奇絕處
櫂歌閑聽兩三聲

무이산 위에는 신선의 영험이 있고,
산 아래 차가운 물은 구비구비 맑다.
그 가운데 기이한 곳을 알아보려 하니,
노 젓는 소리 두어 마디 한가롭게 들리네.

九曲將窮眼豁然
桑麻雨露見平川
漁郎更覓桃源處
除是人間別有天

九曲이 다하려 하니 눈이 환하게 열리고,
뽕·삼·비·이슬이 질펀한 냇가에서 보인다.
어부는 다시 桃源을 찾지만,
사람 사는 곳을 제외하고 별천지가 있겠나.

〈星山別曲〉은 다음과 같이 시작하고 끝난다.

엇던 디날 손이 星山의 머물며서,
棲霞堂 息影亭 主人아 내 말 듯소.
人間 世上의 됴흔 일 하건마는,
엇대 흔 江山을 가디록 나이 녀겨
寂寞 江山의 들고 아니 나시는고.

어떤 지날 손이 성산에 머물면서,
서하당 식영정 주인아 내 말 듯소.
인간 세상의 좋은 일 많건마는,
어찌 한 강산을 가도록 좋게 여겨
적막 강산에 들고 아니 나시는고.

거믄고 시욹 언저 風入松 이야고야.
손인동 主人인동 다 니저 ᄇ려셰라.
長空의 ᄯᅥᆺᄂᆞᆫ 鶴이 이 골의 眞仙이라,
瑤臺 月下의 힝여 아니 만나산가.

손이셔 主人ᄃ려 닐오듸 그듸 긘가 ᄒ노라.

거문고 시울 언저 풍입송 이야고야.
손인지 주인인지 다 잊어 버렸어라.
장공에 떴는 학이 이 골의 진선이라,
요대 월하에 행여 아니 만날건가,
손님이 주인다려 이르되 그대 긴가 하노라.

　산수가 절경을 이루는 곳을 찾아가면서 거기 신선이 산다고 하는
점이 서로 같다. 그런데 〈武夷櫂歌〉에서는 찾아가는 사람이 혼자이
고, 신선을 만나지 못하고, 경치를 보는 데 그쳤다. 〈星山別曲〉에서
는 나그네가 주인을 찾아가, 경치와 사람이 하나가 되는 흥취를 함
께 누리면서 주인이 신선이 아닌가 하고 나그네가 말했다. 경치와
함께 음악이 두 작품에서 모두 중요시된다. 〈武夷櫂歌〉에서는 노
젓는 사람들의 노래를 듣고, 작자 자신도 노래를 지었다. 〈星山別
曲〉의 작자는 나그네와 주인이 어울려서 함께 거문고를 연주하면서
흥겨워한다는 노래를 지었다.
　두 작품 다 신선의 세계가 따로 없다고 해서 도가의 사고방식과
는 다른 유가의 사고방식을 나타냈다. 〈武夷櫂歌〉에서는 사람 사는
곳이 선경이라고 결말짓고, 〈星山別曲〉에서는 탈속한 즐거움을 누
리는 사람이 신선이라고 했다. 〈武夷櫂歌〉에서는 산수의 절경을 찾
아 즐긴 것이 현실에서 제기되는 문제와 어떤 관련이 있는가 말하지
않았다. 작자가 현실에서 뜻을 펴지 못하므로 물러나 산수를 찾는
다고 짐작하게 할 수 있을 따름이다.
　〈星山別曲〉에서는 "寂寞江山"을 선경으로 여기는 것은 현실에 대
한 불만이 있기 때문이라고 서두에서 암시하고, 나중에 명시했다.

人心이 ᄂᆞᆺᄀᆞᄐᆞ야 보도록 새롭거늘,
世事ᄂᆞᆫ 구름이라 머흐도 머흘시고.

인심이 낯 같아서 볼수록 새롭거늘,
세사는 구름이라 머흐도 머흘시고.

　과거의 역사를 들추어보고 성현과 호걸의 자취를 찾다가 이렇게 탄식한 대목에서는 주희철학의 핵심에 해당하는 사상을 아주 다른 말로 나타냈다. 주희는 '道心'과 '人心'을 대립시켜 도심은 언제나 바르기만 하지만 인심이 그릇되어 세상이 혼탁하다 했는데, 정철은 '人心'과 '世事'를 대립시켰다. 사람의 바른 마음을 '道心'이라고 하지 않고 '人心'이라고 하고서, "人心은 낯 같아서 볼수록 새롭다"고 했다.

　그 말은 '人心'이 밝고 깨끗하며 나날이 새롭다고 한 뜻이다. '인심'을 그렇게 긍정한 것은 주목할 만한 일이다. 주희가 말한 '道心'은 그런 속성 가운데 깨끗한 것만 지녀 선하기는 해도 밝지는 않아 인식 능력이 없고, 새롭지는 않아 진취적인 창조를 하지 않는다고 할 수 있다. 선하기만 한 마음을 가지고 세상이 혼탁하다고 나무라는 것은 소극적인 자세이다. '世事'가 구름처럼 험하더라도, 깨끗하고, 밝고, 새로운 마음을 가지면 어려움을 헤쳐나갈 수 있다.

3

　정철은 강원감사일 때 〈諭邑宰文〉과 〈훈민가〉를 지었다. 이 둘은 감사 노릇을 잘해 백성을 도와주려고 한 의도는 같으면서, 다른 모든 점에서는 거의 반대이다.

〈諭邑宰文〉은 한문으로 글을 써서 해당자가 읽도록 한다. 상하의 구분이 분명한 차등의 禮를 확립하고자 한다. 〈훈민가〉는 국문으로 지어 누구나 노래할 수 있게 한다. 〈훈민가〉는 작자가 노래하는 사람이 되고, 노래하는 사람이 작자가 되어 같은 말을 하자고 한다. 구분도 거리도 없이 대등의 情을 주고받자고 한다.

〈諭邑宰文〉은 국왕의 명령 받고 부임한 감사가 자기 하위의 관장들에게 백성을 잘 다스리라고 당부하는 지시문이다. "撫民以仁"(백성을 仁으로 어루만져라). "爲政者 當體天地生物之心 與父母保赤子之心"(다스리는 사람은 마땅히 천지가 생물을 낳는 마음이나, 부모가 어린애를 돌보는 마음을 실행해야 한다.) 이렇게 말한 仁은, 官은 天地·父母의 위치에서 만물이나 赤子 등급의 民을 부드럽게 다스리는 거동에 지나지 않는다.

〈훈민가〉에서 한 말을 하나 들어보자. "마을 사람들아, 올한 일 하쟈스라. 사람이 되어나셔 올치 옷 못하면, 마쇼를 갓 곳갈 씌워 밥머기가 다르랴." 지시가 아니고 권유이다. 상위자가 하위자에게 지시하지 않고, 자기도 대등한 위치의 마을 사람이라 마을의 다른 사람들에게 권유한다. 목표로 하는 옳은 일이 같더라도, 仁을 베푼다며 하는 지시는 반감을 불러온다. 情으로 하는 권유는 공감을 얻는다. 만인대등을 부인하고 확인하는 것이 다르다.

4

옳은 일은 五倫이라고 해왔으며, 그 내역은 父子有親·君臣有義·夫婦有別·長幼有序·朋友有信이다. 차등윤리이고 대등윤리가 아니며, 가족윤리에 머무르고 사회윤리로 나아가지 못한 결함이 있

다. 朋友有信은 그렇지 않다고 하겠으나, 信이 情은 아니다. 거래할
만한 상대임을 확인하면 그만이고 마음을 줄 필요는 없다고 한다.
長幼有序를 兄弟有愛로 슬쩍 바꾸어 결함을 시정하려는 시도가 있
으나 愛의 범위를 확대하지 못한다.

　　정철 〈훈민가〉는 16수나 되어, 오륜을 말할 겨를이 없다고 하지
는 못한다. 부자유친을 1·4번, 군신유의를 2번, 형제유애를 3번,
부부유별을 5·6번, 붕우유신을 10번에서 말했다. 11번에서는 叔姪
사이를 말해, 부자유친과 형제유애의 양면이 겹친 영역을 돌보았
다. 14번에서 남의 것을 탐내지 말라 하고, 15번은 국법을 준수하라
고 한 것은 백성을 다스리는 사람이 응당 해야 할 말이다. 나머지는
모두 붕우유신의 확대판이라고 할 수 있다. 붕우유신을 확대해 사
회윤리의 문제를 다각적으로 다루었다.

　　사회윤리는 신분에 따라 두 차원으로 나누어져 있다. 9번에서는
鄕飮酒禮를 할 때의 노소 관계를 다루고, 7번에서는 《孝經》과 《小
學》을 읽히는 자식 교육을 위해 벗이 서로 돕자고 해서, 양반끼리의
도리를 말했다. 12번은 상하 누구에게든지 해당되는 관혼상제를 위
한 협조를 말했다. 13번과 16번에서는 농사지으면서 사는 백성들이
서로 돕는 관계를 말했다. 9번과 16번은 노소의 관계를 말한 공통점
이 있지만, 지체가 다른 사람들에 관해서 서로 다른 말을 했다. 13번
과 16번을 들어보면 다음과 같다.

　　　　오늘도 다 새거다 호믜 메오 가쟈스라.
　　　　내 논 다 미여든 네 논 졈 미여주마.
　　　　올 길히 뽕 따다가 누에 머켜 보쟈스라.

오늘도 다 샜으나 호미 메고 가자꾸나.
내 논 다 매거든 네 논 좀 매어주마.
올 길에 뽕 따다가 누에 먹여 보자꾸나.

이고 진 뎌 늘그니 짐 프러 나를 주오.
나는 졈엇써니 돌히라 무거올가.
늘기도 셜웨라커든 짐을조차 지실가.

이고 진 저 늙은이 짐 풀오 나를 주오.
나는 젊었거니 돌인들 무거울까.
늙기도 설워라커든 짐을조차 지실까.

　농사짓고 일하면서 이웃이 서로 도와주고, 젊은이가 노인의 수고를 대신 해주는 것은 사람이 살아가는 데 가장 기본이 되는 윤리이고 질서이다. 그런데도 오륜에 넣지 않은 것은 오륜이 차등의 윤리이고 가족윤리에 치우쳐 있기 때문이다. 오륜에서는 부자관계를 출발점으로 하고, 그다음에 군신·형제·부부의 관계를 차례대로 말하고 붕우의 관계를 맨 나중에 들어, 가치의 등급을 분명하게 하고, 그 밖의 것은 대단하게 여기지 않았다.

　그런 관습에 대해서 반론을 제기하고, 정철은 이런 시조에서 이웃과 노소의 관계를, 평등을 존중하는 사회윤리의 관점에서 다루었다. 그런 소중한 윤리가 전부터 있었지만 오륜 때문에 무시되어온 잘못을 바로잡았다. 명분론과는 거리가 먼 실질을 숭상하는 사고방식에서 백성들이 어떻게 살아가는가 살펴서, 주자학의 범위를 넘어서는 새로운 윤리를 제시했다.

　한자로 표기할 필요가 없는 순수한 한국어로 몇 마디 되지 않는 말을 해서, 길고 복잡한 한문 논설에서는 미처 생각하지 못한 진실을 나타냈으니 놀라운 일이다. 어째서 그럴 수 있었던가? 주자학을 훌륭하게 학습하고 졸업한 덕분에 그런 응용력을 가진 것은 아니다. 주자학과는 무관하게 자기가 하고 싶은 말을 진솔하게 해서 그렇게 된 것도 아니다. 주자학을 대결의 상대로 삼아, 윤리의 규범에 대해서 삶의 실상으로, 차등에 대해서 평등으로, 한문에 대해서 민족어로, 논설에 대해서 시로 대응하는 통찰력을 발휘해서 그렇게 했다.

정철은 인생의 여러 곡절을 널리 문제 삼으면서 특히 이별에 많은 관심을 두었다. 이별의 노래는 많고, 다양하다. 두 〈美人曲〉에서는 임금에게 버림받은 불만을 외롭게 된 여인이 하는 말로 나타내서 이별을 순수하지 않게 이용했다고 할 수 있다. 가까이 지내던 사람과 이별하면서 지은 한시 여러 편은 표현을 음미할 만하지만, 새로운 경지를 개척했다고 하기는 어렵다. 그런 가운데 다음과 같은 것도 있다.

〈席上口號三首〉第三首

渚鷺雙雙白
江雲片片靑
世間無別恨
吾亦一杯停

〈이 자리에서 소리 높여 읊는다 세 수〉 셋째 수
물가의 해오라기 쌍쌍이 희고,
강의 구름은 조각 조각 푸른데,
세상에 이별의 한이 없다면,
나도 술 마시는 것을 그만두겠다.

물가의 해오라기, 강 위의 구름에는 없는 이별을 사람만 겪는다고 했다. 그쪽은 아무 근심도 없지만 사람은 이별의 고통에서 벗어날 수 없다. 이별이 삶의 조건이니 술을 마시지 않을 수 없다는 말로 시를 지었다. 술을 마시면서 이별의 슬픔을 잊고자 하고, 시를 써서 이별의 슬픔을 나타내는 이중의 행동을 하는 사람이 시인이다.

술을 마시지 않는 것은 정철에게는 불가능한 일이다. 〈新年祝〉이라는 시에서, "所祝新年少酒杯 讀盡心經近思錄"(바라나니 새해에는 술을 적게 마시고, 《心經》과 《近思錄》을 다 읽었으면)이라고 한 것은 공연히 해본 소리이다. 朱熹의 가르침을 따르면서 마음을 편안하게 하겠다는 생각을 버리고, 술을 마셔도 잊을 수 없는 이별의 안타까움을 노래하는 것이 시인의 임무이다.

사람이 살아가는 모습이 각기 달라서 이별의 노래에는 많은 층위가 있다. 다음에 드는 시조 세 편에서는 서로 다른 이별에 관해 각기 다른 방식으로 말했다. 다양한 발언을 한 가운데 주목할 만한 공통점이 있다.

> 머귀 닙 디거야 알와다 ᄀᆞ올힌 줄을.
> 細雨 淸江이 서ᄂᆞ럽다 밤 긔운이야,
> 千里의 님 니별ᄒᆞ고 ᄌᆞᆷ 못드러 ᄒᆞ노라.

> 머귀 잎 지거야 알겠다 가을인 줄을.
> 세우 청강이 서느럽다 밤 기운이야.
> 천리에 임 이별하고 잠 못들어 하느라.

> 길 우히 두 돌부텨 벗고 굼고 마조 셔셔
> ᄇᆞ람 비 눈 서리를 맛도록 마줄만졍,

人間 니별을 모ᄅ니 그를 불워 ᄒ노라.

길 위의 두 돌부처 벗고 굶고 마주 서서
바람 비 눈 서리를 맞을 만큼 맞을망정,
인간 이별을 모르니 그것을 부러워하노라.

남진 죽고 우ᄂᆞᆫ 눈물 두 져지 ᄂᆞ리 흘너
졋 마시 ᄡ다 ᄒ고 ᄌᆞ식은 보채거든,
뎌 놈아 어늬 안흐로 계집 되라 ᄒᄂᆞᆫ다.

남진 죽고 우는 눈물 두 젖에 내리 흘러
젖 맛이 짜다 하고 자식은 보채거든,
저 놈아 어느 안으로 계집 되라 하는가?

첫째 노래에서는 이별한 님을 잊지 못해 잠 못 이루는 안타까운 심정을 가을밤의 풍경과 함께 나타냈다. 잊지 못할 님이 두 〈美人曲〉에서처럼 임금일 수도 있고, 사랑하는 여인일 수도 있다. 그 어느 쪽이든, 이별은 자연의 질서를 거역하게 하는 삶의 조건이다. 비 내리는 가을밤이 차가운 만큼 이별의 고뇌는 뜨겁다. 천리는 먼 거리라는 사실이 무시된다. 밤이 깊어도 잠을 이룰 수 없다. 이별을 수긍하고 받아들일 수 없어, 깨어 있으면서 항거하는 존재가 된다.

둘째 노래에서는 헐벗고 굶주리고, 바람이나 비를 견딘다 해도 이별하는 것만큼 괴롭지는 않다고 했다. 사람이 사는 모습을 돌부처에다 견주는 엉뚱한 관찰과 기발한 착상을 통해 그런 말을 해서, 깊이 생각하도록 깨우친다. 돌부처는 모든 것을 초탈한 경지를 나타낸다고 인정하지 않고 돌로 만들어 세운 조형물에 지나지 않는다고 한다. 가난과 시련을 견디면서 살아가는 사람들은 돌부처처럼 굳세다고 한다. 관념 타파를 통해 부처는 격하하고, 인내하는 자세를 칭송하면서 하층민은 격상해, 그 둘 사이에 아무런 차이가 없다고 한다.

셋째 노래에서는 남편이 죽어 울고 있는 아내의 모습을 그렸다. 남편과는 이별했지만 아직 젖먹이라 떼어놓을 수 없는 자식이 있고, 다른 남자가 가까이 와서 자기 아내가 되어 달라고 한다. 도리를 모르는 하층민의 행실이라면서 나무라고 말 일은 아니다. 죽은 남편 대신에 새로운 남편을 만나 살아가는 것이 어쩔 수 없는 일임을 인정해야 한다. 자식이 있는 것도 마다하지 않고 아내를 삼으려고 하니, 두 사람을 먹여살릴 각오를 하고 있을 것이다. 윤리의 덕목보다는 살아나갈 방도가 앞선다는 진실을 하층민이 입증한다고 적극적으로 이해해야 한다. 과거를 청산하는 이별이 새로운 만남으로 이어져 미래를 만들어내는 것이 사람이 사는 당연한 과정이다.

5

정철은 무엇을 했는가? 간명하게 말할 수 있다. 의양에 근거를 둔 차등의 禮를 거부하고, 대등의 情 절감을 소중한 자득으로 삼았다. 한문에 의존하는 관습에서 벗어나, 살아 있는 우리말로 만인대등생극의 노래를 지어 부른 공적이 있다.

만생대등론이나 만물대등까지 나아가지는 못해 서운하다고 할 것인가? 해오라기 쌍쌍이 희고, 구름은 조각 조각 푸른데, 자기는 이별을 당해 외롭다. 길 위의 돌부처는 벗고 굶고 마주 서서 바람·비·눈·서리를 맞을 만큼 맞지만 이별이 없어 부럽다. 이렇게 한 말을 다시 보자.

만인은 만생이나 만물만큼 안정되어 있지 않다. 사람이 다른 생물이나 자연물보다 우월하다고 여기는 착각을 버리고 열등한 것을 인정하는 이런 역전으로 비정상을 시정했다. 만인대등이 만생·만물대등과 연결되어, 대등의 총체로 복귀하도록 했다.

　　사람은 이별을 쉽게 당한다. 영달하면 그 위험이 더 크다. 정철이 이렇게 말한 것은, 그럴 만한 이치가 있다. 높이 올라가면 위태로워, 오래 견디지 못한다. 아래에 머물러 있으면 편안해, 지속 시간이 늘어난다. 이것이 만인·만생·만물의 공통된 이치이다.

　　높고 낮은 것과 짧고 긴 것은 맞물려 있다. 높고 길어 좋은 양쪽을 함께 차지하겠다는 것은 무리이고 가능하지 않다. 어느 하나를 선택해야 한다. 정철이 한 말을 잘 알아들으면, 이런 각성을 얻는 데까지 나아간다.

태능

1

太能(1562-1649)은 逍遙라는 호로 더 알려진 승려이다. 行狀에서 말했다. 神僧이 작은 글씨의 大乘經을 주는 꿈을 모친이 꾸고 임신했다. 출가해 浮休의 가르침을 받았다. 임진왜란이 일어나자 休靜·惟政과 함께 국난 극복을 위해 노력했다. 불법을 강론하는 도량마다 원숭이가 와서 듣고 머리를 숙였으며, 뱀과 이무기가 와서 듣고 허물을 벗었다고 했다.

2

《逍遙堂集》에 禪詩가 많이 전한다. 제목은 있으나 마나 하고, 순서도 없다. 설명을 길게 하면 진면목이 훼손된다. 먼저, 자기가 누구인지 말한 시 둘을 든다.

老去人之賤
病來親也踈
平生恩與義
到此盡歸虛

늙어가니 사람들이 천하게 보고,
병이 오니 친한 이도 멀어진다.
평생의 은혜와 의리라는 것도
이쯤 되면 모두가 허망하도다.

자기 처지가 이렇다고 했다. 세상 사람 누구나 겪는 시련을 새삼
스럽게 말한다고 나무랄 수 있다.

聞聞見見常三昧
生死波頭慧月明
擧世無人踏此路
老禪膋次自虛明

듣고 듣고 보고 봄은 항상 三昧이고,
생사의 물결 위에 지혜의 달 밝도다.
이 세상 어떤 사람도 밟지 않은 이 길,
늙은 선승의 가슴에서 저절로 비고 밝다.

자기 마음은 이렇다고 했다. 늙음도 병도 없다. 항상 새로운 깨달
음이 비고 밝은 길을 연다고 하고, 동행을 권유했다.

3

〈又 丙戌秋 八十五〉

一株無影木
移就火中栽
不假三春雨
紅花爛熳開

〈**또 병술년 가을, 85세에**〉

그림자 없는 나무 한 그루
옮겨와 불 속에서 재배한다.
삼춘의 비를 빌리지 않고,
붉은 꽃이 난만하게 피었다.

〈又〉, 〈또〉는 늘 하는 말을 다시 한다는 것이다. 연도와 계절,
나이를 밝힌 것은, 늙고 병들었다고 물러나지 않고 깨달음이 더욱
진전되는 충격을 크게 겪는다는 말이다. 깨달음이 통상적인 사고를
파괴한다고, 충격을 주는 비유를 몇 들어 알렸다.

〈又〉

畫夜天開闔
春秋地死生
奇哉這一物
常放大光明

〈또〉

낮과 밤은 하늘이 열리고 닫힘이요
봄과 가을은 땅의 삶과 죽음이다.
기이하도다, 이 하나의 물건이
언제나 큰 빛을 내고 있도다.

통상적인 사고를 파괴하니, 열리고 닫히고, 살고 죽는 것이 하나
의 이치임을 알 수 있다. 열리니 닫히고, 닫히니 열린다. 사니 죽고,
죽으니 산다. 하나의 이치는 하나의 물건이듯이 빛을 낸다. 그 자체
로 빛을 내는 것을 아니, 마음이 더욱 밝아진다.

〈又〉

諸佛舌頭短
衲僧鼻孔長
西來沒絃曲
松月浸方塘

〈또〉

여러 부처는 혀끝이 짧고,
衲僧은 콧구멍이 깊다.
서쪽에서 온 줄 없는 거문고,
소나무 달이 네모난 못에 잠겼다.

　　사실과 무관한 말장난을 하며, 여러 훌륭한 부처를 못난 승려가
우러러 받들어야 한다는 생각을 부정했다. 佛法이란 서쪽에서 온
줄 없는 거문고이다. 줄이 없어 나지 않는 소리는 무한히 소중하다.
소나무나 달이 네모난 못에 잠겨 있다는 착각은 버려야 한다.

〈又〉

可笑騎牛子
騎牛更覓牛
斫來無影樹
銷盡海中漚

〈또〉

우스워라, 소를 탄 사람이여,
소를 타고 다시 소를 찾는구나.
그림자 없는 나무를 찍어다가,

바닷속의 거품 모조리 태우리라.

소를 타고 앉아 소를 찾듯이, 자기 마음이 부처인 줄 모르고 부처를 섬기려고 한다. 얄팍한 계산, 헛된 논리를 깡그리 없애려고, 전연 말이 되지 않는 소리를 했다.

4

學道先須究聖經
聖經只在我心頭
驀然踏著家中路
回首長空落鴈秋

道 배우면 먼저 聖經을 탐구하라는데,
聖經은 오로지 내 마음속에 있다.
한결같이 집 안의 길만 밟고 가다가,
머리 돌리니 하늘에서 내려앉는 가을 기러기.

大地山河是我家
更於何處覓鄕家
見山忘道狂迷客
終日行行不到家

산하대지가 바로 나의 집인데,
다시 어디서 고향 집 찾으리오.
산을 보다 길 잃고 방황하는 나그네,
종일 걷고 걸으며 집에 가지 못하네.

둘 다 〈無題〉 18수에 있다. 무엇을 말했다고 제목을 한정하면 말하고자 하는 바와 어긋나므로, 무한히 열려 있는 〈無題〉를 선호했다. 그러면서 다른 사람 어느 누구도 이르지 못한 경지를 보여주었다.

聖經은 성현이 남긴 경전이다. 모든 종교나 학문의 우상화된 지침을 두루 지칭한다. 성경이 배우고 따라야 할 진리를 말한다면, 그런 것은 이미 내 마음속에 있다. 글로 써놓은 지침이 집안의 길이라고 여기고 한결같이 가다가, 문득 머리를 돌리니 활짝 열린 딴 세계가 있다. 하늘에서 가을 기러기가 내려앉는 것 같이 자연스럽게, 자유롭게 펼쳐지는 상념이 있다. 이것이 내 마음이다. 내 마음에 대등 자득의 길이 넓게 열려 있는 것을 알지 못하고, 남이 요구하는 의양의 구속, 그 차등론에 매이는 것은 어리석다.

산하대지가 모두 나의 집이다. 무한히 넓게 열린 곳에서 나는 자유를 누리며 흡족하게 살아간다. 어느 산 하나를 특별히 숭상해, 거리를 두고 찾아가야 할 집이라고 여기면 잘못된다. 판단이 어긋나, 종일 걷고 걸어도 집에 가지 못한다. 자득의 즐거움을 모르고, 의양의 옹졸함을 선호하면 어리석다. 광활한 대등론을 버리고 협소한 차등론을 선택하면 자멸한다.

5

선시는 모두 같으면서 각기 다르다. 깨달음은 다르지 않으나, 의양일 수 없고 자득이어야 하기 때문이다. 깨달음이 자득임을 누구나 하는 말로 알릴 수 없어, 奇想天外의 선시를 지어야 한다. 선시도 거듭 지으면 진부하게 되어 奇想도 天外도 아니므로 반역의 혁신이 있어야 한다.

유학이 확고하게 자리 잡고 불교를 궁지로 몰아넣은 16세기말 17

세기초의 승려 太能은 남다른 활동을 했다. 침체한 선시를 반역 혁
신으로 되살려 참신하게 하고, 유학에도 타격을 주었다. 의양 철학
을 행셋거리로 삼고 거만하게 노는 儒子들이 입을 다물게 하는 자득
철학을 보여주었다.

정온

1

　鄭蘊(1569-1641)은 문과에 급제해 순조롭게 진출하다가 예상하지 않던 수난을 당했다. 광해군 때의 폐모론에 반대하다가, 10년 동안 제주도에서 귀양살이를 했다. 인조반정 후에 관직에 복귀하고 공신들의 전횡을 나무랐다. 병자호란 때의 항복을 수치스럽게 여기고 자결했다가 살아나고, 세상을 등지고 덕유산에 들어가 생계를 자급하다가 죽었다. 《桐溪集》을 남겨 어떤 생각을 했는지 알게 한다.

2

　제주에서 귀양살이를 하면서 지은 시를 보자. 생각이 한 단계씩 달라지는 것을 확인할 수 있다.

〈望歸雲〉

奔雲渡海向神京
五色凝祥繞帝城
萬里羈臣隨不得
數行衰淚寄將行

〈돌아가는 구름을 바라보며〉

구름은 바다 건너 신령스러운 서울로 향하고,
오색 상서로운 기운 임금 도성을 감쌌으리라.
만리 밖 버림받은 신하는 따를 수 없어,
몇 줄기 눈물만 가는 구름에다 부친다.

처음에는 이랬다. 바라본다는 말로 이룰 수 없는 희망을 멀리서 가까스로 술회한다고 했다. 갈 수 없는 서울은 아주 신기하고 가장 아름답게 여기고, 제주에서 하는 귀양살이 비참하다고 했다. 구름은 바다를 건너 돌아가는데, 버림받은 신하는 따를 수 없어 두어 줄기 눈물만 부친다고 했다. 제주에서 보내는 시간이 고통스럽기만 했다.

〈月夜聞歌聲〉

陰雲欲駁月光流
銀海溶溶萬頃秋
何處漁歌風外落
解教遷客動鄉愁

〈달밤에 노랫소리를 듣는다〉

검은 구름 뒤섞이려는데 달빛이 흐르고,
은빛 넘실대는 만 이랑에 가을이다.
어딘가 어부 노래 바람 밖으로 떨어져,
귀양살이 나그네 향수를 일으킨다.

검은 구름 뒤섞여도 달빛이 흐르는 것은 고난을 물리치는 희망이 있는 것을 말해준다. 만 이랑 바다에 가을이 넘실대고, 바람 부는 저 너머 어디선가 어부 노래가 들려와 마음이 들뜨게 한다. 그러나 귀양살이 나그네는 그 모든 것을 외면하고 고향이 그리울 따름이다.

〈聞蟋蟀〉

通宵唧唧有何情
喜得淸秋自發聲
微物亦能隨候動
愚儂還昧待時鳴

〈귀뚜라미 소리를 듣고〉

밤새도록 귀뚤귀뚤 무슨 느낌 가졌나?
맑은 가을을 만나 자기 소리 내는구나.
미물도 능히 계절 따라 행동하는데,
어리석은 나는 때 기다려 울 줄 모른다.

귀뚜라미가 슬피 울어 더 슬퍼진다고 하는 통상적인 시상을 거부했다. 맑은 가을이 오니 귀뚜라미는 자기 소리를 낸다 하고, 나는 그렇지 못한 어리석음을 책망했다. 나의 때는 언제인가? 어떤 소리를 내야 하는가? 귀뚜라미를 스승으로 삼고, 이런 의문에 대해 대답해야 한다고 했다.

〈靜中吟〉

大靜城東影伴身
梅枝竹色爭無塵
傍人莫笑生涯靜
欲向靜中求主人

〈고즈넉한 가운데 읊다〉

대정성 동쪽 그림자를 동반한 몸
매화나 대나무나 티 없이 맑구나.
곁의 사람들 웃지 마오 생애 고즈넉하다고.
고즈넉한 가운데 주인이고자 한다.

　제주 大靜이 귀양살이 하는 곳이 아니고, 이제 자기 고장이다.
자기 고장에서 매화나 대나무를 그림자처럼 같이 지내는 벗으로 하
고, 티 없이 맑은 삶을 함께 누린다. 생애가 고즈넉하다고 비웃는
사람 무얼 모른다. 고즈넉한 데서 소중한 가치를 찾는 각성의 주인
이고자 한다.

〈村望〉

村住靑山下
園林綠水邊
家家鳴夕杼
處處起炊煙
官租輸餘幾
陶盆樂自然
何知兵火地
重見太平天

〈마을을 바라보며〉

마을이 청산 아래에 자리 잡고 있고,
뜰의 나무가 푸른 물결 곁에 섰다.
집집마다 저물녘 베 짜는 소리이고,
곳곳에서 밥 짓는 연기 일어난다.

관가 세금으로 실어 가고 얼마나 남았나?
독이 비었어도 자연을 즐기노라.
어찌 알겠나 모진 수난 당하는 곳이
태평한 하늘 다시 보게 될 줄을.

바라본다는 말이 여기서는 멀리서 동경한다는 것이 아니다. 자기 마을의 전경을 한 눈에 살피고, 현재와 마래를 생각하는 넓은 안목을 가진다는 뜻이다. 관가의 수탈로 시달리면서도 청순한 자연과 함께 즐겁게 살아가니 자랑스럽다. 모진 수난을 청산하는 슬기로운 능력을 가지고, 태평한 하늘을 다시 보게 하는 역사 창조를 주도하리라고 기대한다.

〈偶吟〉

瀛洲遠在海中天
秦漢曾浮探藥船
聖主却憐危命促
許令歸伴紫霞仙

〈우연히 읊다〉

瀛洲는 멀리 떨어진 바다 가운데 하늘이라,
秦도 漢도 일찍이 약 캐는 배를 띄웠다네.
聖主가 위태로운 나의 목숨을 어여삐 여겨,
紫霞 신선 벗 삼으러 이리 오도록 허락했다.

제주의 진정한 가치를 발견했다. 瀛洲는 한라산이 신령스러운 산이라고 여기고 제주를 칭송해 부르는 이름이다. 海中天은 바다 가운데 우뚝 솟은 존귀한 곳이라는 말이다. 일찍이 중국의 秦始皇도

漢武帝도 배를 띄워 方士를 한라산에 보내 不死藥을 구하려고 했다
는 고사를 들었다.

자기를 귀양 보낸 군주를 聖主라고 칭송하며, 위태로운 목숨이
살아나게 해주었다고 했다. 紫霞라고 하는 보랏빛 노을 속에서 사
는 신선을 벗으로 삼도록 해주었다고 감사했다. 무얼 모르고 그냥
살아가는 자기는 위태로운 줄도 모르고 위태로운데, 제주로 유배된
덕분에 신선의 경지에 이르러 불사약과 다름없는 각성을 얻었다고
했다.

제주에서 보낸 시간이 참으로 소중했다. 신령스러운 곳에서 입산
수도를 한 덕분에 사람이 달라졌다. 불운이 행운이고, 하강이 상승
인 이치를 깨닫고 말했다.

3

수난으로 물러나면 학문에 몰두했다. 현실 정치의 잘못을 바로잡
는 이치를 분명하게 하려고 노력했다. 그 이치가 무엇인가? 〈道覆
載萬物論〉(道가 만물을 덮고 싣는 논의)에서 한 말을 보자. 道는 성현
의 가르침이니 돈독하게 받들고 실행해야 한다는 통상적인 주장과
는 아주 다른 말을 했다. 긴요한 대목을 번역하고 풀이한다.

[가] 天何恃乎 道而已矣 地何恃乎 道而已矣 自未有天地之先而
道具焉 道之體也 旣有天地之後而道行焉 道之用也 是以上而覆焉
者天 而所以覆之者 道也 下而載焉者地 而所以載之者 亦道也
天이 무엇을 믿는가? 道일 따름이다. 地가 무엇을 믿는가? 道일
따름이다. 天地가 있기 전부터 먼저 道가 갖추어졌으니, 이것은 道

의 體이다. 天地가 있은 다음에 道가 실행되니, 이것은 道의 用이다. 이러므로 위에서 덮는 것은 天이고, 덮게 하는 까닭은 道이다. 아래에서 싣는 것은 地이고, 싣게 하는 까닭은 또한 道이다.

[나] 未有萬物 而先有陰陽 未有陰陽 而先有無極太極 未有無極太極 而先有此道 天得是道 而高明焉 地得是道 而博厚焉
　　萬物이 있기 전에 陰陽이 먼저 있었다. 陰陽이 있기 전에 無極과 太極이 먼저 있었다. 無極과 太極이 있기 전에 이 道가 먼저 있었다. 天은 이 道를 얻어, 높고 밝다. 地는 이 道를 얻어 넓고 두텁다.

[다] 草木所以植 昆蟲之所以動 山岳之所以峙 江河之所以流 人物之所以蕃 無一不出於此道之功矣
　　초목이 심어져 있는 까닭, 곤충이 움직이는 까닭, 산악이 높은 까닭, 江河가 흐르는 까닭, 人物이 번성한 까닭, 이 모두가 이 道의 功에서 나오지 않음이 없다.

　[가]·[나]를 재론하면, 無極·太極·陰陽·萬物로 분화되고 변천하는 모든 것의 총체가 되는 까닭이 있으며, 이것이 道이다. 道는 순서가 가장 앞서고, 범위가 가장 넓고, 인과에서는 궁극의 원이라고 할 수 있으나, 별도로 존재하고 작동하지 않으며 모든 것과 하나이다. 창조자나 주재자, 형이상학적 원리 따위와는 전연 다르며, 이런 것들을 부인하는 의의를 가진다. 多則一을 多가 그 자체로 하나임을 분명하게 하면서 말하는 데 그치지 않고, 그래야 할 까닭이 있다고 한다. 그 까닭을 나는 대등생극이라고 한다.
　[다]를 순서를 정리해 다시 말하면, 江河·초목·곤충, 人物이라고 하는 사람과 다른 생명체가 있고 움직이는 까닭은 다르지 않다.

그래서 만물대등이고, 만생대등이다. 만인대등도 이에 근거를 둔다. 잘난 사람은 못난 사람보다, 사람은 다른 생명체보다, 생명체는 무생물보다 우월하다고 여기는 차등론은 전적으로 부당하므로 단호하게 버려야 한다.

〈庭草交翠〉의 서두

人父乾而母坤
物吾與而并生
雖一草與一木
亦稟氣而生成

〈뜰의 풀이 엇갈리며 푸르다〉 서두

사람의 아버지는 하늘이고 어머니는 땅이라,
만물이 나와 함께 나란히 태어난다.
비록 한 포기 풀, 한 그루 나무라도
또한 같은 氣를 받아 이루어진다.

이것은 〈道覆載萬物論〉의 핵심을 간추려 알기 쉽게 한 말이다. 사람은 하늘과 땅을 부모로 하고 만물과 함께 태어난다. 풀 한 포기나 나무 한 그루라도 氣를 받은 것이 대등하다. 어느 것도 무시하지 말고 겸손해야 한다. 이런 말로 만생대등·만물대등을 분명하게 했다.

나는 화초에 물을 주면서 생각을 더 한다. 이 녀석들은 물을 얻을 수 있는 곳으로 옮겨가지 못해 내 도움을 받아야 한다. 그러나 무력하다고 비웃고, 내 능력을 자랑하면 어리석다. 잎이 자라고 꽃이 피게 하는 절묘한 창조를 나는 전연 할 수 없다. 내가 이런 글을 쓰는 것은 화초를 스승으로 삼고 가르침을 받아들인 결과이다.

4

〈偶吟〉

菊圍叢竹竹連梅
梅下稚松種幾枚
與我共成霜雪契
靜中相對好懷開

四友風聲逢老醜
栫籬高處共幽巢
莫言標格因吾屈
到此方知君子交

〈우연히 읊다〉

국화로 대숲을 두르고, 대와 매화 잇고는
매화 아래 어린 솔 몇 그루를 심었다.
나와 함께 눈서리 견디자는 계를 만들고,
고요한 가운데 서로 대하며 마음을 열자.

네 벗의 바람소리 늙고 추한 나를 만나,
울타리 높은 곳에 함께 마음 두자고 한다.
고결한 품격 내 탓에 꺾인다고 말하지 말라.
이렇게 되면 군자의 사귐이 어떤지 알리라.

특별한 계기가 없어도 짓는 시 〈偶吟〉, 〈우연히 읊다〉에서 넓고
깊은 생각을 나타낸다. 정원의 초목을 노래한 것 같지만, 내가 그

속에 들어가 物我一體를 다시 말한다. 초목과도 군자의 사귐을 이루어야 한다고 한다. 이런 말로 자득 철학을 전개했다.

국화·대·매화·솔의 긴밀한 어울림에 나도 들어가, 눈서리를 함께 견디는 계를 만들자. 고요한 가운데 서로 마음을 여는 친근한 벗이 되자. 이렇게 말해 만생대등의 깨달음이 깊은 경지에 이른 것을 알려준다. 칠언절구 한 수가 장문의 논설보다 더욱 알차다. 그래도 문제가 있어, 다음 시를 하나 더 지었다.

늙고 추한 것을 의식하면 울타리에 갇힌다. 그 한계를 넘어서서 더 높은 곳에 마음을 두자고, 네 벗의 바람 소리가 말했다. 이에 대해 대답해, 힘들여 올라가지 말고 밑에서 잘 지내자고 했다. 고결한 품격이 내 탓에 꺾인다고 나무라지 말고, 서로 달라도 사이좋게 지내는 和而不同을 군자의 사귐으로 하자고 했다.

만생대등이 만인대등과 다르지 않아야 한다고 했다. 높은 것이 낮고, 낮은 것이 높다. 아름다운 것이 추하고, 추한 것이 아름답다. 슬기로운 것이 어리석고, 어리석은 것이 슬기롭다. 이런 이치의 일단을 말해주고, 더 생각하라고 했다.

5

⟨少欲覺身輕⟩

丹竈金砂
初非鍊形之術
南州薏苡
詎是輕身之物
忽反求於吾家
得少欲之一說

〈욕심이 적으면 몸이 가볍다고 깨닫는다〉

丹竈의 金砂도
애초에 몸을 단련하는 방술이 아니다.
남쪽 지방의 율무가
어찌 몸을 가볍게 하는 물건이겠는가?
홀연히 방향을 되돌려 우리 儒家에서 찾아,
욕심을 적게 하라는 說 하나를 얻었다.

너무 길어 몇 줄씩 나누어 제시하고 번역한다. 필요하면 어수 풀이도 한다.

丹竈(단조)는 도교 도사의 부엌이고, 金砂는 거기서 만드는 仙藥이다. 南州는 남쪽 지방이고, 薏苡(이이)는 율무이다. 後漢의 馬援이 남쪽 지방 交趾, 오늘날의 월남에서 늘 율무를 먹어 몸을 가볍게 하고 욕심을 줄여서 그곳의 사나운 기운 瘴氣(장기)를 이겼다고 〈後漢書 馬援列傳〉에서 말했다. 《孟子》〈盡心 下〉에서 "養心 莫善於寡欲" (마음을 기르려면, 욕망을 적게 하는 것보다 더 좋은 방법은 없다)고 했다.

身稊米之眇然
豈參三之無以
然是心之甚微
奈攻之者四至
物交物而引之
心不心而梏矣
肆君子之養心
必務去乎斯欲

사람의 몸은 돌피처럼 보잘 것 없지만,

어찌 三才에 참여하는 까닭이 없으랴?
그러나 이 마음은 아주 미약해,
어찌 하나 공격자가 사방에서 닥치니.
서로 얽힌 物과 物이 이끌어가면,
마음이 마음답지 못하게 속박을 받는다.
그러므로 군자가 마음을 기르려면,
반드시 힘써 욕심을 없애야 한다.

三才는 天·地·人이며, 서로 대등하다고 여긴다. 이런 이유에서
사람이 잘났다고 여기고 우쭐대면 萬物의 공격을 받는다. 잘났다는
마음을 없애 만물과도 대등한 관계를 가져야 한다.

節臭味於口鼻
遠淫亂於耳目
戒四肢之妄逸
要百骸之檢束
收汗馬之奇功
奏方寸之克敵

입과 코의 맛과 냄새 적절하게 하고,
귀와 눈에서 음란한 것을 멀리하자.
사지가 망령되게 안일함을 경계하고,
온몸의 점검과 단속이 필요하다.
치열하게 싸운 다음 전공을 거두어,
마음이 적을 이겼다고 아뢰야 한다.

차등론에 사로잡혀 지나친 짓을 하지 않도록 경계하고 억제해야
한다.

昔寇讐兮今臣妾
夫孰窘我之廬室
淡人欲之淨盡
藹天理之流行
氷靈臺之皎皎
月方塘之明明

예전의 원수가 이제는 잘 따르게 되었다.
어느 누가 내 집안을 곤란하게 하겠는가?
담담하게, 인욕이 맑아서 사라지고,
가득하게, 하늘의 이치가 흐른다.
얼음이 靈臺 마음에서 깨끗하고 깨끗하며,
달이 方塘 마음에서 밝고 밝다.

　　신령스러운 돈대 靈臺(영대), 네모난 못 方塘(방당)은 둘 다 마음을
일컫는 말이다. 영대는 외부와의 관계를, 방당은 내부의 특성을 알려
준다. 헛된 요망을 없애니, 두 가지로 말하는 마음이 깨끗하고 밝다.

紛旣有此內潔兮
覺吾身之便輕
盎於背兮粹於面
自安舒而無局
仰不愧兮俯不怍
顧何往而或屈

안쪽이 깨끗해져 즐겁고,
몸이 가벼워진 것을 깨닫는다.
등에서 넘치고 얼굴에서 부서지는 기쁨
저절로 편안하고 막히는 것 없도다.

위아래를 다 보아도 부끄럽지 않고,
어디를 가더라도 위축되지 않는다.

 得道한 法悅이라고 할 것인가? 아니다. 초탈한 것과는 반대로 밑
으로 내려오고 안으로 들어가, 차등론을 남김없이 청산하고, 대등
론을 온전하게 이룩하니, 즐거움이 넘친다. 막히는 것 없이 툭 터
져, 부끄럽고 위축되는 것이 조금도 없다.

> 芥軒冕而莫顧
> 雲富貴而不屑
> 彼天下許多事物
> 夫焉得累我心曲
> 洞然我闢乎八荒
> 快爾常伸乎萬物

> 높은 벼슬을 지푸라기로 여겨 쳐다보지 않고,
> 부귀를 뜬구름이라 달가워하지 않는다.
> 저 천하의 허다한 사건이나 물질이
> 어찌 내 마음을 더럽히고 굽힐 수 있겠나?
> 넓게 열린 내 문 안에 여덟 바위가 있어,
> 유쾌하게 항상 만물 위로서 뻗어난다.

 마음이 비었으니까 걸림이 없이 활짝 열린다. 거시적인 안목으로
무엇이든지 밝게 살핀다.

> 未兩腋之輕翮
> 怳秋空之飛鶴
> 無刀圭之一試

若羽化而登天
昔日斯欲之未去
久七尺之頑然
今焉本體之旣復
何一身之灑落

두 겨드랑이에 가벼운 깃이 없어도
가을 하늘에서 날아가는 학이어서 황홀하다.
한 알의 영약도 먹은 적이 없지만,
날개가 돋아 하늘로 올라간다.
지난날 인욕이 없어지지 않았을 때는
오래도록 칠 척의 완고한 사람이더니,
지금 본래의 상태가 이미 회복되고 나니,
얼마나 이 한 몸이 깨끗하고 시원한가.

　도가의 수련이 잘못되었다고 다시 말했다. 기이한 술책 쓰지 않
고, 올바른 도리 깨달으니 막히지 않는 자유를 얻는다고 했다.

旣厥中之無物
故其外之輕淸
噫人心之惟危
由物欲之橫生
苟其人之多欲
雖有存而能幾
故聖賢千言萬語
要使人勝私克己

이미 이 안에 아무 物도 없고,
그러므로 밖도 가볍고 맑다.
아, 인심이 오직 위태로운 까닭은

물욕이 제멋대로 일어나기 때문이다.
그 사람에게 욕심이 많다면,
보존하는 것 있어도 얼마나 견딜까?
그러므로 성인이 천만 말씀마다
사람은 자기를 이기라고 했다.

 엉뚱한 말을 한다고 반발하지 않도록, 욕심을 줄이고 자기를 이겨야 한다고 한 성현이 한 말을 갖다놓았다.

顏勿四而復禮
曾省三而自治
在上智而尙爾
矧後學之敢忽
玆余所以惕若
重作箴而自飭

顏淵은 네 가지를 하지 않아 禮로 돌아갔고,
曾子는 세 가지를 살펴서 자신을 다스렸다.
높은 지혜를 갖추고도 오히려 이랬으니,
하물며 후학이 어찌 감히 소홀하겠는가?
이것을 내가 근심하고 있는 까닭에,
거듭 箴을 지어 내 자신을 신칙한다.

 《論語》〈顏淵〉에서 孔子가 "非禮勿視 非禮勿聽 非禮勿言 非禮勿動"이라고 한 네 가지를 顏淵은 하지 않고 "克己復禮"했다고 했다. 《論語》〈學而〉에서 "曾子曰 吾日三省吾身 爲人謀而不忠乎 與朋友交而不信乎 傳不習乎"라고 했다. 말을 의양인 듯이 해서, 자득에 대한 반발을 줄였다.

箴曰
惟身之屈
惟欲之汨
輕之伊何
莫如少欲
少之伊何
必也主一
主一功成
可出寥廓
嗚呼小子
鏤諸虛室

箴에서 말한다.
몸이 굴복당하는 까닭은
욕심에 빠지기 때문이다.
가벼워지려면 어떻게 하나?
욕심을 적게 함만한 것 없다.
적게 하려면 어떻게 하나?
반드시 主一해야 한다.
主一의 공부가 이루어지면,
넓은 곳으로 나아가게 된다.
오호라 어린아이여,
마음에 새겨야 하리라.

　主一은 오직 하나에만 힘쓴다는 말이다. 근본 이치를 탐구해 분명하게 파악하면 다른 문제는 따라서 해결된다는 말이기도 하다. 가볍게 하고 줄여야 한다는 것이 물욕을 두고 하는 말만이 아니고, 학문에도 해당된다. 이 둘이 어떻게 연결되는지는 말하지 않았으므로 보완해야 한다. 작업 부담을 가볍게 하고, 효용이나 평가에 대한 기대를 줄여야, 진정으로 소중한 연구를 할 수 있다. 잊혀지고 있고, 무시되는 근본이치를 각별한 관심을 가지고 집중해 탐구할 수 있다. 아주 無用한 것 같은 시도를 마음을 비우고 감행해야 有用함이 상상 이상의 결과를 얻을 수 있다.

6

잘났다고 하면 반발을 사고, 남을 공격하면 역습을 당한다. 사람 가운데 자기가, 萬生 가운데 사람이 우월하다고 하는 차등론에 사로잡히면 天이나 地보다는 못하다는 것을 인정해야 한다. 차등은 상위가 있고, 그 위에 더욱 상위가 있다.

天·地·人이 대등하다고 하는 만물대등론에 이르려면 만인대등론이나 만생대등론을 근거로 삼아야 한다. 마음을 비워 우월감을 없애면 萬人대등이나 萬生대등이 이루어지는 것만은 아니다. 사람의 몸은 키울 수 없지만 빈 마음은 얼마든지 넓을 수 있어, 地나 天과 대등하다.

성현이 한 말을 곁들여 의양인 듯이 보이게 했으나, 이런 각성은 대단한 자득이다. 道家 得仙術의 허황한 수작을 물리칠 뿐만 아니라, 儒家에서 물욕을 버리고 예절을 따르라는 교훈도 무색하게 한다. 사고의 天地開闢을 조용히 진행해 드러내지 않게 동지를 모았다.

주목하지 않고 있던 정온이 혁명을 진행하고 있던 비밀을 밝혀냈다. 시대가 달라져, 이제는 혁명을 한다고 선포해도 된다. 나는 대등론 정립의 거사를 독자적으로 진행하다가, 엄청난 지원을 얻었다. 그 덕분에 하고 있는 일을 더 잘할 수 있어 좋다.

조임도

1

趙任道(1585-1664)는 경상도 함안에서 일생을 보낸 시골 선비이다. 특기할 만한 경력은 없다. 《澗松集》이라는 문집을 남겨 무엇을 했는지 알려준다.

> 翁不知何姓名 亦不識其鄉邑 所在澗畔有二株松 因以爲號焉 疏迂侃拙 寡偶稀合 早業文 無所成名 自少有異趣 不喜煩囂 每遇幽泉奇石茂林脩竹祕 邃岑寂之處 便欣然忘返 有結第茅終焉之願

늙은이의 성과 이름이 무엇인지 모른다. 또한 살고 있는 고을도 알지 못한다. 사는 곳의 냇가에 소나무 두 그루가 있는 것을 호로 삼았다. 물정에 어두우며 고집스럽고 옹졸해 마음 맞는 사람이 드물었다. 일찍부터 문장을 익혔지만 명성을 이룬 것이 없었다. 젊어서부터 취향이 남달라, 번다하고 시끄러운 것을 좋아하지 않았다. 그윽한 샘, 기이한 암석, 무성한 숲, 쭉 뻗은 대가 있는 은밀하고 깊숙하고 고요하고 적막한 곳을 만나면, 곧장 흔쾌하게 여겨 돌아가는 것을 잊었다. 거기 띠집을 짓고 생을 마치기를 바랐다.

〈自傳〉 서두에서 이렇게 말했다. 無名의 隱者이기를 바랐으므로, 행적을 구태여 밝힐 필요는 없다. 자칭이나 타칭의 은자가 고래로

적지 않으므로, 어떤 점이 남다른가 하는 것을 알고 싶다. 〈自傳〉
말미에 있는 自贊詩를 보자.

才疏而短
性執而癡
出世則蹇
在山則頤
林泉無禁
魚鳥有契
從吾所好
聊以卒世

재주가 성글고 짧은 데다가,
성품은 고집 세고 어리석다.
밖에 나가면 어려움을 겪고,
산에 머물러 할 일을 한다.
숲과 냇물이 길을 막지 않고,
고기나 새와는 알고 지닌다.
내가 좋아하는 것을 따르며
즐기다가 세상 머묾 마치리라.

蹇과 頤는 《周易》의 卦名이다. 각기 "어려움을 겪는다", "기를 것
을 기른다"는 뜻이 있다. 재주니 성품에 결함이 있어 세상에 나가면
어려움을 겪는 것이 당연하다. 산에 머물러 있으면서 마음을 흡족
하게 하는 것을 할 일로 삼는 것이 마땅하다. 숲과 샘이 길을 막지
않고, 샘의 어류나 숲의 조류와 알고 지낸다. 숲·샘·어류·조류와
의 만물·만생대등을 바라는 대로 이루고 즐기다가, 편안하게 삶을
마치고 싶다고 했다.

이 자료를 근거로 삼고 좀 더 깊은 이해를 해보자. 조임도는 남인 집안에서 태어나고, 남인 학통의 선생들을 찾아가 공부를 했다. 이런 조건이면 철학은 할 수 없다. 李滉이 옳다고 되풀이하는 말은 칭송이고 철학이 아니다. 李滉과 다른 말을 하는 철학은 할 수 없었다. 철학 논설은 전연 쓰지 않고, 하고 싶은 말을 문학으로 하는 것은 가능했다.

2

〈管窺瑣說〉이라는 글은 제목을 풀이하면, 〈대통으로 하늘을 본 좁은 견해를 말한 지극히 사소한 언설〉이라는 것이다. 거기서 성리학 논란을 조금 언급한 것을 주목할 만하다. 李彦迪의 어떤 견해를 李滉이 부당하다고 한 것을 어떻게 생각하는가 하는 질문을 받고 대답했다. 진위를 가리는 시비는 하지 않고, "兩先生所論 皆不可偏廢 幷取而俱存之 以備參考於來世何妨"(두 선생이 논한 바를 모두 없앨 수 없고, 둘 다 취하고 보존해 후세에 참고하도록 예비하는 것이 어찌 나쁘겠는가)라고 했다.

이 말은 세 가지 뜻을 함축하고 있다. 李滉이 잘못했다고 말하지 못하는 것을 개탄한다. 서로 다른 견해가 있는 것은 당연하고 환영한다. 후대인은 판단의 자유를 누린다. 자기는 판단의 자유를 누리지 못하고, 두 학설 비교론을 전개하지 못하며, 자기 학설을 내놓는 것은 더욱 불가능했다. 그러면 어떻게 해야 하는가? 입을 다물고 가만있어야 하는 것은 아니다. 철학을 할 생각은 하지 말고, 오직 문학으로 철학을 하면 길이 열린다. 자유를 누리며, 두 선생보다 앞서 나갈 수 있다.

조임도는 문학으로 철학하는 길을 타의반 자의반으로 선택해, 불운이 행운이게 하는 전화위복의 역전을 이룩했다. 오직 문학으로 철학하기만 한 것이 현명한 선택이다. 문학의 꽃인 시는 달관언어의 진수를 보여주어, 어느 철학보다 앞서거나 높을 수 있다. 이것을 알아본다면, 크게 감탄하지 않을 수 없다.

숲·샘·어류·조류와의 만물·만생대등을 바라는 대로 이루고 즐기고자 한다고 했다. 이것은 李滉과 다른 말이다. 萬古常靑 山水에서 天理를 알아차리고, 本性을 기르려고 하지 않았다. 있는 그대로의 自然과 하나가 되어, 理氣나 性情의 분별을 넘어서는 쪽으로 나아갔다. 정체를 파악하면, 이단이라고 하지 않을 수 없다. 이단의 언사를 논설이 아닌 시문으로 나타내 알아보기 어렵게 하고, 은밀한 동조자의 공감을 몰래 얻었다.

3

〈他山石〉

誰謂他山石
可以攻美玉
玉性溫且潤
石品頑更碌
精麤旣不倫
軋磨又太酷
攻之不以漸
殘缺因撞觸
玉人撫之泣
深藏在空谷
塵埋色逾姸

皎潔光朝旭
安得博物子
把贈申戒勖
不願求善賈
唯思甘韞匵

〈다른 산의 돌〉

누가 말했나, 다른 산의 돌로.
아름다운 옥을 다듬을 수 있다고?
옥은 본성이 따뜻하고 빛나며,
돌은 성품이 완고하고 거칠다.
정밀함과 거칢이 아주 다른데,
삐걱대며 가는 것이 또 너무 가혹해.
다듬기를 점차로 하지 않으면,
부딪치다가 깨어지고 마는구나.
玉人이 상처를 어루만지며 울다가,
빈 골짜기에 깊이 들어가 숨었지만,
진흙에 묻혀도 빛이 더욱 아름답고,
맑고 깨끗하게 아침 햇살 받고 빛난다.
어찌하면 博物한 사람 얻어서
이것 주고 경계하고 힘쓰라 할까?
좋은 값에 파는 것도 원치 않으니,
그저 고이 상자에 넣어 두고 싶네.

다른 산의 돌을 가져와 내 옥을 연마한다. 이것은 흔히 말하는 속담인데, 부당하다고 했다. 통념 거부에서 철학을 할 수 있는 단서가 생겨난다.

옥은 존귀하고, 돌은 허접스럽다. 허접스러운 것으로 존귀한 것을 연마하면, 상처를 내기나 한다. 이렇게 말하고 말지 않았다. 옥과 돌을 광물만이 아닌 상징물로도 여겨, 예상하지 못한 말을 하고 한층 심각하게 시비했다. 이 작업을 시인이 맡아, 시에서 자득 철학을 키워나갔다.

시인의 은거는 옥과 같이 존귀하고, 진출은 옥처럼 허접스럽다. 허접스러운 진출을 하려다가 옥과 같이 존귀한 은거를 망치지 말아야 한다. 이런 뜻을 확인하고, 더 읽어보면 다른 뜻을 더 찾을 수 있다. 직접 말한 것보다 더 나아가라고 길을 열어놓았다. 백성의 삶은 옥처럼 존귀하고, 관원의 간섭은 돌 같이 허접스럽다고 할 수 있다. 허접스러운 관원이 백성의 존귀한 삶을 망치지 말아야 할 것이다.

학문에 종사하는 내게는 또 다른 말을 한 것도 들린다. 탐구해야 실체는 옥 못지않게 존귀하고, 부실한 능력으로 분에 넘치는 작업을 하고 있는 탐구자는 돌만큼이나 허접스럽다. 선무당이 사람 잡는다는 소리를 듣지 않아야 한다. 엉터리 학자가 그릇된 학설로 존귀한 연구 대상을 훼손해 그 피해가 확대되어 세상이 혼미해지게 하지 말아야 한다.

그러면 어떻게 해야 하는가? 이 의문에 대해 대답한 시에서 博物과 戒勖(계욱)이라는 두 말을 찾아내 학문을 제대로 하는 지침으로 삼고자 한다. 博物은 만물과 널리 합치되는 말이다. 戒勖은 잘못을 경계하며 성실하게 노력한다는 말이다. 이 둘이 동행하면 길이 활짝 열린다.

이 여러 경우에서 좋다는 것은 무엇이고, 나쁘다는 것은 무엇인가? 善惡 구분은 진부하고 빗나간다. 貴賤도 역부족이다. 靜動은 사실의 일단만 말한다. 옥, 은거, 백성, 탐구 대상 쪽은 대등론의 안정을 갖추고 있으며, 돌, 진출, 관원, 탐구 행위 쪽은 차등론 탓에 들떠 실수하거나 피해를 끼친다. 이렇게 말하는 것보다 더 좋은 방안은 없다. 양쪽 명제의 핵심은 대등론과 차등론이다.

이런 것을 말하는 대단한 철학이 이미 이루어져 있는 줄 모르고 공연한 노력을 새삼스럽게 하는 것이 창피스럽지 않은가? 아니다. 혈통선조가 아닌, 문화선조가 이룩한 업적이 눈으로 볼 수 없는 전통의 혈관을 통해 모르는 사이에 차질 없이 전해지는 은혜를 입는다.

그 덕분에, 대등생극론을 쉽게 이룩했다. 그 뒤에 고서를 뒤져 유산을 찾아 순서가 잘못되었지만, 무엇이 소중한지 담박에 알아보고, 이 대목의 글을 조금도 막히지 않고 잠깐만에 쓴다.

4

〈得失〉

得志何如失志人
欣欣戚戚摠非眞
莫將得失論優劣
優劣元非在屈伸

〈얻음과 잃음〉

뜻을 얻고 잃은 사람 어떻다는 말인가?
기쁨 기쁨, 근심 근심, 모두 참이 아니네.
얻고 잃은 것으로 우열을 논하지 말라.
우열은 원래 굽히고 펼치는 데 있지 않다.

얼핏 보면 자기가 과거에 급제하지 못한 불만을 털어놓은 것 같다. 다시 충실하게 읽으면 그렇지 않고, 깊은 깨달음을 전해준다. 얻음과 잃음뿐만 아니라, 기쁨과 근심, 우월과 열등, 펼침과 굽힘 등 다른 여러 말로 지칭할 수 있는 유사한 것들도 모두 일정하지 않다. 하나가 뻗어나면 역전이 일어나 반대가 되는 과정이 이어진다.

얻음이 잃음이고. 잃음이 얻음이다. 이런 말을 기쁨과 근심, 우월과 열등, 펼침과 굽힘 등에서도 할 수 있다. 이것이 대등생극이 펼쳐지는 실상이다. 내가 이렇게 하는 말을 오래전에 이미 했다. 古今貫通 天下公論이 확인되었다. 〈역사의 선후 역전〉을 길게 써서 발표하고 토론한 것을 유튜브 방송으로 내보내려고 하는 수많은 말이 이미 이루진 총론에 부수된 각론의 일부이다.

5

〈茅齋夜詠〉

獨坐茅齋夜
開窓浩氣生
白雲千萬里
明月二三更
野闊天猶近
臺高地自平
朗吟淸不寐
塵世更無情

〈오두막집 밤 노래〉

홀로 앉은 오두막집 밤에
창문을 여니 호연지기가 솟네.
흰 구름 천만 리 덮고 있더니,
달이 한밤중에는 밝는구나.

들판이 넓어 하늘이 오히려 가깝고,
둔덕이 높아 땅은 저절로 평평하다.
낭랑한 읊음 맑아 잠들지 않고,
티끌 세상에는 정이 더 없다.

집이 좁아 밤에 잠들지 않고, 밖을 내다본다. 浩然之氣가 솟아나, 밝은 달, 넓은 들판, 가까워진 하늘, 평평해진 땅을 포용해 하나가 된다. 그 감격을 낭랑하고 맑은 소리로 읊조리며, 티끌 세상에 대한 미련을 버린다. 삶이 초라해, 만물대등을 광활하게 체득하는 각성을 얻었다.

6

〈閒居雜詠 二首 第二首〉
窓開山遠近
簾捲水西東
極目天無際
雲消月滿空

〈한가하게 살면서 잡다하게 읊는다 2수 제2수〉
창을 여니 산이 멀고 가깝고,
발을 걷으니 물이 서쪽이고 동쪽이다.
보이는 궁극 너머로 하늘은 끝이 없고,
구름이 사라지자 달이 공중에 가득하다.

〈林居雜詠 十一首 第六首〉
年來多病故人疏

只有靑山近我廬
春日漸長無一事
夕陽溪上玩遊魚

〈숲속에서 살며 이것저것 읊다 11수 제6수〉
올해 들어 병은 많아지고 벗은 적어져,
오로지 청산만 오두막과 가까이 있네.
봄날이 점점 길어져도 아무 일도 없어,
석양에 시냇가 노는 물고기 완상하네.

이 두 시를 비교해보자. 앞에서는 산·물·하늘·달이 자기 모습을
있는 그대로 보여주며 다가와, 만물대등생극이 확대되고 있다고 했
다. 뒤에서는 벗이 적어지고 있어 만인대등생극은 확인하기 어렵다
고 했다. 만물대등에서 흡족함을 얻어, 만인대등은 이루어지지 않
아도 그만이라고 할 수는 없다.

나갔다가 돌아와야 한다. 티끌 세상은 어쩔 수 없다고 하지 말고
바로잡아야 한다. 그러면 어떻게 해야 하는가? 벗들을 찾아 모으고
만인대등을 함께 이룩하자고 해야 한다. 그래서 다음 대목에서 고
찰하는 작품을 남겼다.

7

〈雙溪唱酬〉라고 하는, 〈쌍계에서 주고받은 시〉가 자기 것을 비롯
해 18수나 된다. 雙溪는 雙溪寺이다. 그 절은 가서 보면, 입구에 "雙
磎"라고 커다랗게 돌에 새겨놓았다. "磎"는 돌 사이로 흐르는 개울
을 뜻하는 말이다. 두 개울이 만나 쌍을 이룬다는 말로 절 이름을

삼았으니 예사로운 일이 아니다. 만나서 쌍을 이루는 절 쌍계사에서, 여러 벗들과 次韻酬唱하는 시를 지어 만인대등생극을 체득하고 실현하고자 했다.

　　　萬象渾寂寥
　　　淸溪聲不絶
　　　襟懷轉颯爽
　　　坐對西峯月

　　　세상은 온통 고요하고,
　　　맑은 시냇물 소리 끊이지 않는다.
　　　마음이 상쾌하고 시원해지자,
　　　앉아서 서쪽 봉우리 달을 마주하네.

　지기가 먼저 이런 시를 지었다. 絶과 月이 韻字이다. 絶은 어둠·차단·절망이다. 부정하는 언사를 붙여 쓰는 것이 마땅하다. 月은 밝음·원만·희망이다. 바라보며 뜻하는 것을 이루고자 해서 찾았다. 어둠·차단·절망에서 밝음·원만·희망으로 모두 나아가자고 했다.

　그런데 벗들은 이런 생각을 하지 않고, 絶과 月을 次韻하는 韻字로만 여겼다. 실상을 알아보기 위해, "附諸賢詩"라고 하고 수록한 시가 모두 17수이다. 거의 같은 말을 되풀이하고 있어 다 읽으면 지루하므로 처음부터 몇 수만 든다. 아호와 성명을 시 뒤에 적은 것을 그대로 옮긴다. 작품을 성명으로 지칭한다.

　　　仙歸餘故山
　　　地與人世絶
　　　淸遊亦佳辰

正當秋八月
　　浮査 成汝信

신선은 떠나고 옛 산은 남아,
땅이 인간세상과 떨어져 있네.
맑은 놀이에도 좋은 때,
마침 가을 8월 달이네.
　　부사 성여신

별세계에 머물러 있고자 한다.

秋風方丈山
遊賞政淸絶
終宵宜且談
中庭又好月
　　蘆坡 李屹

가을바람 부는 방장산에서
놀고 즐김 맑음의 절정이네.
밤새도록 담소할 만하고,
뜰 가운데 좋은 달도 있네.
　　노파 이흘

成汝信과 그리 다르지 않게, 놀고 즐김을 아주 맑게 하잔다.

千古孤雲仙
一去消息絶
我亦象外客

清溪弄明月
　　　凌虛　朴敏

천고의 신선 고운이
한 번 가고 소식 끊어졌네.
나 또한 세상 밖의 손님이라,
맑은 시내에서 밝은 달 희롱한다.
　　　능허 박민

　孤雲은 崔致遠이다. 신선이 되어 사라졌다는 말을 하고, 자기도 신선이고자 한다. 成汝信·李屹에 동조했다.

洞僻宿雲歸
林深人跡絕
淸風亦有情
噓送晴巒月
　　　滄洲　河憕

골짜기 후미져 머물던 구름 돌아가고,
숲 깊으니 사람 자취 끊어졌네.
맑은 바람은 그래도 정이 있어,
맑게 불어 보내네 산 위의 달을.
　　　창주 하징

　구름은 무정하고, 바람은 유정하단다. 만물이 다른 것을 말한다.

名區多故人
此遊誠奇絕

團團一片心
共指中天月
　　　思湖 吳長

경치 좋은 곳에 친구도 많아
이번 놀이 참으로 기이하다,
뭉치고 뭉쳐 다 같은 마음으로
함께 중천의 달을 가리키자.
　　　사호 오장

絶은 부정하지 않고 의미를 강조해 奇絶이라고 하면서, 한 마음으로 달을 우러르자고 한다.

地是孤雲棲
飄然煙火絶
吾輩辦佳遊
好得淸秋月
　　　鳳岡 趙瑊

고운이 머물던 이 땅에서
표연히 세상살이와 작별한다.
우리는 좋은 놀이 마련하고,
맑은 가을 달과 잘 만난다.
　　　봉강 조겸

朴敏에 이어서 다시 崔致遠을 들었다. 좋은 곳의 좋은 놀이 자축한다. 여럿이 거의 같은 말을 한다. 趙任道가 뜻한 것과는 거리가 멀다.

8

만인대등생극은 만물대등생극보다 확인하고 실행하기 어렵다. 이 사실을 쉽게 파악할 수 있는 증거를 조임도가 제시했다. 소중하게 여기고 충분히 활용해야 한다.

혼자 앞서나가는 것은 쉬울 수 있으나, 대등을 부정하고 차등을 선택하는 잘못을 저지른다. 앞서나간다고 여기는 것은 착각이고, 뒤로 물러나는 것이 실상이다. 다른 사람들을 독려하면 차등론의 행패가 나타나, 차등론과 더욱 어긋난다. 次韻酬唱이 거기까지 나아가지 않은 것은 다행이다.

대등의 관계를 적극적으로 살리면서, 각기 자기 방향으로 나아가 커다란 향상을 함께 이룩하려면 어떻게 해야 하는가? 이 문제를 제기하고 해결한 전례는 없어, 지금 우리가 분발해야 한다. 나는 《대등생극론》을 토론 합작품으로 내놓고, 실행에서 더 큰 토론과 합작을 하자고 제안한다.

장유

1

張維(1587~1638)는 무엇을 했는가? 金萬重이 《西浦漫筆》에서 한 말을 들어보자.

禪家有 本地風光本來面目之說 此喩最切 今有愛楓岳者 廣聚圖經 精加考證 抵掌而談 內外峯壑 歷歷可聽 而身未賞出興仁門一步 則 所見者 卷裡風光紙上面目 只與不見山者談論 若對正陽住持僧 則立敗矣

若有人 從東海路上 望見外山一峯 則 雖非全體 亦不可謂所見非眞山 徐花潭近之 又有人 等是圖經上所見 而其人素俱惠性 能識丹靑蹊逕 文字脈絡 不滯於陳迹 不眩於衆說 往往想出山中珍景 如在眼中 此雖非斷髮令上所見 世無眞見楓岳者 則可謂推以善知識 張谿谷是也

禪家에 本地風光·本來面目이라는 말이 있다. 이 비유가 가장 절실하다. 지금 여기 楓岳을 사랑하는 사람이 있어, 그림책을 널리모으고 정밀한 고증을 보태 손바닥을 내저으며 말하면, 안팎의 봉우리와 골짜기가 역력해 들을 만하다. 그러나 興仁門을 한 걸음도나간 적 없으면, 곧 본 것이 卷裡風光·紙上面目이다. 다만 산을 보지 못한 사람과 더불어 하는 이야기이다. 만약 正陽寺 주지를 만나면, 나서자 바로 패배한다.

만약 어떤 사람이 동해의 길 위에서부터 바깥 산 한 봉우리를 바라보면, 곧 비록 전체는 아니라도 또한 본 것이 진짜 산이 아니라고 할 수는 없다. 徐花潭(徐敬德)이 이와 가깝다. 또한 어떤 사람은 그림책으로 본 것은 마찬가지지만, 평소에 지혜로운 성품을 갖추어 능히 붉고 푸른 좁은 길을 식별하며, 문자의 맥락에서 지난날의 자취에 얽매이지 않고, 여러 사람의 주장에 현혹되지 않으면, 이따금 산중의 참다운 모습을 생각해내서 눈으로 보는 것 같다. 단발령 위에서 바라본 것은 아니라고 해도, 세상에 풍악을 정말로 본 사람이 없다면, 곧 善知識이라고 추대할만하다. 張谿谷(張維)이 이렇다.

楓嶽에다 견준 진실의 本來面目을 어느 정도 아는 사람이 서경덕과 장유라고 했다. 궁극적인 진실의 본래면목을 스스로 알아내야 철학다운 철학을 한다고 할 수 있다. 다른 사람들은 널리 알려지고 높이 평가되어도 紙上面目을 믿고 따르니 사이비 철학자라고 한 言外의 진술을 읽어낼 수 있다.

서경덕은 자기 철학을 철학으로 논술하는 작업을 충실하게 했다. 氣일원론 또는 氣學의 기초를 분명하게 마련했다. 철학시를 짓기도 했으나, 철학논술을 보완한 것에 지나지 않는다. 철학사에서는 아주 큰 자리를 차지하지만, 문학으로 철학하기를 고찰하는 자리에 등장하는 것은 적절하지 않다.

장유는 자기 철학을 철학으로 논술하는 작업을 하지 않았다. 철학자라고 인정되지 않고 문인이기만 했다. 궁극적인 진실의 본래면목을 스스로 알아냈다고 할 수 있는 것을 시문을 창작해 알렸다. 문학으로 철학하기의 전형적인 본보기를 보여준다.

2

《谿谷漫筆》의 〈我國學風硬直〉(우리나라의 경직된 학풍)을 보자. "中國學術多岐 有正學焉 有禪學焉 有丹學焉 有學程朱者 學陸氏者 門徑不一 而我國則無論有識無識 挾筴讀書者 皆稱誦程朱 未聞有他 學焉"이라고 개탄했다. 풀이하며 번역해보자. 중국의 학술은 여러 가닥이다. 正學이라는 儒家學, 禪學이라는 佛家學, 丹學이라는 道 家學도 있다. 程朱學 또는 朱子學를 배우는 사람도, 陸氏·陸王學 ·陽明學이라고 하는 것을 배우는 사람도 있다. 문이나 길이 하나가 아니다. 우리나라는 다르다. 무식하든 유식하든 가리고 책을 끼고 다니면서 읽는다고 하는 자들은 모두 程朱나 칭송하고 달달 왼다. 다른 학문이 있다는 말을 들어보지 못했다.

우리는 학문이 하나뿐이라는 말을 은근히 비꼬면서 하고, 뒤떨어 졌다고 개탄했다. 개탄을 절망으로 이해하지 말아야 한다. 학문이 다양하지 못해, 창의력이 없는 것은 아니다. 程朱學이 싫어 다른 학문을 하는 것은 새로운 의양이고 창조는 아닐 수 있다. 程朱學이 싫다, 버리겠다고 하는 말을 할 수 없는 풍토에서 표나지 않게 비판 하고 은밀하게 대안을 찾는 역전이 자득 철학으로 나아가는 길이다. 장유가 그렇게 한 것을 알고 평가해야 한다.

3

〈問造物 甲戌冬大病中作〉
請問造物兒
一何相抳爲

我有四大身
危脆如懸絲
委諸二竪子
毒手操鉗鎚
寒熱鑠膲腑
水火鎖骨肌
不知此神尻
輪馬終何施
我生本嬾拙
但解雕篆辭
只圖自娛樂
非敢私天機
未省何負犯
忍此相侵欺
從今痛懺悔
稽首毗耶師
願言少寬我
康茂延天期

〈조물주에게 묻는다. 갑술년 겨울에 큰 병을 앓으면서 짓는다〉

묻노라, 조물주여,

어째서 이다지도 나를 들볶는가?

나 四大 六身 가진 몸이

위태롭기가 실낱 같다.

못된 두 놈에게 내맡겨,

독한 손으로 괴롭힌다.

한기와 열기에 오장육부 녹아나고,

수기와 화기에 뼈마디 온통 묶인다.

모르겠도다 내 정신과 내 꽁무니로

바퀴나 말을 만드는 짓 어디까지 할 것인가.
나는 본래 재주가 졸렬하게 태어나,
다만 문장이나 다듬을 줄 안다.
그것도 오직 혼자 즐거워 할 따름이고,
하늘의 기밀을 차지하려 하지는 않았다.
무슨 죄를 저질렀는지 살피지 않고,
이다지도 모질게 괴롭히는가.
지금부터 통렬하게 참회하고,
머리 숙여 毗耶師에게 사죄하리다.
원컨대 나를 조금 관대하게 보아주어,
건강한 몸으로 좀 더 살게 해다오.

"不知此神尻 輪馬終何施"는 《莊子》〈大宗師〉에서 "浸假而子之尻 以爲輪 以神爲馬 子因而乘之 豈更駕哉"(내 꽁무니를 점점 변화시켜 수레바퀴로 만들고, 내 정신을 말로 변화시킨다면, 내가 그것을 타고 어찌 또한 몰고 다니겠는가)라고 한 말을 가져왔다. 毗耶는 毗奈耶의 준말이며, 부처가 제정한 율법을 말한다. 道家나 佛家의 언사를 가져와 儒家의 구속에서 벗어나려는 의도를 암시했다. 하늘도 유가에서 말하는 것만은 아니고, 독자적인 모색이 있었다. 그런데도 문답이 기대한 대로 이루어지지 않았다. 대답까지 보고, 이에 대해 고찰하자.

〈造物答〉

爲答谿谷子
胡爲妄見誣
我於物無心
萬化自紛敷
榮萎與脆靭

物性各自殊
我本一視之
疇疾疇呴濡
子兮禀單羸
中虛而外膲
不學衛生經
多能自毒痛
譬彼膏火明
相煎終自枯
旣窮不知返
妄語何其愚
但令去蟊賊
自見嘉谷蘇
冲恬味眞腴
眉壽保康娛

〈조물주가 답한다〉

谿谷 그대에게 대답하노라.
어찌 망녕되이 나를 속이는가?
나는 만물에 마음을 두지 않아,
만물이 스스로 엉키고 피어난다.
꽃피고 시들고 연약하고 질긴,
만물의 속성 저절로 각기 다르다.
나는 본시 일관되게 그들을 대해,
누구를 보살피고 누구를 미워하랴.
그대는 워낙 허약한 체질 타고나
속이 허하고 겉 또한 파리하다.
섭생하는 요령 습득하지 못한 채
많이도 자신에게 해독을 끼친다.

비유하면 마치 저 등잔불처럼
기름과 불꽃 서로 태워 사그러진다.
막다른 골목에 몰려도 돌아설 줄 모르고,
함부로 말하니 어찌 그리 멍청한가?
다만 해충을 제거하기만 하면,
아름다운 골짜기가 저절로 소생한다.
충실하고 편안한 맛으로 참되게 살찌면,
눈썹이 세도록 건강을 즐기리라.

李奎報가 그랬듯이, 장유도 조물주에게 따져 묻는 말을 했다. 병약하게 되어 도움을 받고 의지하고자 했다. 헛된 기대가 무너지고 진실을 알게 되었다. 이규보는 조물주가 造物을 부인하고 만물은 自生하고 自化할 따름이라는 대답을 얻었다. 장유가 따져 묻는 말에도 조물주는 책임을 회피하는 대답만 했다. "萬化自紛敷"(만물이 스스로 엉키고 피어난다), 物性各自殊"(만물의 속성은 저절로 각기 다르다)고 하고, 모든 것은 스스로 이루어지고 자기 책임이라고 했다.

병 때문에 분별력이 줄어들어 실수를 했다. 조물주니 하늘이니 하는 것은 이름뿐인 허상이다. 하늘이 모든 것을 가다듬어 바람직하게 한다는 것은 헛된 기대이다. 하늘 철학을 궁극적인 원리로 삼겠다는 것은 잘못된 시도이다. 아무 문제도 해결하지 못하고 감추기만 한다. 그 길을 버리고, 다른 올바른 길을 찾아야 했다.

"沖恬味眞腴"(충실하고 편안한 맛으로 참되게 살찌면) "眉壽保康娛"(눈썹이 세도록 건강을 즐기리라)는 것은 하늘과 무관하게 스스로 이루어야 한다. 그 원리가 무엇인지 다시 탐구해야 한다. 이 작업을 하는 시를 여러 편 썼다.

4

〈支離子自贊〉

支離兮其形貌錯莫兮
其神鋒優游乎事物之外
栖息乎藥餌之中
天豈閔余之勞生
未老而佚我以沈痾
明窓煖屋兮香一炷
早粥晚飯兮度生涯
海山兜率兮非所慕
淸濟濁河兮休管他
淹速去來兮符到奉行
造物小兒兮於我何

〈지리한 녀석 스스로 기린다〉

지리하구나, 그 모습. 어긋나고 어둡구나,
그 정신, 편안하게 노는구나, 사물 밖에서.
쉬고 숨 쉬는구나, 약을 먹으면서.
하늘이 어찌 나의 고달픈 삶을 가엽게 여기는가,
늙지 않은 나를 병에 빠져 편안하게 하다니.
밝은 창 따뜻한 방이여, 향 한 자루로다.
아침 죽, 저녁 밥이여, 생애를 기탁하노라.
바다 건너 仙山, 하늘의 兜率天이여, 사모하는 바가 아니노라.
濟水가 맑고 黃河는 탁함이여, 관여를 그만두었노라.
가고 오는 것이 더디고 빠름이여, 분부가 오면 봉행하리로다.
조물주 어린아이가 내게 어떻게 하리오.

낯선 말이 이어지고 있어 풀이가 필요하다. "지리하다"는 "지질이도 못났다"는 말이다. 자기는 지리한 녀석, 못난이라고 자처했다. "사물 밖"은 세상 사람들이 정상적으로 살아가는 영역을 벗어난 곳이다. 아직 늙지 않았는데 병이 들어 약을 먹으면서 쉬는 것을 하늘이 고달픈 삶을 가엽게 여겨 베푼 은혜라고 했다.

"바다 仙山"은 도교, "하늘의 兜率天"은 불교의 신앙이다. 그런 것을 사모하지 않는다고 했다. "濟水가 맑고 黃河는 탁함"은 세상 형편의 변화를 강물에다 견주어 하는 말이다. 그런 것에 대한 관여를 그만두었다고 했다. "가고 오는 것이 더디고 빠름이여, 분부가 이르면 봉행하리로다"라고 한 것은 늦게 죽든 일찍 죽든 불만 없이 따르겠다고 한 말이다. "조물주 어린아이"는 조물주가 장난을 일삼는 것이 어린아이와 같다고 한 말이다.

자기는 못난이라 사는 대로 살다가 죽는다고 했다. 밝은 창 따뜻한 방에 향불을 피워놓고 아침에는 죽, 저녁에는 밥을 먹으면서 정갈하고 편안하게 지낸다고 했다. 종교에 대한 기대도, 정치에 대한 관심도 없다고 했다. 이런 말을 고풍스럽게 하면서 감탄사를 계속 넣어 자기가 못났다는 말을 그냥 받아들이지 않고 다시 생각하게 했다.

물러나 편안하게 지내는 달관의 경지를 자랑하면서, 잘났다고 뽐내며 다투느라고 괴롭게 사는 것은 어리석다고 은근히 일러주려고 했다. 늦게 죽든 일찍 죽든 죽음을 불만 없이 받아들이겠다고 했다. 조물주가 장난을 일삼아 철부지 어린 아이와 같다고, 불운을 원망하는 사람들이 애용하는 문구를 놓고 자기는 예외인 듯이 말했다.

조물주가 자기는 어떻게 하지 못하리라고 하는 것은 근거 없는 낙관론이므로, 뒤집어 생각하지 않을 수 없다. 어리석다고 자처하

고 물러나 달관하는 것이 불운에 대처하는 최상의 방법임을 알려주
는 것이 아닌가? 문자 그대로 받아들여도 좋은 말이고, 뒤집어 생각
하면 더 깊은 뜻이 있다.

〈賣癡獃〉

街頭小兒叫
有物與汝賣
借問賣何物
癡獃苦不差
翁言儂欲買
便可償汝債
人生不願智
智慧自愁殺
百慮散冲和
多才費機械
古來智囊人
處世苦迫隘
膏火有光明
煎熬以自敗
鳥獸有文章
罔羅終見罣
有智不如無
得癡彌可快
買取汝癡獃
輸却汝狡獪
去明目不盲
去聰耳不聵
新年大吉利
不用問蓍卦

거리에서 아이들이 외치고 다니며,
팔고 싶은 물건이 있다고 한다.
무엇을 팔려느냐 물어보니까,
괴롭기만 한 어리석음이란다.
늙은이가 말하기를 내가 사련다.
값도 당장에 너에게 치루어 준다.
인생이 지혜는 바라지 않는다.
지혜란 원래 근심으로 해치고.
온갖 걱정으로 평정심 흩어버린다.
많은 재주를 교묘한 짓에 허비한다.
예로부터 꾀주머니라는 이들은
살아가는 것이 괴롭고 옹색하다.
기름 등불 빛이 밝은 것은
자기를 태워서 없애고 만다.
짐승도 무늬가 두드러지면,
덫에 걸려 끝내 죽고 만다.
지혜란 없는 것만 못하고,
바보가 되면 더욱 즐겁다.
네게서 바보를 사 오는 대신,
교활한 꾀를 네게 주겠다.
밝음을 물리쳐도 눈이 어둡지 않고,
총명 물리쳐도 귀머거리 되지 않는다.
아 새해에는 복이 크겠다.
점쳐 알아볼 필요가 없다.

거리에서 아이들이 癡獃(치애)라고 한 어리석음을 판다고 한 것
이 기이한 일이 아니다. 《東國歲時記》에 이에 관한 설명이 있어,

간추려 옮긴다. 정월 보름날 아침 일찍 사람을 보면 갑자기 불러 대답하면 곧 "내 더위 사라"고 한다. 이것을 賣暑(매서), 더위팔기라고 한다. 더위를 팔면 그 해에는 더위를 먹지 않는다고 한다. 宋나라 사람 范成大가 시를 지어 賣癡獃(어리석음을 판다)라는 것이 이와 흡사하다. 陸放翁도 宋나라 시절에 賣春困(춘곤을 판다)이라는 시를 지었다.

민속과 고사를 적절하게 이용해, 상식을 뒤집는 말을 했다. 어리석음을 판다고 하니, 늙은이가 나서서 값을 치루고 사겠다고 했다. 그러면서 한 말을 음미해보자. 슬기로움은 어리석고, 어리석음은 슬기롭다. 슬기롭다는 사람은 공연히 수고로운 짓을 하다가 자기를 해치지만, 어리석으면 볼 것을 보고 들을 것을 들으면서 편안하게 지내는 즐거움을 누린다.

어리석어 시비에 휘말리지 않고, 특별히 바라는 것이 없다. 그 덕분에 마음이 잔잔하고 맑은 것이 진정한 슬기로움이어서 깊은 통찰력을 가진다. 사물의 이치를 자기 나름대로 탐구해 자득 철학을 이룩한다.

복잡하게 한 말을 간추리면, 바보 철학을 하자는 것이다. 바보 철학은 하늘 철학과 반대가 된다. 하늘 철학은 위로 올라가자고 하고, 바보 철학은 아래로 내려오자고 한다.

올라가 모두 하나이게 하는 無私 至公의 이치를 확인하고 실행하자는 하늘 철학은 설득력이 부족하다. 차등론의 폐해를 시정하지 못하고 공연히 합리화한다는 의문의 반론을 막지 못한다. 아래로 내려와 바보가 되자는 바보 철학은 슬기로움이 어리석음이고, 어리석음이 슬기로움인 역전을 이룩한다.

바보 철학을 하면 천하 公論인 대등론에 동참한다. 자기 나름대로의 창조주권을 독자적으로 발현해 서로 도우며 기쁨을 누린다.
그 원칙과 실행 방안을 분명하게 했다.

5

〈感興〉

倀鬼爲虎役
旣悟還自悔
可憐世上人
疲薾迷眞宰
京華多冠蓋
翕赫流光彩
富貴豈不美
識者憂其殆
任重負版蹐
懷璧匹夫罪
蕭蕭衡茅下
中有至樂在
鴻鵠倚六翮
一擧凌天倪
天長霜雪多
苦飢常酸嘶
不如塒上鷄
飮啄安其栖
高才多落拓
鬮茸分組圭
乃知龐德公
甘心隱蒿藜

〈감흥〉

창귀가 호랑이의 부림을 받다가,
잘못을 깨닫고 스스로 뉘우친다.
세상 사람들 가련하구나.
피곤에 지쳐 진정한 이치 모르니.
번화한 서울 거리 높은 사람 많아,
휘황찬란한 광채 뿌리고 다닌다.
부유하고 귀한 것이 어찌 좋지 않으랴만,
아는 이는 위태롭다고 걱정한다.
책임이 무거워 곤충처럼 쓰러진다.
보배를 지닌 것이 필부의 죄인가,
띠풀로 엮은 집 쓸쓸한 사립문,
그 속에 지극한 즐거움이 있다오.
큰 기러기는 굳센 깃털에 의지하고,
한꺼번에 하늘 끝까지 솟구치지만,
끝없는 하늘 길 갖은 고초 겪으며,
주림이 괴로워 늘 슬피 운다.
횃대에 걸터 앉아 실컷 먹으며,
잠자리 편안한 닭보다 못하다.
재주가 높으면 떨어짐 많고,
용렬한 무리가 벼슬을 나눈다.
이제야 알겠네 우리 龐德公
즐거운 마음으로 산골에 숨은 뜻을.

倀鬼(창귀)는 호랑이에게 잡혀 죽은 사람의 혼이 호랑이 앞잡이 노릇을 한다는 것이다. 벼슬하는 것이 창귀 노릇과 같은데 잘못된 줄 모른다고 나무랐다. 필부가 지녔다는 보배는 슬기로운 마음이다. 높이 올라 남을 해치며 화를 자초하지 않는다. 한꺼번에 하늘 끝까지 솟구치는 기러기는 괴롭고, 바라는 것이 없이 들어앉아 있는 닭은 편안하다는 말로, 하늘 철학은 나쁘고 바보 철학이 좋다고 밝혔다.

龐德公(방덕공)은 諸葛亮(제갈량)이 존경한 隱士이다. 농사짓고 살면서, 한 번도 도시에 발을 들여놓지 않았다고 한다. 荊州刺史(형주자사) 劉表(유표)의 간곡한 요청을 누차 거절하고, 鹿門山에 들어가 약초를 캐며 생을 마쳤다고 한다. 이런 고사까지 들어, 어리석은 것이 슬기롭다고 했다. 진출해 명성을 얻지 않아야 편안하고, 바라는 것이 없어야 진실을 지킨다고 했다.

〈蟻戰十韻〉

蠢動均函氣
玄駒亦攝生
慕羶求易足
戴粒命偏輕
略有君臣義
能無利害爭
分封專國土
欺弱互兼并
牛鬪軍聲振
魚麗陣勢橫
吹塵騰急礮
壘芥作長城
欻爾分成敗
居然見脆勍
相持同廣武
鏖戰等長平

蠻觸傳非妄
槐安事可驚
古今風雨地
何處可休兵

〈개미 싸움〉

꿈틀꿈틀 벌레들 생기를 지녔으며,
개미 또한 자기 나름대로 살아간다.
누린내 좋아하니 쉽게 구해 흡족할 것인데,
알갱이 이고 다니며 목숨을 가벼이 여긴다.
군신 간의 의리를 대략 갖추었어도,
이해 관계 쟁탈전 어찌 없겠는가?
자기 몫을 나누어 국토를 마음대로 하며,
약자를 기만하고 서로 집어삼킨다.
소가 싸우듯 군대 소리가 진동하고,
물고기 비늘처럼 군진이 횡으로 펼쳤다.
티끌 날리며 포를 급히 쏘아대고,
지푸라기 보루 삼아 긴 성 이루었다.
삽시간에 나누어진 승자와 패자,
드디어 나타나는 약하고 강한 것.
서로 버틴 것이 廣武와 같고,
살육전 벌이는 것이 長平과 비슷하다.
蠻觸의 전쟁 헛말로 전하는 것 아니고,
槐安國의 고사 놀랄 만한 일이다.
예나 지금이나 바람 불고 비 오는 곳
어딘들 전쟁을 그만둘 수 있으리요.

고사에 대한 설명이 필요하다. 慕羶(모전)은 《莊子》〈徐無鬼〉에서 "羊肉不慕蟻 蟻慕羊肉 羊肉羶也 舜有羶行 百姓悅之"(양고기는 개미에 대해 사모하는 기분이 전혀 없는데, 개미가 양고기를 사모하고 따르는 것은 양고기가 노린내를 풍기기 때문이다. 순임금은 노린내 나는 행동을 했기 때문에 백성들이 그것을 좋아했다)고 한 데서 가져온 말이다. 치사한 행실이나 술책을 못마땅하게 여긴다고 했다.

廣武는 楚나라 項羽와 漢나라 劉邦이 오래 대치한 산이다. 長平은 秦나라 白起가 趙나라 趙括의 군사를 대파하고, 降卒 40여만 명을 땅에 파묻어 죽였다는 곳이다. 蠻觸(만촉)의 전쟁은 《莊子》〈則陽〉에서 달팽이 왼쪽 뿔에 있는 觸氏와 오른쪽 뿔에 있는 蠻氏가 서로 땅을 뺏으려고 전쟁을 일으켰다고 한 것이다. 槐安國(괴안국)은 〈南柯太守傳〉에서, 술이 취한 사람이 괴안국의 부마가 된 南柯一夢을 꾸고 난 뒤에 보니, 槐木 아래에 커다란 개미 구멍이 있었다고 한 것이다.

하늘을 향해 높이 올라가면 초월을 얻어 편안해지는 것은 아니다. 경쟁자를 제거하려고 하는 싸움이 치열하게 벌어진다. 위대한 영웅의 성스러운 전투라고 칭송되는 것이 개미 싸움과 다를 바 없다. 十韻이라고 한 것은 韻을 열 개나 바꾸어가면서 다각도로 고찰한다는 말이다. 엄청난 말로 위대한 역사를 서술한 것이 작은 이해를 옹졸하게 다투는 추태의 확대판이다. 차등론은 어느 것이든 사로잡히면 창피스럽게 된다. 만백성의 대등론이 평화와 안녕을 가져온다.

6

〈君子之棄小人之歸〉

待物而立者 嬰兒也 附物而成者 女蘿也 隨物而變者 影魍魎也

장유 225

竊物而自利者 穿窬也 害物而自肥者 豺狼也 人而或近於斯五者 則
君子之棄而小人之歸矣 下二者 纛犯猶可易免 上三者細 累尤爲難
察 砥行之士 可不戒哉

〈군자에게 버림받고 소인으로 전락하는 길〉

남의 힘을 빌려야만 일어설 수 있는 자는 어린아이이다. 남에게
빌붙어서 자라는 것은 담쟁이덩굴이다. 남이 하는 대로 따라서 변
하는 것은 그림자나 도깨비이다. 남의 물건을 훔쳐서 자기를 이롭
게 하는 자는 좀도둑이다. 남을 해쳐서 자기를 살찌우는 자는 승냥
이이다. 사람이 혹시라도 이 다섯 가지 범주에 근접하게 되면, 군자
에게서 버림을 받고 소인으로 전락하고 만다. 아래의 둘은 누구나
다 알 수 있는 범죄 행위여서 쉽게 면할 수 있다. 위의 셋은 미세해
살피기 더욱 어렵다. 행실을 닦아 나가는 사람이라면 어찌 이를 경
계하지 않을 수 있겠는가?

이것은 전에 누구도 하지 않은 말이다. 의양의 혐의가 아주 없는
진정한 자득이다. 고사도 인용도 없다. 詩보다 훨씬 쉽고 긴장이
없으며, 누구나 알 수 있게 쓴 산문으로 깊은 이치를 밝혔다. 자세를
아주 낮추어 대수롭지 않은 잡담을 가볍게 늘어놓은 것 같이 하면
서, 오랜 모색의 결론을 제시했다.

말을 다하지 않고 여백을 남겨 독자와의 대등을 온전하게 했다.
앞의 셋과 뒤의 둘이 어떻게 다른지 글을 읽는 사람이 알아차려 자
득을 함께 하자고 한다. 간명한 정리가 자득을 다시 하는 방법이다.
이에 관해 내가 알아내 할 수 있는 말을 한다. 앞서나가는 것 같아
신명이 난다.

나와 남의 관계를 말했다. 앞의 셋은 [나 < 남], 뒤의 둘은 [나

＞남]의 관계이다. 차등론은 이쪽저쪽이 다 잘못되어, 소인의 행실이다. 잘못을 바로잡은 군자의 행실은 어떤가? 말하지 않고 알아내도록 한다. [나 = 남]이라고 하면 차이점을 무시한다. [나 : 남]이라고 하는 것이 적절하다. 이것은 차등론이다.

군자와 소인을 구분한 것은 차등론에 머무르는 혐의가 있다고 하지 말아야 한다. 소인은 차등론자이고, 군자는 대등론자이다. 소인과 군자는 지체가 아닌 타당성을 구분하는 말이다. [나 ＜ 남] 또는 [나 ＞ 남]의 차등론은 부당하다. [나 : 남]의 대등론이 정당한 줄 알고 선택해야 한다. 이것이 최종 결론이다.

내가 마련하고 있는 대등론에 훌륭한 선례가 있는 것을 알고 기뻐한다. 그 덕분에 다음 논의를 보태는 행운을 얻는다. 오늘날은 학문이 아주 다양하다. 자득이 넘치는 것은 아니고 그 반대이다. 출처가 각기 다른 다양한 의양이 크게 행세하면서 자득을 막는다.

그런 것들이 모두 차등론이다. 하나하나 시비하면 노력을 낭비하고 소득이 없다. 동서고금의 모든 차등론을 한꺼번에 뒤집고 대등론이 일제히 살아나게 해야 한다.

이민구

1

李敏求(1589-1670)는 어떤 사람인가? 문집 서두의 〈東州先生前集序〉에서 스스로 술회한 내력을 보자. 7세에 문장을 엮을 줄 알고 詩賦를 지었다. 15세에 初試에 합격하고, 21세 進士試에서 장원하고, 25세에 三場에서 장원급제했다. 대사성, 도승지, 예조·병조·이조참판, 대사헌 등을 거듭 맡았다. 경상·강원감사가 되어 외직으로 나가기도 했다.

자랑스럽게 영달하고 있다가, 병자호란이 일어나 모든 것을 뒤집었다. 국왕이 강화도로 피신하도록 하는 지극히 어려운 임무를 맡고 최대의 노력을 했어도 성공하지 못했다. 죽을 고비를 넘기고 가까스로 살아났으나, 용서할 수 없는 죄를 지었다 하고 귀양살이의 고초를 모질게 겪게 했다. 그 사태를 기록한 말을 보자.

> 唯日夜東望哽涕 而江都遽至淪沒 翁在舟次 幸而得脫不死 亦不幸而不得死 歸朝責配寧邊府 自得罪以來 徽纆矣 鐫削矣 流迸矣 安置矣 栫棘矣 一絓罔而五律加 而極矣無餘刑矣

오직 밤낮으로 동쪽을 바라보며 목메어 울기만 하고 있는데, 강화도가 갑자기 함락되고 말았다. 늙은이는 배를 타고 있어 다행히 빠져나와 죽지 않았지만, 또한 불행하게도 죽지 못해 조정으로 돌아오니 문책을 받아 영변부로 유배되었다. 죄를 자득한 이래로 묶이고, 관직 깎이고, 유배되고, 안치되고, 가시나무 안에 갇히는 등, 한 번 법망에 걸리자 다섯 가지로 더해진 형벌이 극도에 이르고 더할 것이 없었다.

"동쪽을 바라보며 목메어 울기만" 했다는 것은 남한산성으로 피신한 국왕을 두고 한 말이다. "강화도가 갑자기 함락되고 말았다"는 것은 자기 눈앞에 닥친 파국이다. 자기가 책임질 수 없는 國難을 극복하려고 혼신의 노력을 하다가 가까스로 살아났는데, 엄청난 죄를 지었다는 어처구니없는 판정을 하고 가혹한 처벌을 한 용납할 수 없는 배신이고 횡포이다. 사실만 간추려 적어놓은 이면에서 이런 항변이 들끓고 있는 것을 알아차릴 수 있다.

顧翁遭離變會 骨肉俱燼鋒鏑 身且寄寓窮塞 忽忽視陰 決知其無復之耳 世方禍烈焚如 八表橫潰 豺虎沸矣 生類殲矣 奈何以莫保之命 爲無益之悲哉 用是寬中自遣 處順委分 朝晡粥飯 以聽主宰而已

돌아보건대 늙은이는 난리를 만나 골육이 모두 살해되고, 자신은 궁벽한 변방에서 가까스로 지내면서 어느덧 어두워지는 것을 보고, 어찌할 수 없음을 분명히 알겠다. 세상에 바야흐로 불타듯 재앙이 일어 팔방이 무너지고 있다. 승냥이와 범이 들끓고 백성들이 죽어가니, 어찌 보장할 수 없는 목숨으로 보탬이 될 것이 슬퍼하겠는가? 이런 생각으로 마음을 너그럽게 하며 긴장을 스스로 풀고, 순리대로 사는 삶 분수에 맡긴다. 아침에 죽을 먹든 밥을 먹든, 이것으로 주재자의 명령을 들을 따름이다.

이어서 이렇게 말했다. 무엇을 말했는지 알려면, 아는 방법이 타당해야 한다. 이에 관한 각성을 분명하게 할 수 있는 기회를 얻었다. 좋은 사례 덕분에 일반이론 정립의 성과를 상당한 정도로 얻을 수 있다.

위의 글이 아는 방법 점검을 회피할 수 없게 요구한다. 은밀하게 하는 위태로운 생각을 깊은 뜻을 가진 말로 절묘하게 표현했으므로, 하나하나 뜯어서 이해하고 풀이하려고 하면 많은 수고를 힘들여 한 결과가 너무 모자라 아주 불만스럽지 않을 수 없다. 한문 문장력을 한껏 발휘한 세공 작업을 국문에서 더 잘하려고 하다가, 자연스럽지 못한 말을 무리하게 다듬어 소통을 해칠 염려가 크다.

그런 미시에 대해 공연히 미련을 가져 심란해하지 말고 가시로 만족하겠다고 하면, 원문이나 번역을 다시 적어야 한다. 동어반복이 연구라고 하는 바보짓이 부끄러운 줄 알고 단호하게 배격해야 한다. 그러면 어떻게 해야 하는가? 과감하게 거시로 나아가 전체를 휘어잡고 크게 보는 것이 슬기롭다.

끔찍한 충격을 받고 차등론자가 대등론자로 바뀌게 되었다고 술회한 것으로 이해하면 된다. 그 전환이 두 단계로 이루어진 것도 알려준다. 이에 관한 서술을 사실 고증의 방식으로 해서 가시로 돌아가 거시를 무색하게 하지 말아야 한다. 거시는 통상적인 서술을 넘어선 達觀언어를 사용해야 가능하다는 것을 명심해야 한다.

크나큰 도적이 옹위를 받고 옥좌에 올라 충성하고 예찬하는 무리를 시켜, 작은 도적들을 적발하고 징치하는 것을 치적이라고 자랑한다. 무고한 백성을 도적으로 조작해 벌주면서, 태평성대를 이룩한다고 자부한다. 그래서 아주 훌륭하다고 온 세상이 알도록 한다. 잘못한다고 나무라면, 용서할 수 없는 대역죄를 짓는다. 達觀언어의 장점을 숨김없이 발휘하면 이렇게 말할 수 있는 사태가 벌어져, 이민구가 조작된 도적의 본보기가 되었다. 재능이 뛰어난 탓에 가중처벌을 당했다.

이렇게 말하면 할 말을 다했으나, 알아듣지 못하는 벽창호가 많아 해설을 조금 붙인다. 병자호란을 피하지 못한 것은 국왕의 잘못이다. 그 잘못을 신하 탓으로 돌려 희생양을 만들어내고, 청나라에 항복한 치욕 분풀이에 이용했다. 국왕이 강화도로 피신하려고 한 것은 잘못된 작전이다. 그 잘못을 작전 수행자에게 씌워 처벌해 비난을 면하고자 했다.

이것은 한 번만 있던 특수한 사례가 아니고, 언제나 가능한 일반적인 원리이다. 관직에 올라 좋아하는 것은 그 상위자의 횡포에 시달려야 하기 때문에 어리석다. 최상위자는 모든 잘못이 하위자에게 있다고 전가할 수 있는 재량권을 주저하지 않고 행사하며, 어떤 비난도 차단한다. 도의의 모범을 보인다는 칭송을 받는다. 이것이 정치의 실상이다. 오늘날도 다르지 않다.

정치에서 차등론의 허위나 기만이 이런 방식으로 극대화하는 것을 바로 알고 되도록 멀리 가서 피해야 한다. 궁벽한 산골로 도망친다고 해서 안전한 것은 물론 아니다. 만백성이 최종적인 피해자이기는 하지만, 차등을 다투며 경쟁하지 않고 대등의 유대를 가지고 서로 돕는다. 이것이 차등론자가 대등론자로 바뀌는 첫 단계에서 얻는, 현실적으로 가능한 행복이다.

만인대등이 만생·만물대등과 이어져 있는 더 큰 유대는 정치 권력 밖에 있어, 어떤 폭군도 건드릴 수 없다. 심술이 나서 파괴하려고 나서면 자기가 먼저 죽는다. 이것까지 알면 당면한 현실을 넘어서서 궁극적이고 본질적인 행복을 얻는 철학을 갖춘다.

2

〈浦口舟子傳〉이라는 글을 써서, 강화도에서 죽을 뻔한 자기를 구해준 소년 사공의 고마움을 잊지 못한다고 했다. 감추어두고 말하지 않은 국왕에 대한 원망을 생각할 필요가 있다. 차등론의 경쟁과 대등론의 인정을 비교해 고찰하게 하는 사례라고 여겨도 된다.

顧以獨立賊藪 受刃特晷刻早晚 而海舟遼遠 無以致身 畢竟唯有死耳 日過午 忽見片舸如席大 自府南古東浦縩轉而下 獨一童持檝 年可十七八 容貌謹樸 舟中更無餘物 從者呼喚 乃刺船傍崖 遂援而上 得達海舟 屬忙遽 未暇問持檝者爲誰

적들 속에 홀로 서 있는 신세였으므로 조만간 적의 칼을 맞아 죽게 될 상황이었다. 바다 배는 너무 멀리 있어서 갈 수 없어, 마침내 죽음만 있을 뿐이었다. 정오를 지날 무렵, 얼핏 보니 방석만 한 작은 배가 고을 남쪽 고속포 쪽에서 내려오고 있었다. 한 아이가 노를 잡고 있었다. 나이는 17, 8세 정도이고 용모는 근엄하고 순박해 보였다. 배 안에는 다른 아무것도 없었다. 종자가 배를 부르자, 배를 저어 해안에 대주었다. 드디어 배에 올라 바다 배에 도달할 수 있었다. 다급한 탓 노를 잡은 이가 누구인지 묻지 못했다.

當其在甲串北阜 彼其舟得之則生 不得則死 得之則性命幸保 骨體幸完 不得則首身分離 膏血塗斥鹵 而至今强顔稱人 禽息獸視覆載間者 果誰之賜也 余旣忙遽 未暇問持檝者爲誰 每飯祝之 曰浦口舟子云

갑곶의 북쪽 언덕에 있을 때, 저 사람의 배를 타면 살고 타지 못하면 죽게 되는 처지였다. 탄다면 다행히 목숨을 보전하고 몸을 온전히 할 수 있지만, 타지 못한다면 목이 잘려 나가고 개펄을 피로 물들일 수 있는 상황이었다. 그런데 지금까지 뻔뻔스러운 얼굴을 하고 사람이라고 일컬으며, 숨을 쉬는 조류나 앞을 보는 짐승과 함께 천지 사이에서 살아가는 것은 과연 누가 베풀어 준 은혜 덕분인가? 내가 그때는 다급한 나머지 노를 젓던 사람이 누구인지 물어볼 겨를이 없었으므로, 밥을 먹을 때마다 축복하며 "포구 사공님"이라고 한다.

　"强顔稱人 禽息獸視覆載間者"라는 말은 적절하게 번역했으나, 보충설명이 필요하다. 자기는 은혜를 갚지 못하는 부끄러운 일이 있어, "强顔稱人"이라는 말로 뻔뻔스러운 얼굴을 하고 사람이라고 일컫는 것이 부끄럽다고 했다. "禽息獸視"라고 해서 조류는 숨을 쉬고 짐승은 앞을 보며, "覆載間"이라고 한 하늘과 땅 사이에서 당당하게 살아가는 데 한몫 낄 수 있겠는지 의문이라고 했다. 조류나 짐승보다 열등한 것을 탈 잡지 않고 대등하다고 인정해주기를 바라고 한 말이다.

　국왕과의 차등 관계를 아무 미련 없이 폐기하고 그 사공과의 대등 관계를 확인하면, 어둠에서 벗어나 공명을 찾는다. 대등 관계는 사람에게 국한되지 않고, 조류나 짐승으로까지 확대되어 더욱 빛난다. 만인대등이 만생대등이기만 하지 않고, 만물대등이기도 하다.

3

　과거에 급제해 관직에 나아갔다가 뜻하지 않게 귀양살이를 하게 되어 부귀영화의 꿈을 깨고 자기 삶을 되돌아보고 현실을 직시하기 시작한 사대부가 적지 않다. 스스로 저지른 잘못이 없지 않아, 가해

원망보다 처신 반성을 더 하다가, 국왕이 마음을 돌리자 정계에 복귀해 더욱 영달하는 것이 예사였다.

　정치에 환멸을 느끼고 차등론에서 벗어나 대등론으로 나아가고자 한 경우도 더러 있어, 이 책에서 논의한다. 이민구는 그 정도가 아니었다. 인정할 잘못이 없는데도 희생양으로 이용되어, 정치의 추악한 내막을 철저하게 이해하고 미련을 버렸다. 남다른 경우가 각별한 의의를 가지므로, 자세하게 살펴볼 필요가 있다.

　《顯宗實錄》 11년 2월 19일에 있는 卒記를 보자. 이민구가 귀양에서 풀려난 뒤에 국왕이 몇 번 서용하자고 했으나, 臺諫이 번번이 반대했다고 했다. 국왕은 체면을 세우려고 하고, 臺諫 무리가 괴롭힘을 계속하는 악역을 맡았다. "沈淪三十餘年 卒厄窮以死 世多惜其文章"(침몰하고 매몰되어 30여 년을 보내다가, 고통스럽고 빈궁한 상태에서 생애를 마쳐, 세상에서 그 문장을 많이 애석하게 여긴다.) 이것이 맨 끝말이다.

　침몰하고 매몰되고 고통스럽고 빈곤하다고 한 수난이 헛되지 않았다. 이민구는 그 덕분에 획기적인 깨달음을 얻어, 새로운 세계를 이룩했다. 문장이 인정받지 못해 애석하다고 하는 말은 전연 부당하다. 뛰어난 능력으로 진실이 생동하는 표현법을 찾아내, 문학사와 철학사를 함께 쇄신하는 성과를 보여주었다. 쓴 글을 다 지니지 못하고, 일부만 수습해 문집에 수록했다고 말했으나, 그것만으로도 차등론에서 대등론으로의 이행을 확고하게 입증한다.

　새로운 발상을 시를 지어 은근히 나타낸 것만 아니다. 논설을 써서 과감하게 천명하기도 했다. 제목을 〈雜說〉이라고 한 것이 대등론 선언문이라고 할 수 있다. 길지만 전문을 든다.

夫人天生之耶 物氣化之耶 抑人與物自生而自化耶 天生之氣化
之 或子之或奪之 窮賤夭扎 不齊其順遂耶 自生之自化之 何具其智
巧機私 審於利害 一性而不二耶 謂人最靈 宮居室處 食稻而衣絲 山
虞而水漁 萬族之雜然動植 舉若爲人焉 則天固有意於人耶 謂物嗇
愚 飮食耆欲居處寒熱 人所營營而求適者 未嘗役智而無所不足 天
果無意於物耶 雖然 人濕處則風雨淫 不耕而織則饑寒至 其無待於
外耶 狐穴棲 鹿野挻 魚水處而游 猨木處而敖 其有待於外耶 物求廉
故易足 易足故止分 人欲廣故難盈 難盈故長勤 由是而陷於非辟 由
是而入於刑誅 天其厚於人耶 厚於物耶 孰能無將迎無迕逆 寡取而
近求 不蘄合乎天而天與之合耶 孰能不樂生不惡死 寧居順往 乘化
以遊 不違乎天而亦不賴於天耶 旣生之旣化之 又使忧迫其生 滑亂
其化 歸責與怨於生與化之主者 其又誰 天命之謂性 物受之以生 故
各自有其天 乾道變化 各正性命 其謂是耶 無多寡無大小 無有無無
短 自足而無不足 人兩足鳥亦兩足 行而不僵 兎四足蚿百足 行不疾
於人與鳥 多不如寡也 蟲蟻得穴空 族聚而安息 鯨鯢陸處則無所旋
其體 大不如小也 獐鹿無膽而視 蛤與蚓無心而食 以無爲有也 土狗
有翼而不飛 神龍有耳而無聽 以有爲無也 故莊子曰 鶴脛雖長 斷之
則悲 鳧脚雖短 續之則憂 各其天而已矣

무릇 사람은 하늘이 낳았나? 만물은 기가 변한 것인가? 아니면
사람이나 만물이나 스스로 생기고 스스로 변하는가? 하늘이 낳고
기가 변한다면, 어찌하여 혹은 주고 혹은 빼앗아, 곤궁하거나 천박
하게 하고 일찍 죽게 만들어서, 순리대로 가지런하게 되지 않는 것
인가? 스스로 태어나고 스스로 변한다면, 지혜와 기교를 갖추어서
이로움과 해로움을 살펴 알 것인데, 어찌 본성이 하나이고 둘이 아
닌가? 사람은 만물 가운데 가장 영험하다고 한다. 집을 지어 거처하
고, 곡식을 먹고, 옷을 입고, 산에서 사냥을 하고 물에서 물고기를
잡는다. 세상의 수많은 동식물이 모두 사람을 위해 있는 것 같으니,

하늘이 진실로 사람에게 특별한 마음이 있는 것인가? 만물은 부족해 어리석다고 한다. 마시고 먹는 것과 하고 싶은 것을 즐기는 것, 그리고 거처를 시원하게 하거나 따뜻하게 하는 것을 사람이 힘들게 노력해 적합하게 하려는 것들인데, 만물은 일찍이 지혜를 동원하지 않고서도 부족한 바가 없으니, 하늘이 과연 만물에 대해 특별한 뜻이 없는 것인가? 비록 그렇지만 사람이 축축한 곳에 산다면 비바람에 시달리고, 농사를 짓지 않고 옷감을 짜지 않는다면 굶주림과 추위가 이르니, 과연 자신의 외부로부터 바라는 것이 없는 것인가? 여우는 구멍에서 살고, 사슴은 들을 뛰어다닌다. 물고기는 물에서 살며 헤엄치고, 원숭이는 나무에서 살며 멋대로 논다. 과연 이들은 외부로부터 바라는 것이 있겠는가? 동물은 바라는 것이 적기 때문에 쉽게 만족하고, 쉽게 만족하기 때문에 자신의 분수에 맞게 멈춘다. 반면 사람은 욕심이 많기 때문에 채우기 어렵고, 채우기 어렵기 때문에 오래도록 부지런히 일해야만 한다. 이로 말미암아 사특함에 빠지고, 이로 말미암아 형벌을 받게 되니, 하늘이 사람에게 후한 것인가, 동물에게 후한가? 비록 그렇지만 사람이 축축한 곳에 산다면 비바람에 시달리고, 농사를 짓지 않고 옷감을 짜지 않는다면 굶주림과 추위가 이르니, 과연 자신의 외부로부터 바라는 것이 없는 것인가? 여우는 구멍에서 살고, 사슴은 들을 뛰어다닌다. 물고기는 물에서 살며 헤엄치고, 원숭이는 나무에서 살며 멋대로 논다. 과연 이들은 외부로부터 바라는 것이 있겠는가? 누가 능히 맞이함도 없고 거스름도 없이 적게 취하고 가까이에서 구해, 하늘의 이치에 합하기를 바라지 않아도 하늘이 그와 더불어 합하게 하겠는가. 누가 능히 살기를 좋아하지 않고 죽기를 싫어하지 않아서, 편안히 순리대로 살다가 조화의 기운을 타고 노닐면서, 하늘의 이치를 어기지도 않고 또한 하늘에 도움을 받지도 않을 수 있겠는가. 이미 낳아 주고 변화하게 해주고서, 또 그 낳은 것을 핍박하고 그 화한 것을 괴롭혀서, 낳아 주고 화하게 해주는 주재자에게 책임과 원망을 돌리게 하는 것은 또 누구란 말인가? 하늘이 명령한 것을 성이라 하니, 만물이 그것을 받아 태어나므로 저마다 천성을 소유하고 있는 것이다. "하늘의 도가 변함해 각각 성명을 바르게 한다."라고 했는데, 이것을 말하는 것인가? 많고 적음도 없고 크고 작음도 없으며, 있고 없음도 없고 길고 짧음도 없다면, 스스로 만족해서 부족한 것이 없을 것이다. 사람의 다리도 두 개이고 새의 다리도 두 개인데, 그 두 개의 다리로 걸어도 넘어지지 않는다. 토끼는 네 개의 다리를 가지고, 노래기는 백 개의 다리를 가졌지만, 그렇게 많은 다리로 달려봐야 사람이나 새보다 빠르지 않으니, 많은 것이 적은 것만 못한 것이다. 개미들은 빈 구멍만 얻어도 무리지어 편안히 지내지만, 고래가 육지에 머물게 되면 그 몸을 움직일 수 없으니, 큰 것이 작은 것만 못한 것이다. 노루와 사슴은 쓸개가 없어도 보고, 조개와 지렁이는 심장이 없는데도 먹으니, 없어도 있는 것이나 마찬가지이다. 땅강아지는 날개가 있지만 날지 못하고, 용은 귀가 있지만 들을 수 없으니, 있어도 없는 것이나 마찬가지이다. 그러므로 〈莊子〉에 이르기를 "황새는 다리가 비록 길지만 짧게 자르면 슬퍼하고, 오리의 다리가 비록 짧지만 길게 이어주면 근심한다."고 했으니, 저마다 천성대로 살아갈 따름이다.

제목을 〈雜說〉이라고 어떤 선입견도 가지지 말고 부담 없이 읽어주면 고맙겠다고 했다. 시를 쓰면 알기 어렵다고 여기고 멀리 할까 염려해 산문을 택했다. 친한 사람들끼리 아무 이야기나 주고받듯이 말했다. 대등론 선언문이라고 할 수 있는 숨겨두고 찾아내게 했다.

친절하게 일러주느라고 말이 많아졌으나, 요지가 분명하다. "동물은 바라는 것이 적기 때문에 쉽게 만족하고, 쉽게 만족하기 때문에 자신의 분수에 맞게 멈춘다. 반면 사람은 욕심이 많기 때문에 채우기 어렵고, 채우기 어렵기 때문에 오래도록 부지런히 일해야만 한다.

이로 말미암아 사특함에 빠지고, 이로 말미암아 형벌을 받게 되니, 하늘이 사람에게 후한 것인가, 동물에게 후한 것인가?"이 대목만 알면 된다. 내가 더 간추려 말한다. 사람은 智多行愚하고 欲富心濁하며, 다른 생물은 智少行賢하고 欲貧心淸한 것이 서로 대등하다.

성현의 말씀이 이어지는 글을 쓰지 않고 마음 청소를 했다. "乾道 變化 各正性命"(하늘의 도가 변화해 각각 성명을 바르게 한다)고 하는 것은 너무나도 당연한 말이므로 출전을 밝히지 않고 썼다. 말하려 는 것과 관련된 고급의 논의를 들고 시비하는 번거롭고 짜증나는 짓은 하지 않았다. 다만 《莊子》를 인용해, 학과 오리의 다리 길이를 같게 하는 따위의 평등론 발상은 잘못되었으니 버려야 한다고, 오 늘날 사람들에게 더 필요한 말을 했다.

4

위의 글에서 할 말을 다 한 것 같으나, 아쉬운 점이 있다. 누구나 보고 알 수 있는 가시의 영역에 머물러 통찰이 사라지게 할 수 있다. 깨우치라고 말한 것이 상식에 묻혀 그저 그렇다고 취급되고 말 염려 가 있다. 일상생활에 매몰되어 있지 않고 일어서려고 할 때 손에 잡을 것이 있도록 해야 한다. 미진한 작업을 다시 해야 한다.

남의 키 위로 올라가는 위세를 뽐내며 차등론의 우상을 만들고 섬기라고 하는 횡포를 무색하게 하려면 어떻게 해야 하는가? 이것 을 긴요한 문제로 제기하고, 적절한 대책을 내놓아야 한다. 올라간 녀석을 끌어내릴 것은 아니다. 以熱治熱을 극대화하는 것이 슬기롭 다. 짐짓 우주 꼭대기까지 올라가 내려다본다고 여기면, 도토리 키 는 재나 마나 하다고 할 수 있다.

이럴 때 보이는 대로 말하는 범속한 논법이 아닌, 요약이면서 상징인 달관언어가 절실하게 필요하다. 보이는 것과 보이지 않는 것, 알고 있는 것과 알 수 없는 것을 함께 아울러야 한다. 이 작업은 시에서, 되도록 짧은 시에서 잘할 수 있다.

〈原命箴〉

人物之生
若存若亡
來之斡旋
擾擾穰穰
無非已失
有非已藏
及其旣散
浩乎芒芒
氣浮而靜
與天昭光
不寢不寤
湛然久長
庶幾守一
合乎大常

〈천명의 근원을 말한다〉

사람과 만물의 삶
있는 듯 없는 듯.
와서 주선하는 것은
부산하고 번잡하지만,
없어도 잃지 않았고,
있어도 간직함 없네.

이미 흩어졌으므로
광활하고 망막하다.
기운 떠오르고 고요해
하늘과 함께 밝게 빛난다.
잠들지도 말고 깨지도 말고
담담하게 오래도록 이어야,
하나를 가까스로 지켜
큰 떳떳함과 합치되리라.

사람과 만물, 생성과 소멸, 있음과 없음, 어둠과 밝음, 혼미와 각
성이 둘이 아니고 하나이다. 이것이 천명의 근원이고, 大常이라고
한 큰 떳떳함의 실상이다. 그러면서 모두 하나라고 여긴 총체가 둘
로 갈라지고 다시 갈라지기를 거듭해, 개별적이고 사소한 것들이
각기 다른 존재 의의를 당당하게 갖춘다.

〈宇宙〉

宇宙形骸外
身名醉夢間
有時回白眼
無語對靑山
流水何年返
浮雲幾日還
桑楡餘落景
暫覺此生閑

〈우주〉

우주는 우리 형체 밖에 있고,
몸과 이름은 취한 꿈이로다.

때때로 불만스러운 눈을 돌려,
말없이 푸른 산을 바라본다.
흐르는 물이 어느 해에 돌아오며,
떠가는 구름 몇 날이면 복귀하나?
뽕나무에 지는 해가 남아 있어,
잠시 이 삶의 한가로움 아노라.

우주의 거대한 시공만 바라보지 말고, 그 속에서 작은 자리를 차지하고 잠시 머물러 사는 인생에도 관심을 가져보자. 푸른 산, 흐르는 물, 떠나는 구름을 중간에 두고, 大小·長短의 양극단이 대등한 관계를 가진다. 크고 길어야 대단하다고 하지 말고, 작고 짧은 쪽도 그 나름대로 넉넉하고 한가롭다.

사람의 몸과 이름 취한 꿈에 지나지 않는가? 우주도 당연히 生滅이 있다. 諸行無常의 예외가 있을 수 없다. 桑楡(상유)는 해지는 곳에 있다고 하는 거대한 뽕나무·느릅나무이다. 거기 걸려 있는 해가 노년을 말한다. 사람이 늙어가는 것도 우주의 움직임이다.

대등론 선언문을 序로 한 銘의 시 둘을 제시했다. 첫째 시는 둘이 아니고 하나라는 총론에 치우쳤다. 그 편향성을 시정하려고, 다음 시는 각기 다른 것들의 존재 의의를 말하는 각론으로 향한다. 〈原命〉 대신 〈宇宙〉라는 말을 써서, 아무리 커도 실체가 있음을 알린다.

총론은 높고 좁다. 각론은 낮고 넓다. 어느 한 가지 기준에서 우열을 말할 수 없으며, 이 둘은 대등하다. 장점과 단점이 반대여서, 서로 돕는 관계를 가진다. 이것으로 이 책에 총론과 각론이 함께 있는 이유도 이해할 수 있다.

5

〈隣人 五首〉

跬步小城東
隣有李洗馬
親老宦不遂
玉立風塵下
知音曠難遇
棄捐在山野
我方逃空虛
誰可與語者
時來破晝眠
起予寸心寫

〈이웃 사람 다섯 수〉

반걸음 작은 성 동쪽
이웃에 이세마가 있다.
어버이 늙고 벼슬 못해도,
풍진 세상에서 옥처럼 꼿꼿하네.
알아주는 이 만나기 어려워,
버려진 채 산야에서 지낸다.
내가 방금 공허한 곳으로 달려와,
함께 이야기할 사람 누가 있겠나.
때때로 와서 낮잠 깨우고,
날 일으켜 속내 털어놓는다.

洗馬는 세자를 돕던 관직이다. 李氏가 그럴 만한 인물이라고 여기고 李洗馬라고 했다.

盈盈水南厓
隣有成處士
開軒壓海濤
縹緲層楹起
閑情悅花石
鷗鳥近憑几
夜潮漁艇回
登俎腥鱗紫
旅人愧波及
自益飯稻美
盈盈水南厓

이웃에 있는 성처사는
집을 파도 누르듯이 지었네.
아스라이 높은 기둥 솟았는데,
한가한 마음으로 꽃과 돌 즐긴다.
갈매기와 까마귀는 안석 가까이 날고,
밤 조수 타고 고깃배가 돌아온다.
도마에 오른 생선 싱싱하구나.
나그네에게도 부끄럽게 물결 미쳐,
저절로 더해지는구나 좋은 밥맛이.

　處士는 벼슬하지 않고 물러나 있는 선비이다. 어부 成氏가 處士
라고 할 수 있는 품격을 지녔으므로 成處士라고 했다.

墻西無數步
隣有愼逸人
其人孝且悌
篤愛重天倫

兄疽已實痛
吮之若嘗珍
縣家列殊行
天遠道無因
力耕不逢年
惜哉常食貧

담장 서쪽으로 몇 발짝 안 간
이웃에 숨어 사는 신씨가 있다.
그 사람 효성스럽고 우애 있으며,
독실한 사랑으로 천륜을 무겁게 한다.
형이 종기 앓자 자기 고통으로 여겨
맛난 음식 먹듯 빨아주었네.
관가에서 빼어난 행실 기리려 했겠으나,
하늘만큼 멀어 갈 수 있는 인연 없었네.
부지런히 밭갈이도 풍년 만나지 못해
애석하다 늘 양식이 부족하니.

　逸人 또는 逸士는 빼어난 능력을 숨기고 사는 사람이다. "縣家列
殊行"은 관가에서 빼어난 행실 기리려 했겠다고 상상해 하는 말이
아닌가 한다. "天遠道無因"는 하늘이 멀 듯이 길을 갈 수 있는 인연
이 멀다는 말로 생각된다.

東偏屋角稠
隣有邊通判
新從海外來
與語皆壯觀
雲霞漢挐山

舟楫朝天館
復聞富奇藥
仙人所幽讚
願言探靈苗
頹齡救衰換

동쪽으로 지붕 모서리 닿는
그 이웃에 변통판이 산다.
새로 바다 밖에서 돌아와
나누는 말이 모두 대단하다.
한라산에는 구름과 노을 덮이고,
배의 노를 젓는단다 조천관에서.
또 들으니 기이한 약초도 많아
신선들이 은근히 기린단다.
소원을 말하면, 신령한 싹을 따다가
기울어진 나이를 되돌려 주었으면 한다.

通判은 고려시대의 지방 수령이다. 그럴 만한 인물이라고 여겨
호칭으로 삼았다.

江村近漁市
隣有李忠義
王孫自食力
狎翫風波事
肯爲神農言
羲皇有遺利
身老子又壯
水中魚不匱

我感永州蛇
謂君愼危墜

강촌으로 가까운 어시장
그 이웃에 이충의가 산다.
왕손이 직접 생업에 종사하며
익숙하게 한다 풍파의 일을
어찌 신농씨가 농사지은 전례만인가
희황이 그물 만든 이로움도 이었다.
몸 늙었어도 아들이 장성하고,
물속에 물고기도 없어질 리 없다.
내가 영주의 뱀에 느낀 바 있어
그대에게 이르노니 위험 조심하게나.

忠義는 충성스럽고 의로운 사람을 기리는 말이다. 神農氏는 농사를 가르치고, 羲皇 伏羲氏는 그물을 처음 만들었다고 하는 고사를 가져왔다. "我感永州蛇"는 자기가 당한 정치적 수난을 柳宗元이 〈捕蛇者說〉에서 말한 독사 위험에 견주어 한 말이다. 제주도에 숨어 사는 것이 위험을 피하는 슬기로운 처신이라고 했다.

어느 때인가 제주도에 가서 살았다. 가장 궁벽하고 고생이 으뜸이라고 하는 곳이, 소문과 반대로 범속해 편안한 사실을 살아보고 알았다. 각기 자기 삶에 충실한 이런저런 사람들을 가까이 지내며 벗으로 삼고, 흐뭇한 우정을 주고받는 행복을 누렸다. 진실한 친교 덕분에, 진실로 소중한 대등론의 이치를 넓이나 깊이가 넉넉하게 깨달았다.

하지 않은 말까지 드러내면, 두 가지 진술이 가능하다. 차등론의 벼랑 끝 서울에서 지위를 악착같이 다투고, 명예를 후안무치하게 조작하는 무리의 잘못을 간접으로나마 규탄했다고 할 수 있다. 서로 다르다는 사실이 차등의 분쟁이 아닌 대등의 화합을 하도록 촉구한다는 것을 깨달았다고 할 수 있다.

이 둘은 표리관계를 가지는 것 같아도, 많이 다르다. 앞의 말은 시제를 과거로 한 부정적 판단이다. 의의가 한정되어 있는 각론이며, 역사학의 소관이다. 뒤의 말은 미래 시제로 긍정적인 의지를 나타낸다. 타탕성이 실천하는 것만큼 열려 있는 총론이며, 철학이 맡아 관장한다.

각론보다 총론이 더 소중하다. 역사학을 과신하는 풍조를 반성하고, 철학을 살려야 한다. 부정에서 긍정으로, 과거에서 미래로 나아가야 한다. 이민구 스승을 만난 덕분에 이런 생각까지 한다.

6

〈治畦〉

治畦方丈內
種菜不種他
雜下數品成
所蒔亦無多
荊芥饒療風
紫蘇其性和
舍彼藜莧輩
敢溷封植科
靑靑接岸芳
露氣蒙煙蘿

春夏資飯食
鼎肉奚但過
今晨秋籟足
徐步散沈痾
惡草翳嘉蔬
滋蔓被陵阿
培栽與傾覆
貴賤誠等差
寧忘去根計
勿使緣南坡
悠然算物理
此又見偏頗
人情每自私
生殺意則那
園場已荒落
霜雪詎幾何
長者愧乘時
安用苦相苛
抛鋤置隴畔
萬事一長歌

〈밭을 가꾸며〉

가꾸는 밭 사방 한 발 남짓,
나물 말고는 심지 못하네.
이것저것 몇 종류 심고,
모종낼 것 많지 않다.
형개는 중풍에 좋고,
자소는 성질이 온화하다.
저 명아주나 비름은 버려두리라,

감히 북돋아 기르는 데 끼이겠나.
푸르고 푸른 언덕 꽃과 이어지고
이슬 기운이 안개 낀 담쟁이 덮는다.
봄 여름에 찬거리 장만하며,
솥의 고기를 어찌 지나치겠나?
오늘 새벽 가을 안개 짙어,
천천히 걸으며 고질병 달래는데,
고약한 잡초가 맛난 나물 덮어
언덕까지 수북하게 자랐구나.
나물은 북돋고 잡초는 뒤엎으니,
귀천이 진실로 다르구나.
어찌 뿌리 뽑을 생각 잊으랴,
남쪽 언덕으로 뻗어가게 말아야지.
조용히 사물의 이치 헤아려보니
여기서도 치우침을 볼 수 있다.
인정은 늘 자기 이익만 생각하고
죽이고 살리니 그 마음이 어떤가?
정원이 이미 황량해지니,
서리와 눈이 얼마나 남았는가?
슬기로운 사람 기회 타면 부끄러우니,
어찌 서로 모질게 괴롭히겠나?
밭두둑에 호미를 놓아두고,
만사를 긴 노래로 부른다.

밭에 하나하나 풀이할 필요가 없는 작물을 가꾸고 살아가니 흐뭇하다. 만생대등을 알뜰하게 체험하는 소득이 있는 것을 감사하게 여긴다. 그러면서 사람이 모자라는 것이 아닌지 번성한다.

〈卽事〉

楊葉初稠桑葉稀
東菑婦子餉田歸
蒲根露渚池魚躍
麥秀連村野雉飛
萬物生成俱自得
一身岐路獨長違
非無數畝堪安命
更有空簾可息機

〈즉흥적으로 읊다〉

버들잎 새로 진해지고 뽕잎 드물 때,
새밭으로 아낙네 들밥 내왔다 돌아간다.
부들 뿌리 물가에 드러나며 못에는 물고기 뛰고,
보리 이삭 이어지는 마을에 들꿩이 난다.
만물이 생기고 자라는 것 모두 자득인데,
이 한 몸 갈림길에서 홀로 오래 멀어졌다.
몇 이랑 땅 있어 목숨 부지할 만하기에,
앞을 가린 발을 다시 걷고 근심에서 벗어난다.

만생대등에서 기쁨이 생긴다. 홀로 뒤처져 근심하지 말고 동참해야 한다. "萬物生成俱自得, 만물이 생기고 자라는 것 모두 자득인데, 一身岐路獨長違, 이 한 몸 갈림길에서 홀로 오래 멀어졌다"는 말 깊이 새겨야 한다. 萬物生成에서 벗어나 獨願依樣의 잘못을 저지르는 것은 잘못이다. 심각하게 반성하고 되돌아가야 한다. 그 방법은 조금도 어렵지 않다. 앞을 가린 발을 온갖 근심과 함께 걷어버리고, 밖으로 나가 농가를 열심히 짓는 것이다. 그러면 만생·만물대등의 기쁨이 되살아난다.

〈**時物**〉

隴麥黃猶綠
山櫻白又紅
欹林風色外
細磵雨聲中
遂性偕群物
忘形獨老翁
君看新乳燕
不戀舊巢空

〈시절 풍물〉

두둑 보리 누런 가운데 푸르고,
산 앵두는 희고 또 붉구나.
비스듬한 숲의 풍경 밖에서
가느다란 계곡물에 빗소리 들린다.
성품 따라 만물이 어울리는데,
형체 잊고 홀로 늙을 것인가?
그대는 보았는가, 제비의 어린 새끼도
비어 있는 옛 둥지를 그리워하지 않는 것을.

앞의 네 줄에서는 누구나 알 수 있는 말을 쉽게 하다가, 뒤의 네 줄은 아주 달라진다. 지금까지 아무도 말하지 못했다고 생각되는 획기적인 각성을, 해독하기 어려운 언사를 기이하게 늘어놓는 방식으로 충격을 주면서 알린다. 많은 고심이 있었음을 이해해야 한다. 면밀하게 분석해야 연결과 이해가 가능하다.

"逐性偕群物, 성품 따라 만물이 어울린다"에서, 만물은 특성이 각기 달라 서로 필요로 하는 대등관계를 밀접하게 가진다고 했다. 이것이 존재하는 모든 것이 생동하는 양상이라고 할 수 있다. 그런데 담벼락 같이 고정된 형체라고 오해하면 잘못이다. 그런 것은 잊을 만하다고 여겨 잊고 홀로 외롭게 늙어가는 처량한 작태를 두고, "忘形獨老翁, 형체 잊고 홀로 늙을 것인가?"라고 했다.

제비의 어린 새끼도 자기가 떠난 뒤에 비어 있는 옛 둥지를 그리워하지 않는데, 식견이 출중하다고 자부하면서 낡은 관념을 간직하고 있으니 어리석다고 나무랐다. 사람은 만물대등에 참여할 자격이 모자라지 않는가 하는 반성을 다시 하면서, 그 이유가 각성 부족이라고 했다. 이 모두가 자책이어서 잘못이 시정될 수 있다. 만물대등이 회복된다. 이런 희망을 가지도록 했다.

위의 여러 시는 구체적인 사연이 각기 다르면서, 크게 보면 일제히 같은 말을 한다. 가까운 사람들과 농사를 지으며 만인대등의 노동을 함께 하니 즐겁다. 날고뛰며 노래하는 금수, 푸르고 싱싱하게 약동하는 산천과의 만생·만물대등을 공감하고 체득하니 더욱 기쁘다. 이렇게 말한다.

동참하지 못하는 낙오자들의 자존심을 상하지 않게 하려고, 말을 전연 하지 않고 알려주는 것이 더 긴요하다. 헛된 우월감을 뽐내려고 사람이 다른 모든 것들과, 잘났다는 녀석이 자기네를 못난이들과 극도로 분리시켜 스스로 만들어낸 지옥에서 벗어나라고 한다. 암흑과 고통에서 벗어나 광명과 환희를 되찾으라고 한다.

7

<布穀>

春至布穀鳴
飛下柔桑林
翩然自何來
應節吐佳音
農月紀嘉候
勸彼耕者心
服耒遍四海
倏載通古今
城烏啼半夜
水鶴警秋陰
感時協人功
不如此微禽

<뻐꾸기>

봄 되니 뻐꾸기 울다가
내려온다, 여린 뽕나무 숲으로.
훨훨 어디선가 오는 것이
절기에 응해 고운 소리 토해 낸다.
농사 달 좋은 날씨 알려주어,
밭을 갈 마음 생기게 한다.
쟁기질은 온 세상에서 하고,
농사일 시작 예나 지금이나 같다.
성안 까마귀 한밤중에 울고,
물가의 황새 흐린 가을을 알리지만,
시절 알아 사람의 일 도와주는 것이
이 새만은 못하구나.

뻐꾸기가 "포곡 포곡" 우는 소리를 "布穀"이라고 적고, "곡식 씨를 뿌려라"라고 한다고 알아들었다. 이런 관습을 따르면서, 까마귀나 황새도 사람을 도와주지만, 뻐꾸기의 도움이 가장 크다고 여긴다. 계절이 오고 날씨가 좋아진 것을 알려주고, 농사를 시작하라고 한다.

만생대등의 혜택을 갖가지로 받고 있어 고마운 줄 알아야 한다. 사람은 차등 최상의 靈長이라면서 다른 생물을 멸시하는 것이 당연하다는 헛소리는 거두어들여야 한다. 어느 성현도 따를 수 없는, 가장 소중한 가르침을 봄이 오는 밭에서 받아야 한다.

⟨雙鳧⟩

池上雙鳧靜
安閑得自饒
立多依翠渚
意不在靑霄
脛短趨常緩
毛輕刷易漂
應知漢太史
春日候歸朝

⟨오리 한 쌍⟩

고요한 못 위의 오리 한 쌍
편안함과 한가로움 저절로 넉넉.
비췻빛 물가에 오래 서 있고,
푸른 하늘에 관심 없구나.
다리 짧아 달리기 늘 느려도,
깃털 가벼워 쉽게 떠다닌다.

마땅히 알아야겠다, 한나라 태사가
봄날의 복귀를 기다린 것을.

　오리가 쌍을 이루어 안정과 활기를 갖춘다. 단점을 장점으로 이
용하는 지혜의 모범을 보여준 사람이 더 낫다고 하는 헛소리는 그만
해야 한다. 사람은 결함이 오리를 힘써 따라야 한다.
　마지막 두 줄에서는 홀로면 불행하고 쌍이어야 행복한 만생의 이
치를 오리가 잘 보여준다고 하려고, 고사를 하나 들었다. 한나라
太史 司馬遷이 전한 바에 의하면, 흉노에 억류된 蘇武와 李陵 가운
데 소무만 돌아가게 되어 "雙鳬俱北飛 一鳬獨南翔"(오리 한 쌍이 북
으로 날아왔다가, 한 마리만 홀로 남으로 날아가네)라는 시를 지었다고
한다. 쌍이 남녀만이 아니고, 동지이기도 한다.

〈放鷿〉

爾性愛開曠
逍遙嘉樹林
曹遊隨動止
豐草在所尋
野老候時育
得之山谷陰
携來作庭玩
慰我獨行吟
厖茸一尺姿
驚躍不可禁
編籬防外逸
食以苹與芩
調馴及成長
若會人意深

雖蒙豢養恩
且免豺虎侵
終多儔侶感
未輟呦呦音
躑躅枝撐內
顧慕靡自任
徇物俗士懷
惻隱君子心
眇質經久狎
忍汝充炰燖
奈何黃拘絆
區區取荒禽
今晨命豎奚
放置清溪潯
脫然恣敖嬉
藪澤莽幽森
出處愼虞羅
獵夫昧原筬
吾方墮網罟
六年彌陸沈
茅簷纏百慮
鬱鬱傷危襟

〈고라니를 놓아준다〉

너는 한적하고 넓은 곳 좋아하고,
좋은 숲에서 거닐고 다니지.
무리지어 다니며 함께 움직이고 멈추며,
무성한 풀 있는 곳 찾아다니는구나.
들노인이 자라나는 때를 노리다가
깊숙한 산골 그늘에서 잡았다.

데려다 정원의 볼거리 삼으니,
홀로 읊조리던 나에게 위로가 된다.
탈 난 버섯 같은 한 자의 몸
놀라 날뛰니 막을 길 없구나.
울타리 둘러 나가지 못하게 하고,
쑥과 덩굴풀 뜯어다 먹였다.
잘 길들여 성장하게 하면,
내 깊은 뜻을 알리라고 여겼다.
비록 길러 주는 은혜 입고,
승냥이나 범에게 먹히는 신세 면했으나,
끝내 무리를 그리는 생각이 많아
그치지 않고 울고 우는 소리를 낸다.
우리 안에서 발을 굴러대고,
그리워하는 마음 가누지 못한다.
물욕 따름은 속물의 선비의 헤아림이고,
측은하게 여김은 군자의 마음이다.
나와 오래 다정하게 지냈으니,
차마 너를 굽고 삶을 수 있겠는가?
어찌 속박된 처지에 있으면서,
구차하게 짐승을 함부로 죽이겠는가.
오늘 새벽에 아이에게 시켜
맑은 물가에서 풀어 주게 했다.
날아갈 듯 마음껏 기뻐하며
습지 지나 깊은 숲으로 사라지는구나.
나다닐 때 그물 조심해라.
사냥꾼은 근본 도리 알지 못한다.
나는 지금 그물에 떨어져,
육 년이나 변방에서 잠겨 지낸다.

초가집 처마에 온갖 근심 서려
우울하고 답답한 마음으로 아파하노라.

　이 시는 뿌리 깊은 잘못을 준엄하게 꾸짖는다. 고라니를 잡아 기르며 벗을 삼고 위안을 얻으려고 하는 것은 잘못이다. 고라니는 감금 상태에서 벗어나 숲으로 돌아가, 동류와 어울리는 기쁨을 누리고자 한다.

　귀양살이를 하며 속박을 한탄하는 처지에 있으면서, 자기와 사로잡힌 고라니가 대등하다고 여기지 않는다. 자유가 자기에게는 있어야 하고, 고라니에게는 필요하지 않다고 한다. 모진 박해를 당해서 원망의 대상인 차등론을 자기는 버리지 않고 지니고, 가련한 피해자에게 갑질을 심하게 하게 하면서 혜택을 베푼다고 여기는 착각을 용서할 수 없다.

　이것이 인생이나 사회의 실상이다. 분노하고 투쟁해도 아직 달라지지 않았다. 자연계·생물계·인간계 순서로 정의가 높고 낮다. 그 반대로 말하는 거짓말이 종교·교육·학문·정치를 모두 점거하고 인간에게 족쇄를 채워, 바이러스나 돌멩이를 따를 수 없게 한다. 이런 끔찍한 사태를 그냥 두고 볼 수 없다.

　위의 여러 시에서, 날고뛰며 노래하는 금수와 만생대등을 공감하고 체득하면 얼마나 즐거운지 말했다. 아는 사람은 말할 필요가 없이 잘 알고 있는 사실을 분명하게 부각시키려고, 특징이 뚜렷한 본보기를 여럿 들었다. 봄이 온 소리를 들려주는 뻐꾸기, 즐겁게 노니는 오리 한 쌍, 사람에게 사로잡힌 고라니까지도 각기 다른 상황에서 자기 방식대로 이룩하는 삶이 다른 어느 것보다 소중하다고 한다.

차이점의 거리가 각성의 높이이게 했다. 저마다의 특성을 간직하고 때때로 사람에게 다가와, 대등을 각성하게 하는 스승이고자 한다. 사람인 우리는 이미 무엇을 많이 알고 있다는 착각을 버려야 한다. 어느 스승이라도 친근한 벗으로 삼고 뒤처진 공부를 열심히 해야 한다.

8

〈三藐寺〉

行野草徑盡
到寺鍾音作
颯颯過江雨
凄凄自山郭
誰知梵王宮
本號神仙宅
探尋倦日短
登討恨氣索
久坐得新霽
檻外雲海白
木落石狀露
千崖倚靑壁
少小嗜川澤
衰病負雙脚
仙人悲蟪蛄
拙士患猵貊
憂生歲月促
供世材力薄
幸接僧語永
庶以寬中戚

〈삼막사〉

들판 지나고 풀길 끝나,
절에 이르니 종소리 울린다.
우수수 강 지나는 비
스산하게 산성에서 시작된다.
누가 알랴 부처님 궁전
본래 신선 집이라 불리는 줄을.
탐방하노라니 짧은 해 싫고,
오르니 허약한 기운 한스럽다.
한참 앉았으니 날이 다시 개어,
난간 너머로 운해 희게 펼쳐진다.
나뭇잎 떨어져 바위 모습 드러나고,
천 길 낭떠러지 푸른 절벽에 기댔다.
어려서부터 산수 좋아했는데,
늙고 병들어 찾아다니지 못하네.
신선은 매미가 슬프다고 여기고,
못난 선비는 짐승을 걱정한다.
근심하고 사는 동안 세월은 빠르고
세상에 바치려고 하니 재능이 얄팍하다.
다행히 스님 말씀 한참 들으니,
마음의 근심 거의 누그러지네.

三藐寺의 三藐은 無上正遍智(위 없이 올바르고 치우침 없는 깨달음)이라고 번역한 원래의 말 음차 표기 三藐三菩提의 준말이다. 三藐寺가 관악산에 있고, 지금의 이름은 三幕寺이다. 어떤 이름의 어느 절이라도 좋다. 산에 오르고 절을 찾아 설법을 들었다는 것만 알면 된다. 산의 경치가 초탈을 말해주고, 절이 신선의 거처이기도 하다고 여기면서, 설법으로 근심이 누그러지게 했다.

유가에서 불가로 소속을 바꾸려고 한 것은 아니다. 유교의 허위를 불교로 바로잡으려고 한 것도 아니다. 소속에서 벗어나 자유롭게 되고, 어떤 허위든 합쳐 물리치고 진실이 한꺼번에 나타나게 할 수 있기를 바랐다. 얻은 것이 분명하지 않고 많이 모자라지만, 못난 선비 재주가 부족해 세상을 바르게 하는 데 기여하지 못한다는 비관을 떨칠 수는 있었다.

〈白居士記〉

　　白居士 犬也 白而尨 有禪行故稱 喜游名山佛宇 將皆有足跡 蓋余在關西所聞游山犬云 白居士始自寧邊妙香山 歷九月神嵩 東入楓嶽寒溪五臺嶺東西諸山 北轉而七寶 南出而三角 巍然高而窈然深 梵王所宮緇流所集 靡不奔走遍詣 甲子夏 由湖西俗離山 屆于陝之伽倻 時余駐節伽倻之海印寺 令寺僧與之來 犬呼之 俯首若無聞 必居士呼 然後躍而前 投之肉不食 唯食蔬麪 常所臥起 必於廊廡階上 群犬所聚則不往也 未嘗搖尾求食 未嘗柴厓爭競 人未嘗見其牝交 未知信否 其所絲歷 人輒以小牌鏤記山名 余親閱其頸得八簡 悉是域內諸勝 世所云人天常住處 計其道途所經 培塿其丘而卑陋其宇 卽瞥然棄去 無所事牌也 見其足胝而不繭 而不以行走爲疲之 一山遇境致稍別 必擧目四顧 有若賞會者然 雖然又不肯久居 似無吝情於去留之他山 必隨釋徒之往者 其東西行 出入山門者雖甚衆 亦不苟從 其神解而默喻也 非思議所及 噫 世之人墊足塏井 陸沈市朝 生死蝸殼內 而曰斯足矣 何事吾目哉 是無論已 卽幽人雅士鍾情丘壑 躬蠟屐而濟勝 以獨往爲致 率以世故憂病奪其趣慕 一登迤邐 輒詡爾自多 而轉眄俄頃 得老甚速 則向之雲霞洞府 遽落夢境 乃至繪諸屋壁寸泰華而咫天下 自以爲臥遊 而世亦謂之高 視居士所得 寧不悲哉 獨居士拘於形類 不能臚列其奇 揚扢宇宙爲介然爾 然子非魚 安

知魚之樂乎 釋迦氏宿業餘因 未可知也 牌無頭流 月出湖南列嶽 伽倻僧指言結夏已 將有所適 余故倦遊 俟秋嶠葉脫 水石微瘦 便當理芒屩治輕策 試上般若高頂 鳴琴舒嘯 令衆峯俱響 白居士能從之否

　　백거사는 개이다. 털이 희고 부드러우며 불도를 닦은 행적이 있으므로 이렇게 부른다. 명산의 사찰을 즐겨 찾아다니며 곳곳마다 족적을 남겼으니, 아마도 내가 관서 지방에 있을 때 들었던 '산을 돌아다니는 개'가 바로 백거사이다. 백거사는 처음 영변 묘향산에서 시작해, 구월산과 신숭산을 거쳐 동쪽으로 풍악산, 한계령, 오대산 등 영동과 영서의 여러 산에 들어갔다. 북쪽으로 방향을 돌려 칠보산에 가고, 남으로 내려와 삼각산에 들리고, 우뚝이 높은 산과 그윽이 깊은 골짜기에 있는 부처를 모신 사찰과 승려들이 모인 곳을 두루두루 달려 찾아다녔다. 갑자년 여름에 호서의 속리산에서 출발해, 합천 가야산에 도착했다. 당시 관찰사였던 나는 가야산 해인사에 들렀다가, 절의 승려로 하여금 백거사와 함께 오라고 했다. 개라고 부르면 고개를 숙이고 들은 척도 하지 않고 반드시 거사라고 불러야 뛰어 왔다. 고기를 던져주어도 먹지 않고, 오직 푸성귀와 밀가루만 먹었다. 언제나 요사채의 섬돌 위에서 자고 일어나며, 개들이 모이는 곳에는 가지 않았다. 꼬리를 흔들며 먹을 것을 구하지 않았으며, 울타리 밑에서 싸우지도 않았다. 백거사가 암컷과 교미하는 것을 사람들이 일찍이 본 적이 없다고 하는데, 참으로 그런지는 모르겠다. 백거사가 들르는 곳마다 사람들이 작은 패에 산 이름을 새겨 기록해 주었다. 내가 직접 그 목에 걸린 여덟 개의 대쪽 패를 보았는데, 모두 나라 안의 경승지로 세상의 이른바 사람들이 상주하는 곳이었다. 그 지나온 길을 헤아려 보면 낮은 언덕이나 비루한 사찰은 곧 힐끗 보고 떠나 버렸으니 패에 새길 일도 없다. 백거사의 발을 살펴보면 굳은살이 박이고 털이 없지만 달려 다니는 것을 힘들게 여기지 않는다. 한 산에서 조금 특별한 경치라도 만나면 반드시 눈을 들어 사방을 바라보는데, 그 모습이 마치 감상이라도 하는 것 같았다. 비록 그렇지만 또 오래 머물지 않았으며, 머무름에 연연해 하지도 않는 것 같았다. 다른 산으로 갈 때에는 반드시 떠나는 승려를 따라간다. 백거사가 동쪽이나 서쪽으로 갈 때, 산사를 출입하는 사람이 비록 매우 많지만, 또한 구차히 따라가지 않았다. 신묘한 이해와 말없는 깨달음은 생각과 의논의 미칠 바가 아니다. 아아, 세상 사람들이 작은 우물 같이 국한된 지역을 맴돌고 저잣거리에 묻힌 채 달팽이 껍질 속처럼 좁은 곳에서 살아가면서 말하기를 "이만 하면 되었으니, 어찌 내 눈으로 승경 구경을 일삼겠는가"라고 하니, 이런 사람들에 대해서는 더 말할 것이 없다. 幽人과 雅士들이 산과 계곡을 사랑하여 몸소 나막신을 신고 명승지를 찾아다니며 홀로 가는 것을 멋진 풍치로 여기지만, 대부분 세상일과 우환 때문에 흥취와 바램을 잃는다. 한 번 비탈진 산을 오르고선 문득 뻐기며 스스로 자랑거리로 삼지만, 잠깐 사이에 어느새 늙어버리면 지난날 유람했던 구름 덮이고 노을 물든 선경은 문득 한바탕 꿈처럼 남을 뿐이다. 이에 집의 벽에 그려서 태산과 화산을 한 촌 높이로, 천하를 한 자 크기로 묘사해 놓고서는 스스로 臥遊하는데, 세상 사람들은 이것도 고상하다고 일컬으니, 거사가 얻은 바와 비교하면 어찌 서글프지 않겠는가. 다만 거사는 형체에 구애되었기 때문에, 자신이 본 아름다운 풍광을 열거하여 세상에 드날리지 못하니 답답할 것 같다. 그러나 그대는 물고기가 아니니, 어찌 물고기의 즐거움을 알겠는가. 석가씨의 오랜 업과 남은 인연은 알 수가 없는 것이다. 거사가 찬 패에는 지리산과 월출산 등 호남 여러 산의 이름이 없는데, 가야산의 승려가 말하기를 하안거를 마치면 거사가 장차 어디론가 갈 것이라고 한다. 나도 짐짓 유람이 지겨웠는데, 가을 산에 낙엽이 지고 수석이 메마르기를 기다려, 짚신 신고 지팡이 짚고서 반야봉 높은 정상에 올라, 거문고 뜯고 퉁소 불어 모든 봉우리가 다 울리게 하려는데, 백거사가 따라오려는가.

개가 명산대찰을 찾아다니며 佛道를 닦는다고 하니, 무슨 말인가? 이상하고 야릇한 꿈인가? 조현병 환자의 헛소리인가? 초현실주의 그림인가? 개 머리에 사람 몸이 붙은 괴물을 받드는 신화인가?

멀리 돌아가 지나친 추측을 할 것 없다. 못난 선비 자기가 명산대찰을 찾아다녀도 얻은 것이 분명하지 않고 많이 모자라는 것을 한탄하고, 자기 대신 개가 순례를 하면 어떤가 상상해 보았다. 상상이 사실로 이해되도록 이야기를 꾸몄다. 연도까지 명시하며 경상감사 시절에 해인사에 갔다가 그 개를 보았다고 하며, 허구가 사실로 보이도록 하는 전형적인 수법을 동원했다. 세부까지 자세하게 갖추는 부질없을 듯한 수고를 하며 이야기를 길게 늘여야, 한다한 똑똑이들도 속아 넘어간다.

개가 명산대찰을 순례하면 얻을 것이 더 많은가? 이 의문을 가지게 하고 대답은 독자가 스스로 찾으라고 하는 숙제를 냈다. 나는 모범생이고자 해서, 숙제를 열심히 한다. 사람은 절에 가서 스님을 만나 依樣 방식의 학습을 한다. 학습의 도구는 말과 글이다. 개는 스님이 소용없다. 어느 경우에도 알고 싶은 것을 스스로 알아내는 自得을 한다. 그 방법이 냄새를 맡는 것이어서, 不立文字이고 直指心體라고 할 수 있다. 幽人이나 雅士라고 자처하는 이들이 따를 수 없는 경지이다.

사람인 나도 개처럼 인지하고 각성하면 얼마나 좋을까 하는 생각을, 이 글을 지어 말하지 않으면서 말했다. 개가 인지하고 각성한 것이 더 나으리라고 하는 추론을 납득할 수 있게 전개했다고 할 수 있지만, 그 내용이 없는 것이 치명적인 결함이다. 개의 不立文字·直指心體가 어떤 것인지 알 수 없다. 안다고 해도 언어나 문자를 사용하지 않으면 옮길 수 없다.

개가 사람 대신 명산대찰을 찾아다니며 佛道를 닦으면 무엇을 얻는가 하는 상상이 공허하게 되어 이 글은 실패작이라고 해야 하는가? 그렇지는 않다. 사람과 개, 개와 사람은 대등하다. 사람은 존귀하고 개는 미천하다. 이런 편견을 버려야 한다. 이것이 긴요한 각성이고, 발언이다.

양쪽의 서로 다른 능력이 상극이고 상생인 관계를 가진다. 상극을 키워 불화하지 말고, 상생을 확대하는 것이 바람직하다. 이 말을 개에게 할 수는 없어 유감이다. 사람은 명심하고 실행해야 한다. 언어를 사용하는 지적 추론을 과신하지 말고, 매개가 없는 직감 판단이 더 넓게 열려 있는 줄 알고 힘써 갖추어야 한다.

불타가 不立文字나 直指心體를 말한 것이 이 때문이리라. 불교를 믿고 의지하면 되는 것이 아니다. 불교는 만생대등까지만 가까스로 말하고, 만물대등은 모른다. 명산대찰을 우러러보지 말고 대등하다고 여기고, 모자라는 깨달음을 자득해 보충해야 한다.

이민구가 거기까지 나아갔는가? 결과는 확실하지 않지만, 發心은 분명하다. 서로 격려하며 함께 나아가자.

9

대등철학의 가장 큰 스승을 〈대등생극론〉을 일단 다 쓰고 나서 만났다. 노수신보다 더 나아간 이민구를 최근에야 알아보고 찾아갔다. 이것은 불운이면서 행운이다. 일찍 만났으면, 자득이 무색해질 뻔했다. 자득 총론에 붙이는 각론에 모실 수 있는 것이 대단한 행운이다.

대등생극론이 타당하다고 입증하고, 그 증거를 듬뿍 추가해준다.

得道는 苦行의 결과임을 다시 분명하게 하고, 날더러 "너는 무슨 고행을 했는가?" 물어 부끄럽게 한다. 이에 대해 할 말이 있다. 나는 없는 죄를 뒤집어쓰고 귀양살이를 하지는 않았으나, 다른 고생을 심하게 했다고 보고한다.

西勢東漸의 거대한 해일이 서양철학을 마구 가져다 부어 依樣의 위세가 눌려 自得 학문을 질식하게 하는 위기를 힘들게 견뎠다. 모진 목숨 가까스로 부지하다가, 비유해 말한다면 지하로 더듬거리고 내려갔다. 조상이 남긴 생명수를 가까스로 찾아 마시고, 전설의 장수처럼 힘이 세져 겹겹으로 억누르는 먼지를 털고 일어났다.

수입학을 창조학으로 뒤집고, 차등론과 평등론의 야합을 대등론으로 청산하며, 해일을 역류시켜 서양의 지배를 종식시키는 거대한 반격을 시작한다. 누구나 만인·만생·만물대등의 광장에서 기뻐 춤추는 시대를 이룩하려고 분투한다. 동지가 늘어나 힘을 합쳐 함께 나아가자고 하고 있는데, 기적 같은 일이 일어났다.

이민구·노수신을 비롯한 여러 대단한 스승이 망각의 늪을 헤치고 나와 앞길을 열어준다. 그 덕분에 회의적인 견해를 불식하고, 장래를 낙관할 수 있다. 고금학문 합동작전으로 어떤 난관이라도 돌파하고, 세상을 온통 바꾸어놓는 성과를 기대할 수 있다.

김만영

1

金萬英(1624-1671)은 특기할 만한 이력이 없는 호남의 예사 선비
이다. 《南圃集》이 있으나 찾아 읽는 사람이 드물다. 학문에 몰두해
자득 철학을 이룩한 것이 잘 알려지지 않았다. 철학사는 물론 더
넓은 학문의 역사에도 등장한 적 없다.

자득 철학을 해서 관심을 가져야 하는 것만이 아니다. 자득을 나
타내는 방법을 두고 고심한 것이 더 소중하다. 산문으로 쓴 철학
논설에서는, 기존의 용어를 다른 뜻으로 사용하는 모험을 적극적으
로 했다. 좋게 여기고 깊이 이해하지 않으면, 착각으로 혼란을 일으
킨 것 같이 보인다. 시를 지어 할 말을 하니, 선례 때문에 겪는 어려
움은 적어 상당한 자유를 누렸다. 시가 시이기만 하고 철학인 줄
모르는 것이 예사이니 안타깝다.

어느 쪽을 택해도 난관이 있고 오해가 따른다. 자득 철학을 이룩
하면 있게 마련인 고민을 김만영이 특히 심각하게 겪었다. 이에 대
한 집중적인 검토를 근거로 일반론을 마련할 필요가 있다.

2

〈原理氣說〉이라는 글을 길게 써서, 제기된 여러 문제에 대해 자기

소견을 말했다. 이미 있는 말을 모으고 적당히 연결해 행셋거리로 삼은 것이 아닌가? 새삼스럽게 할 말이 있는가? 자득이라고 할 만한 견해가 있는가? 이런 의문을 가지는 것이 당연하다. 글을 읽고 의문을 검토하자. 부호를 붙여 단락을 구분하고, 단락별로 번역한다.

[가] 天地 有理 有氣 有形質 合理與氣 總言之 曰道 至粹之謂理 變動之謂氣 流行之謂道

하늘과 땅에 理가 있고, 氣가 있고, 形質이 있다. 理와 氣를 합쳐 총괄해 말하면 道이다. 至粹한 것은 理라고 한다. 變動하는 것은 氣라고 한다. 流行하는 것은 道라고 한다.

[나] 理寓於氣 氣寓於形質 是以 氣積 而爲天之形 而氣寓於其中 氣結 而爲地之質 而氣通於其中

理는 氣에 깃들어 있다. 氣는 形質에 깃들어 있다. 그러므로 氣가 쌓이면 하늘의 形이 된다. 氣가 그 가운데 깃들어 있다. 氣가 얽히면 땅의 質이 된다. 氣가 그 가운데 통한다.

[다] 是氣也 升降於天地之中 運行不息 不息之妙 斯謂之理 理至靜 氣至動 動不能自動 由於理 靜不能自發 乘於氣 是以 至精 無雜者 理也 有正 有邪 有通 有塞者 氣也

이 氣는 하늘과 땅 사이에서 오르내리며 運行이 不息이다. 不息의 妙를 理라고 한다. 理는 至靜이고, 氣는 至動이다. 動이 自動이 아닐 수 없는 것이 理로 말미암는다. 靜이 自發이 아닐 수 없는 것이 氣를 탄다. 그러므로 지극히 精하고 雜함이 없는 것은 理이다. 正도 邪도 通도 塞도 있는 것은 氣이다.

[라] 氣順布 四時得正 生長遂成 萬品順成者 氣發於正 而理乘其
正者也 其或四時五氣不得其常 寒暑風雨乖戾失節者 氣發於邪而
理蔽於邪也

氣가 순조롭게 펼쳐지면, 四時가 바름을 얻고, 생장이 遂成하고,
萬品이 順成한다. 順成한다는 것은 氣가 正에서 발하고. 理가 그
正한 것을 탄다는 말이다. 가끔 四時나 五氣가 통상적인 상태를 얻
지 못하고. 한서나 풍우가 어긋나 조절을 잃는 것은 氣가 邪에서
발하고, 理가 邪에 가려진 탓이다.

[마] 人之生也 得天地之氣 是氣凝結爲形質 而氣寓於形質之中
天地之理 賦而爲性 而性寓於氣 性與氣合而流行於日用 又謂之道

사람은 하늘과 땅의 氣를 얻어 산다. 이 氣가 응결하면 形質이
된다. 氣는 形質 속에 깃들어 있다. 하늘과 땅의 理가 주어지면 性
이 된다. 性은 氣에 깃들어 있다. 性과 氣가 합쳐져 日用에서 流行
한다. 또한 이것을 道라고 한다.

[바] 其氣也通行於軀殼之中 發而爲一呼一吸 又與天地之氣 相
通而不息 不息之妙 是謂之理

그 氣가 신체 속에서 통하고 밖으로 나오면 호흡이 된다. 하늘과
땅의 氣와 相通이 不息한다. 不息의 妙를 理라고 한다.

[사] 凡知覺運動者 氣也 知覺運動之妙者 理也 是以 理至靜 氣至
動 理 有善無惡 氣 有善有惡

무릇 지각하고 운동하는 것은 氣이다. 지각이나 운동의 妙는 理
이다. 그러므로 理는 至靜하고, 氣는 至動한다. 理는 善惡이 없고,

氣는 善惡이 있다.

[아] 四端 發而七情得中其節者 氣 發於善 而理乘其善也 四端七情 不得其正 視聽言動 皆出於邪者 氣 發於惡而 理蔽於惡也

四端은 이미 발한 七情이 中節을 얻은 것이다. 氣가 善에서 발하면, 理가 그 善을 탄다. 四端七情이 그 正을 얻지 못하면, 보고 듣고 말하고 움직이는 것이 모두 邪한 것에서 나온다. 氣가 惡에서 발하면, 理가 그 惡에 가려진다.

[자] 夫人一天地也 天地一大人也 故配而言之 曰三才

무릇 사람은 한 天地이다. 天地는 한 大人이다. 그러므로 이것을 말해 三才라고 한다.

[차] 惟 聖人 正其氣 而合其理 以達於天地位萬物育 使四時五氣 寒暑風雨 莫不順其序 得其正焉 故 易曰 財成天地之道 輔相天地之 宜 大哉聖也 斯其至矣

오직 聖人만 그 氣가 바르고, 그 理와 합치된다. 이로써 하늘과 땅의 위치에 이르러 만물의 육성을 돕는다. 四時나 五氣, 한서나 풍우가 그 순서를 따르지 않음이 없게 한다. 易에서 "하늘과 땅의 道를 財成하고, 하늘과 땅의 宜를 輔相한다"고 했으니, 위대한 聖人이여, 이것이 지극함이다. 財成은 지나침을 제어하고, 輔相은 모자람을 보충한다.

[가]에서 道는 理와 氣로 이루어져 있다고 한 것은 전에 누구도 하지 않은 말이다. 氣는 陰과 陽으로 이루어져 있다고 하는 것을

용어를 바꾸어 다시 말했다고 할 수 있다. [가]·[다]에서 理는 靜, 氣는 動의 특징을 가지고 상호작용을 한다고 한 것은 陰과 陽의 관계여야 타당하다. 相生과 相克의 양면이 理氣에는 없고, 陰陽에만 있기 때문이다.

왜 그랬는지 생각해본다. 陰陽 生克을 기본원리로 하는 氣일원론을 말을 다르게 해서 나타내야 했던가? 이것은 적절하다고 할 수 없는 처신이다. 理氣이원론의 용어로 氣일원론을 전개해 둘을 합치고자 했던가? 이것은 이루기 어려운 희망이다. 뒤의 추론이 타당하다고 여기고 일단 긍정적으로 평가한다.

상반된 철학을 합쳐 화합하게 하고자 한다면 시도만으로 의의가 있다고 할 수 있다. 그러나 [바]·[사]에서는 理는 氣의 妙라고 하고, 理는 善惡이 없고, 氣는 善惡이 있다고 해서 통상적인 理氣이원론 理氣論으로 되돌아갔다. 氣일원론의 의의에 관한 자각이 모자란다고 할 수 있다.

理와 氣 외에 [가]·[나]에서 그 하위 형질을 더 들고, [마]에서 그 상위의 性을 더 들어 파악하는 범위를 더 넓히고자 했다고 생각된다. 그러면 기본개념이 여럿이면 논의가 복잡해지다가 혼란된다. 性과 氣가 합쳐져 日用에서 流行하는 것을 道라고 한다는 말은 日常이라는 개념을 추가하고, 道가 [가]에서 말한 것과 달라진 두 가지 결함이 있다.

氣일원론은 어떤가? 虛가 氣이고, 하나인 氣가 둘로 나누어져 陰陽이고, 陰陽이 生克해 萬物이 이루어진다는 논의를 일관되고 명확하게 전개해, 형질이니 일상이니 하는 등의 다른 개념이 필요하지 않다. 이런 장점을 받아들이지 않은 통합론은 효력이 없다.

[라]에서 正邪의 관계를 말해 논의를 확장하고자 했다. 正邪가

理氣와 엇갈린다고 해서, 理氣론에서 正邪論으로 나아간 것은 아니며, 正邪論이 새삼스러운 논란거리로 등장했다. [아]에서 四端과 七情에 관한 논란을 정사론으로 해결하려고 한 것은 너무 단순한 발상이어서 문제의식이 부족하다고 할 수 있다.

[자]의 三才論이나 [차]의 聖人論은 위의 논의와 무관하게 추가되었으며, 통념 확인에 지나지 않는다. 무엇이든지 잘 안다고 하다가 새로운 철학 자득의 의의를 훼손했다. 三才論은 만물대등을 말하지만, 聖人論은 만인대등을 부정한다. 분별 의식이 없는 열거는 철학과 무관하다.

3

〈有感〉其一
天命我爲人
人具性中理
理本明在我
我胡自暴棄

〈느낌이 있어〉하나
하늘이 명해 나는 사람 되었네.
사람은 性 가운데 理를 갖추었네.
理는 본디 내게서 밝으니,
내가 어찌 스스로 마구 없애리.

〈有感〉其二
獨立乾坤外

茫然世不知
團團頭上月
千古自盈虧

〈느낌이 있어〉둘

하늘과 땅 밖에 홀로 서면
아득해 세상을 모르는가?
둥글고 둥근 머리 위의 달
천고부터 스스로 차고 빈다.

 앞의 시에서는 자기 내부를 응시했다. 하늘이 부여해 사람이 본
디 갖추고 있는 性, 그 가운데의 理가 밝다고 했다. 나도 지닌 이것
을 소중하게 여기고 함부로 훼손하지 말아야 한다고 했다. 뒤의 시
는 밖으로 시선을 돌렸다. 나는 하늘과 땅과 연결되어 있어 빛난다
고 여기지 말아야 한다. 자기 나름대로 둥근 달이 차고 비는 것과
사람의 삶은 상통한다고 했다. 사람은 특별히 우월하다고 하는 통
상적인 차등론을 말하다가, 서로 무관한 것 같은 만물끼리의 대등
론을 알아차렸다. 생각의 전환을 나타냈다.

〈天地吟 三首 有感而作〉

天地一何窮
此生今已矣
愀然望世外
山色雲間翠

〈천지를 읊는 세 수, 느낌이 있어 짓는다〉

천지는 한 번으로 끝나는가?

이번 삶은 이제 그만이로다.
서글프게 여기고 세상 밖을 바라보니,
산빛이 구름 사이에서 푸르구나.

其二

獨坐一無語
青山相對高
細思今古事
天地亦秋毫

둘

혼자 앉아 말 한 마디도 않고,
청산을 높이 상대하고 있다.
고금의 일을 세밀하게 살피니,
천지도 또한 가을 터럭 하나로구나.

其三

我來天地裏
蒼海一輕鷗
擧首無窮界
太虛萬萬秋

셋

내가 천지로 온 것은
푸른 바다 가벼운 갈매기 한 마리.
머리를 드니 무궁한 세계,
크게 빈 곳의 수많은 가을.

이것은 자득 철학 각성을 悟道頌이라고 할 만하게 나타냈다. 내 삶이 끝나니 천지도 없어진다고 하는 주관적 비관론에 빠지지 말아야 한다. 천지는 불변이고 위대하다고 여기는 부당한 객관의 우상 숭배도 배격해야 한다. 이 두 가지 허위를 나무라고, 진실이 무엇인가 말했다.

차등론에서 벗어나 대등론을 받아들여야 한다. 크고 훌륭한 것과 작고 사소한 것이 둘이 아니다. 나는 푸른 바다 가벼운 갈매기처럼 이 세상에 와서, 특별하지도 우월하지도 않다. 비어 있는 무궁한 곳에 수많은 가을이 있듯이, 유무와 허실도 대등하다.

4

〈自怡〉

至人愛幽靜
自與世人違
養性神常淨
無言學不疑
風來助爽氣
山靜覺眞機
庭空塵不起
散步下階遲

〈스스로 기뻐한다〉

至人은 그윽하고 고요함 사랑해
저절로 世人과는 어긋난다.
養性하니 정신이 언제나 맑고,
말이 없고 학문에 의혹도 없다.

바람이 와서 상쾌한 기분 돕고,
산이 고요해 眞機를 깨닫는다.
뜰이 비어 먼지가 일어나지 않고,
계단 아래로 내려가는 걸음 더디다.

至人은 世人과 어긋난다. 정신이 맑고 더 바라는 것이 없기 때문이다. 상쾌한 바람, 고요한 산과 잘 어울려 하나가 된다. 뜰이 비어 먼지가 일어나지 않는 마음가짐으로, 계단 아래로 내려가는 걸음 더디다는 행동을 한다.

〈快意〉

大臥天地中
天地中男子
廣居闊無邊
日月昭昭矣
所以方寸中
明珠淡若水
六合亦不遠
三光唯一理
毫末不爲少
萬物不爲彼
貴賤與生死
浮雲太虛爾

〈상쾌한 뜻〉

크게 누운 천지 가운데,
천지 가운데 한 남자로다.
거처하는 곳 넓어 끝이 없고,

해와 달이 밝게 빛난다.
이른바 方寸이라는 것 가운데,
明珠가 물처럼 담담하다.
六合이 또한 멀지 않고,
三光은 오직 한 이치이다.
터럭도 작다 하지 않고,
萬物은 저쪽이 아니다.
귀천이나 생사가
뜬 구름이고 크게 비었다.

넓고 끝없는 대지를 거처로 삼으니 해와 달이 밝게 빛난다. 마음이 물처럼 담담하니, 六合이라고 하는 하늘과 땅, 동서남북의 사방이 멀지 않고, 해·달·별 三光이 빛나는 것이 한 이치임을 깨닫는다. 크고 작은 것, 이쪽과 저쪽이 대등하다고 여기니, 귀천이나 생사의 구분도 공허하다.

이 두 시에서 만물의 이치를 깨달으니 마음을 비우고, 마음을 비우니 만물의 이치를 깨닫는다고 했다.

5

〈仁智吟〉

仁智俱全性分中
中含動靜妙無窮
須從靜處知天意
纔向動時宜做工
卓立嵬峨千丈直
周流活潑萬波通

自餘外物皆虛耳
山水何曾贊至功

〈인자함과 슬기로움의 노래〉
어질고 슬기로운 마음을 함께 지녀,
그 가운데의 절묘한 동정 무궁하다.
조용한 곳에서도 하늘의 뜻을 알며,
움직이면 바로 마땅한 무엇 이룩한다.
우뚝하게 솟아서 천 발이나 높아지고,
넓게 뻗은 활기 수많은 물결 이룬다.
外物을 공허하게 여겨 거리낌 없으니,
山水가 어찌 지극한 업적을 돕겠는가?

무엇을 깨달았는지 분명하게 전한다. 자득 철학이 어느 경지에
이르렀는지 알려주는 진정한 悟道頌이다. 시는 논설보다 더 많은
것을 말해준다고 한다. 생략과 상징으로 논리의 폭을 넓힌다.
한 대목씩 간추리며 풀이를 보탠다. 어질고 슬기로운 마음을 함
께 지니면, 그 둘이 상생해 절묘한 동정을 무궁하게 빚어낸다. 조용
하게 있어도 인지 능력이 뛰어나고, 움직이기만 하면 바로 인지를
창조로 전환해 타당함을 입증한다. 기상이 높고 활기가 넘친다는
말로, 밖에서 관찰하는 외형이 대단하다고 한다.
마지막으로 한 말은 깊은 진실을 나타낸다. 위세 떨치는 外物을
비롯해 무엇이든지 있음이 없음이고 없음이 있음임을 바로 알면,
어디 구속되지 않는 자유를 얻는다. 山水를 보고 도움을 받지 않아
도 좋은 시를 짓듯이, 창조주권을 적절하게 발현해 지극히 소중한
업적을 이룩한다.

6

김만영은 위의 시를 얻어 결론으로 삼았다고 할 수 있다. 철학 혁신을 논설에서 하다가는 실패하고, 시를 지을 때는 간섭에서 벗어나는 자유를 얻고, 불필요한 시비를 물리칠 수 있어, 전인미답의 자득 철학을 이룩할 수 있었다. 어질고 슬기로운 마음으로 있음이 없음이고 없음이 있음임을 바로 알면, 절묘한 창조가 얼마든지 이루어진다고 했다. 이것은 어떤 철학이라고 명명할 수 없으며, 미완의 상태에 있다. 완성을 위한 노력은 후학의 임무이다.

이것을 나는 창조주권론 보완에 활용하며 다듬고자 한다. 창조주권은 누구에게나 주어져 있지만, 어질고 슬기로운 마음을 함께 갖추어야 살아난다. 있음이 없음이고 없음이 있음인 것이 창조주권의 내용이고 동력이다. 누구나 이렇다고 하는 것이 만인대등론이다. 만인대등론에서 만생·만물대등론으로 나아가면서, 대등론이 대등생극론으로 된다. 새로운 자극을 받고, 이에 관한 논의를 더 해야 한다.

이익

1

李瀷(1681-1763)이 어떤 사람인지, 제자 安鼎福이 祭文의 한 대목에서 이렇게 말했다.

> 貴乎自得
> 依樣是愧
> 絲理髮櫛
> 冰釋春瀜
> 隻眼所矚
> 鬼哭神恫
> 窮格之妙
> 千古罕匹

> 소중한 것이 자득이고,
> 의양은 부끄럽다고 여겼다.
> 실타래 의문 머리 빗어 다스리듯,
> 얼음이 봄을 만나 녹아내리듯,
> 눈길이 한 번 미치는 곳마다
> 귀신이 곡하며 두렵게 하고,
> 사물의 이치 절묘하게 밝힘
> 천고에 견줄 이가 드물었다.

이렇게 自得한 것을 철학 논설을 써서 알릴 수 없었다. 그러면 기존의 용어를 사용해야 하고, 朱子學에 사로잡혀 依樣하는 부끄러운 짓을 피하기 어려웠다. 사물의 이치를 절묘하게 밝히는 총론은 보류하고, 각론만 다채롭게 펼쳐《星湖僿說》을 이룩한 것이 그쪽과 그리 다르지 않다. 철학은 무용하고 지식만 유용하다고 여기는 실증주의자들의 선구자 노릇을 함께 했다.

2

〈夜坐〉

夜久人皆睡
殘缸伴我明
時時聞犬吠
嘿嘿數雞聲
山雪寒威積
天星歲序更
夢中花爛漫
屈指待春生

〈밤에 앉아〉

밤 깊어 모든 사람 잠들고,
잔등만 벗이라 나를 밝히네.
때때로 들리는 개 짖는 소리,
조용히 세어 보는 새벽 닭 울음.
산 눈은 추위에 높이 쌓이고,
하늘 별은 절기 따라 바뀐다.
꿈속에서 활짝 핀 꽃을 보고,

손꼽아 기다린다 봄날 오기를.

홀로 깨어 있는 고독한 탐구자 잔등의 불빛을 벗으로 삼고 사방을 헤아린다. 개가 짖고, 닭이 울어 적막하기만 한 것은 아니다. 산의 눈이나 하늘의 별이 계절에 따라 달라지듯이 시대 변화가 있게 마련이지만, 꽃 피고 봄이 오는 희망이 곧 이루어지기를 기대한다.

〈有感〉
渚鷗猶欠通身白
流水難逢徹底淸
世事違心如許久
偶然川上坐忘行

〈감회가 있어〉
물가 백구 온몸이 모두 희지 못하고,
흐르는 물 바닥까지 맑은 경우는 드물다.
세상 일 마음과 어긋난 지 이렇듯 오래여서,
우연히 냇가에 앉아 떠날 줄을 모른다.

밝은 날 밖에 나가 냇가에 앉았어도 이런 생각을 했다. 백구에 온몸이 희지 못하고 검은 것도 있고, 흐르는 물 바닥까지 맑지 못하고 흐리기도 한다. 그래서 세상일이 자기 마음과 어긋난 지 오래되었다고 했다. 검고 흐려 불만인 것에 대해 깊이 생각하는 시를 거듭지어 그 이유와 대책을 말하려고 했다.

3

〈臥松歌〉의 한 대목

凌雲未必願
直斡反橫走
雨露恰資養
枝葉徧蔭覆
咸稱棟梁具
自然成結構
斧斤不敢睨
萬牛休回首
風颼起竽笙
霜雪免滲漏

〈누운 솔〉의 한 대목

하늘로 치솟기를 구태여 바라지 않고,
곧은 줄기 오히려 옆으로 뻗어난다.
비와 이슬 내려 정성스레 키워주니,
가지와 잎이 두루 그늘을 드리운다.
모두 칭송하듯 동량의 자질을 갖추고,
저절로 짜임새를 이루고 있다.
어떤 도끼도 감히 엿보지 못하고,
일만 마리 소도 고개 돌리지 않네.
바람이 불어오면 피리 소리 나고,
눈이나 서리 내려도 스며들지 않는다.

옆으로 뻗어나 누워 있다는 소나무의 모습을 이렇게 그렸다. 하늘로 치솟는 것을 뽐내는 차등을 거부하고, 옆으로 길게 뻗어나는 대등을 즐기니 편안하고 무게가 있다. 도끼를 들고 해치지 못하고, 일만 마리 소가 와도 끌고 갈 수 없다. 자기 삶이 이렇다고 하는 말로 대등론의 가치를 입증하고자 했다.

그런 소나무에 송충이가 있다고 했다. 〈松蠹賦〉(송특부)라고 한 〈송충이 노래〉를 길게 이으면서 많은 말을 했다. 몇 토막을 들고 고찰한다.

有登山而行者
見松有蠹
歎曰

산에 올라가는 사람이
소나무에 송충이가 있는 것을 보고
탄식해 말했다.

소나무에 송충이가 있는 것을 외부자가 발견하고 탄식한다고 했다. 제3자의 관점을 택하고자 했다.

夫松之爲木
其性遲
飽日月而方秀
其氣勁
紛衆夛而莫闚
旣自潔而易枯
又何孤而不枰
信棟樑之匪他
儀樅嶬而蒼菀
是以國人艶其材

君子娓其節
公有憲而密勿
禁樵蘇而莫越

무릇 솔이라는 나무는
그 성질이 더디어
시일이 오래 지나야 자라며,
그 기운이 굳세서
벌레가 많아도 자라는 것을 막을 수 없다.
이미 스스로 고결하여 쉽게 마르고,
게다가 무척 고고해 움이 나지 않는다.
참으로 동량이 될 재목이 틀림없으며,
우거진 산봉우리에서 의젓한 모습으로 푸르다.
이런 까닭에 국민이 그 재목을 소중하게 여기고.
군자는 그 절개를 좋아한다.
공공의 법을 두어 아끼고,
함부로 베지 못하게 금지한다.

소나무는 의젓하게 자라고 쓰임새가 많아, 널리 모범이 된다고
칭송했다. 만백성 또는 만백성을 옹호하고 대변하는 선비의 모습을
보여준다고 할 수 있다.

今玆有醜者蟲
蓋蝗之類
質春秋而無聞
漏爾雅而不識
牽三百而最憎
損茂葉而充腹

지금의 이 추한 벌레는
해충의 무리이다.
《春秋》에 물어도 대답이 없고,
《爾雅》에도 누락되어 알 수 없는 것이다.
《三百篇》을 다 뒤져보아도 가장 미운 놈이
무성한 잎을 손상시켜 배를 채운다.

　　송충이는 지금 번성하고, 전례를 찾을 수 없다고 했다. 역사서
《春秋》, 사전 《爾雅》 같은 고전에 보이지 않고, 〈詩 三百篇〉에서
찾아낸다면 가장 미울 것들이 나타나 솔잎을 갉아먹는다고 했다.
후대에 생긴 어떤 재앙을 송충이라고 했다.

　　　大雛由而不在乎樗
　　　貌螺蛄而非産於濕
　　　毛徧體而毿毦
　　　足不僵而蜎蠖
　　　嗜咋而囁呪
　　　競不息以噫嘁
　　　動蠢蠕而伸屈
　　　集繁滋而蝉蝉
　　　騈頭接尾
　　　或黃或黑
　　　人乍近而痒屑
　　　鳥雖飢而避毒
　　　競晝夜以憑心
　　　但原隰之檽木
　　　唷彼樹之軒昂

　　가죽나무 벌레 같은데 거기 있지 않고,

모양은 풀쐐기 같으나 습한 곳에서 나지 않는다.
온몸을 뒤덮은 털이 숭숭하고,
발은 유연히 움직여 기어 다닌다.
솔잎을 갉아먹으며 입을 우물거리며,
쉬지 않고 딸꾹질과 트림을 해댄다.
몸을 꿈틀거려 굽혔다 폈다 기어가고,
새끼를 많이 번식해 떼 지어 모인다.
머리를 나란히 하고 꼬리를 잇닿은 채,
혹은 누른색 혹은 검은색을 띠고 있다.
살갗에 살짝 닿기만 해도 몹시 가렵고,
새들이 아무리 배고파도 독을 피해 먹지 않는다.
밤낮을 다투어 마음껏 갉아먹어
산과 들에 고목만 앙상히 남는다.
아 저 높고 큰 나무가
어떻게 유독 이런 액운을 만났는가?

흉측한 모습을 하고 큰 피해를 끼치는 것들이 자꾸 늘어나는 것
을 막을 수 없다. 고결하다고 여기는 소나무가 끔찍한 수난을 당하
는 것이 무슨 까닭인지 의문이라고 했다.

乃叉手敷衽
鞠躬跼蹐而告于天曰
皇其尊而地配
感絪縕以永韏
爰衆章之爲顔
終榮落之紛蚝
夫維蒼蒼之貞榦
恒衛持而匀重

岳爲之以不童
泉爲之而長湧
彼災沴之罔限
奚萃此而不寵
放爲惡而蠹美
竟愛憎之倥傯
稟旣特而殘之
柰栽覆之相踵

이에 두 손을 모으고 옷자락을 펼치고,
공손히 몸 굽히며 하늘에 고한다.
하늘은 존귀하고 땅이 짝을 이루어
음양 감응이 길이 공고하도다.
이에 뭇 나무들의 모습은
잎이 피었다 분분히 지고 마는데,
저 푸르고 곧은 솔은
항상 자기 모습을 그대로 지킨다.
산이 그 덕분에 민둥산이 되지 않고,
샘이 그 덕분에 길이 용솟음친다.
그런데 끝없이 퍼지는 재앙을
어이 이 나무에 모아놓고 돌보아주지 않습니까?
나쁜 짓을 해 아름다움 해치도록 놓아두시고,
마침내 사랑과 미움이 이다지도 분분합니다.
이미 남다른 자질을 주고서 이를 해치시며,
심음과 엎음이 서로 이어짐을 어이하리오?

송충이가 생겨 소나무를 망치는 이유를 하늘에 물었다. 하늘은
대답이 없고, 피해가 확대된다. 송충이는 하늘과 무관하게 생겼기

때문이다. 천지 음양의 운행으로 만사가 이루어지고, 선악에는 반드시 응보가 있다는 생각을 불신하고, 피해를 가져오는 악행이 그 자체로 인간의 소행이라고 했다. 독립된 행위의 주체인 인간이 비난의 대상이 된다고 했다. 악행으로 인한 피해의 양상을 한참 더 그리며 아주 심각하다고 했다. 그런 말이 너무 장황해 생략한다.

吾知蟲者癘之祟也
松爲直氣攸毓
善困於虐
無用之害有益
固前世以皆然
復何欸而怨讟

나는 아노라, 이 벌레는 염병을 빌미로 삼는다.
소나무가 곧은 기운으로 자라는 탓이다.
포악한 자에게 곧잘 시달린다는 곤경이나
쓸모없는 것이 유익한 것을 해침은
진실로 옛날부터 모두 그러했으니
어찌 새삼스레 한숨을 쉬고 원망하리오.

그러다가 마침내 이렇게 말하는 데 이르렀다. 소나무가 자기이다. 자기가 염병이라고 할 만한 착각에 사로잡혀 곧은 기운으로 높이 자라려고 하다가 재앙을 자초했다. 포악한 자와 맞서려고 하는 탓에 곤경을 당하고, 쓸모없는 것이 유익한 것을 해치는 폐해는 옛날부터 있었다. 자기 잘못을 알아차리지 못하고. 새삼스레 한숨 쉬고 원망하는 것은 어리석다고 했다.

吾將膏吾車而秣吾馬
遵大陸以左轉
或乘輦而入山
或捨筏而登岸
永翱翔于巑岏
嗟爾蟲之莫余敢干

내 장차 수레에 기름 치고 말에 여물 먹여
대륙을 따라 왼쪽으로 돌아가,
혹 가마를 타고 산에 들어가거나
혹 뗏목을 버리고 기슭에 올라,
높은 산봉우리 위에서 노닐고 있으면,
아 너 송충이가 감히 나를 범하지 못하리라.

그러면 어떻게 해야 하는가? 차등 경쟁에 참여하지 않고 대등을 택해 은거하면 괴롭힘을 당하지 않는다고 말한 것 같다. 뜻하는 바는 알겠으나, 표현에는 차질이 있다. 소나무는 없어지고 자기가 직접 나서서 하는 말이 앞 대목과 어긋난다.

소나무가 곧은 기운으로 자라나는 탓에 송충이에게 시달린다. 자기가 높은 산봉우리에서 노닐고 있으면 송충이가 감히 범하지 못한다. 이 두 말은 송충이를 모해자라고 이해하면 속뜻이 각기 타당하지만, 곧은 기운으로 자라나는 것과 높은 산봉우리에서 노는 것이 다르지 않다고 여길 수 있어 언술의 표면은 혼란을 일으킨다. 대등을 선택해 은거하려고 수레나 가마를 타고 간다는 말도 적절하지 않다.

安鼎福이 한 말과 견주어보자. 의양하지 않고 자득하는 말을 이어나간 것은 분명하지만, 귀신이 곡하며 두렵게 여길 만큼 사물의 이치를 절묘하게 밝힌 것은 아니다. 적지 않은 차질이 있어, 문학으로 철학하는 시를 새롭게 잘 짓기 아주 어려운 것을 확인할 수 있다.

그러면서도 삶을 해치는 해악의 문제를 끈덕지게 제기하고 고찰했다. 송충이 같은 모해자가 잘못을 저지른다고 한 것만은 아니다. 천지 음양의 운행에 선악이 있다는 사고의 틀에서 벗어나, 인간이 저지르는 사회악이라고 할 것을 심각하게 고발했다.

4

다음 시 세 편은 공통점이 뚜렷하다. 동물의 세계에서 벌어지는 차질 또는 상극의 참상을 말해주면서 사람도 다르지 않다고 생각하게 한다. 함께 제시하고, 비교해 고찰한다.

〈丘引歎〉

丘引穴蟄何其智
壤土築階引帶裏
萬艱抽身力亦大
螻蟻十百來橫曳
蠕蠕轉動蟻愈集
羣雞刺瘚爭窺急
智力到此無柰何
嗚呼世事亦同科

〈지렁이의 탄식〉

지렁이가 굴에 숨은 것은 얼마나 지혜로운가,
섬돌 아래 흙을 파고 그 속에 들어가 살았다.
아주 어렵게 몸을 빼내니 힘이 또한 큰데,

수십 수백 마리 개미가 와서 마구 끌고 간다.
꿈틀꿈틀 몸 뒤트니 개미가 더 모여들고,
닭들도 쪼아 먹으려 다투어 틈을 엿본다.
지혜와 힘이 지경에서 어쩔 수 없도다.
오호라, 세상의 일이 또한 이와 꼭 같구나.

〈鬪雞圖〉

雞性本好妒
況又激之鬪
方將怒洸洸
殺氣撑身首
人皆拍手看
喜色眉際透
但恐或解散
縱死不思捄
不問爾何由
祈見一顚仆
畜物自愚蠢
人意亦太陋
驅喉供玩戲
較量憝與否
苟令相憐依
俗情視作醜
仁者觀雞雛
奉訓伊川叟

〈닭싸움 그림〉

닭은 천성이 시샘하길 좋아하는데,
더구나 화 돋우니 거칠게 싸우는구나.

바야흐로 성이 나서 위세를 떨치며,
살기가 등등해 온몸에 뻗쳤구나.
사람들 모두 손뼉 치며 보면서,
즐거운 기색 얼굴에 넘치는구나.
다만 중간에 혹시 흩어질까 염려하고,
싸우다 죽어도 구할 생각 전혀 없네.
무슨 일로 다투는지 묻지도 않고,
한 놈이 쓰러지는 것 보려고 기다린다.
기르는 짐승이라 본래 어리석지만,
사람들 마음 또한 너무나 비루하다.
몰아대고 부추겨서 유희로 삼으니,
몽매한가 그렇지 않은가 따져볼 일이다.
만약 서로 아끼고 의지하게 만든다면,
세상 사람들은 괴이하다 여기리라.
어진 사람은 병아리를 바라보며,
伊川 어르신의 가르침을 받들리라.

마지막 말은 성리학자 伊川 程頤 "觀雞雛 可以觀仁"(병아리를 보
면, 仁이 무엇인지 알아볼 수 있다)고 한 데서 가져왔다.

〈瘈犬〉

一犬忽狂咬
羣犬次第病
有毒卽轉傳
心亦爲失性
非復戀主誠
況有反噬行
橫奔出郊坰

若醉而無醒
所遇無不搏
騰躍勢頗猛
斯須失謹防
彼凶幾乎逞
父老懼傷人
呼兒切加警
少年各窺覘
日夜厲刃梃
郇郇食思肉
頃刻可致命
嗟哉汝微物
疾痛那自省
豈爾稟皆然
所值適不幸
比之鮑臭染
一倡衆爭應
非關藥物療
善計制逸橫
休言殺傷仁
放亦害義正
肆惡旣不悛
畢竟果投穽
皮以作寢席
肉以付錡鼎
憂虞不日除
婦子咸相慶
爭言幸殄滅
智者反怲怲
蕭然少夜吠
柰此空閭井

謂汝皆作孼
獨怪衆醜並
謂汝是無辜
張口害物競
天理自難容
禍殃厥有證
吾知有執咎
人數欠頓整
防水必塞源
擧裘須挈領
當時未滋蔓
害小猶可摒
人多勸先圖
見幾合傾聽
徒緣育養憐
隱忍釀禍盛
俄成大脫空
勞勘僅底定
小惜卽大殘
始愧隣人請
嗚呼彼羣犬
一一事逐影

〈미친개〉

개 한 마리 홀연 미쳐서 물어대니,
다른 개들도 차례로 미친 병 든다.
그 독이 점점 여러 개에 퍼져,
마음이 또한 실성하고 말았구나.
주인 연모하는 충성이 더는 없고,
도리어 주인을 무는 짓만 하는구나.

제멋대로 내달려 들판으로 나가며,
마치 술 취해 깨지 못하는 것 같다.
만나는 상대마다 싸우지 않음이 없고,
등등한 그 기세가 자못 사납구나.
잠깐이라도 조심해 방비하지 않으면,
저놈들이 흉포한 짓 마구 자행한다.
노인들은 사람 해칠까 두려워하여,
아이들을 불러 단단히 조심하란다.
소년들은 저마다 틈을 엿보고서,
밤낮으로 칼과 몽둥이를 들고,
마을마다 잡아먹으려고 벼른다.
경각에 목숨을 잃을 수 있겠네.
아아 너는 미천한 동물이니,
너의 고질병 어찌 스스로 살피겠나,
어찌 너희 천품이 모두 그렇겠나,
어쩌다 불행한 경우를 만났을 뿐이리라.
마치 생선 냄새에 물드는 것 같이,
한 놈이 부르짖자 많은 무리 호응한다.
약물로 치료할 수 있는 것이 아니고,
계책을 잘 세워 날뛰는 놈 제압해야 한다.
살생은 인덕을 해친다고 말하지 말라,
놓아주면 또한 정의를 해치게 된다.
방자한 악행을 고치지 않는다면,
필경에는 함정에 빠지고 말 것이다.
가죽은 잠자리 깔개로 하고,
고기는 솥에다 넣어 삶아 먹자.
우환거리가 불일간에 제거되면,
부녀와 아이들 모두 좋아하리.

죽여 없애 다행이라 다투어 말하지만,
지혜로운 사람은 도리어 근심한다.
밤중이 쓸쓸하고 개 짖는 소리 적어지면,
이렇게 마을이 텅텅 빔을 어이하리오.
네가 모든 재앙을 일으켰다고 하지만,
추악한 무리들 합세한 것 괴이하다.
너는 아무런 잘못이 없다고 하지만,
입을 벌려 남을 해치려 날뛰었다.
하늘 이치에 절로 용납되기 어려우리라.
앙화를 끼친 증거가 분명 있도다.
나는 알고 있다 책임이 있는 것을,
사람의 생각은 소홀한 점이 있게 마련이다.
물을 막을 땐 반드시 근원을 막고,
옷을 들 때는 반드시 옷깃을 들어야 한다.
당초에 재앙이 아직 자라지 않았으면,
그 해악이 작아 막을 수 있다.
사람들이 미리 도모하라고 많이 권하니,
기미를 보고 귀 기울여 들었어야 한다.
한갓 이 개를 길러온 사랑 때문에
참아 오다가 큰 앙화를 빚어내고 만다.
오래지 않아 너무 황당한 일이 벌어져,
무척 힘을 써서 간신히 진정시킨다.
작은 것 아끼다 큰 것을 해치니
이웃 사람들에게 비로소 부끄럽네.
아아 너희 무리 개들은
하나하나 남의 그림자를 추종한다.

〈지렁이의 탄식〉은 하층민의 수난을 생각하게 한다. 숨어 살지 않고 밖으로 나와 다른 삶을 개척하려고 하면, 가해자들이 많아 처참한 지경에 이른다. 〈닭싸움 그림〉은 싸우기를 좋아하는 모든 사람을 두고 한 말이라고 할 수 있다. 싸움의 속성이 어느 경우에든 같다고 한다. 〈미친개〉는 주인을 따르던 노비의 반란을 두고 한 말인 것 같다. 어느 누가 반란을 시작하면 추종자들이 마구 늘어나는 것을 염려했다. 반란을 잘 다스려 참상을 줄여야 한다고 했다.

하층, 상하 모두, 상층의 처지에서 겪는 상극의 참상을 모두 염려했다. 어느 한쪽에 치우치지 않고, 불행한 참상의 공통점을 생각하게 했다. 상극이 상생으로 바뀌어 편안하게 지낼 수 있기를 염원했다. 상극이 생기는 원인에 대해서는 말하지 않고 나타난 현상만 문제로 삼아, 실현되기 어려운 염원을 막연하게 지녔다.

마음이 아닌 외부 조건에서 생기는 사회악에 대한 인식을 갖추고 세상이 잘못하는 것을 염려한 공적이 평가할 수 있으나, 생각이 더 나아가지 않았다. 심도 있는 분석은 하지 않고 남겨두었다. 남은 과업 우리가 할 수 있는지 생각해보자.

5

이익의 수많은 저술이 모두 각론이고, 총론은 〈心說〉이라는 것 하나만 있다. 경학이나 실학이 아닌 철학은 이것뿐이다. 지금까지 고찰한 시를 이와 관련시켜 되돌아보기로 한다.

太極이나 理氣는 말하지 않고 心만 거론했다. 心을 性情으로 구분하지 않고 총체적으로 고찰했다. 이 둘 다 남다르다. 心에 관한 기존의 견해를 거론하지 않고, 자득한 바를 제시했다. 타당한가는 의문이다.

서두에서 대뜸 "論心不一 有日草木之心 有日人物之心 有日天地之心"이라고 했다. "論心"으로 총론을 전개하고, "不一"에서 각론으로 나아갔다. 공통된 心이 草木·人物·天地에서 다르기도 하다고 했다. "心則 同而有不同者 存何也"라는 문제를 제기했다.

그러면서 "彼頑然土石 謂之無心"은 논의에서 배제된다고 했다. 존재하는 모든 것은 無心과 有心으로 나누어진다고 하고, 그 둘을 합친 총체는 무엇인지 말하지 않았다. 존재하는 모든 것을 총괄하는 철학의 임무를 저버리고, 어느 한쪽만 다룬 것이 진전일 수 없다. 그래서 무엇을 얻었는지 의문이다.

> [가] "至於草木生長衰落 若有心然者 而無知覺 只可道生長之心而已矣 禽獸之有生長之心 則固與草木同 而又有所謂知覺之心"
>
> [나] "至於人 其有生長及知覺之心 固與禽獸同 而又有所謂理義之心者", "若人者 必以天命 所當然者爲主宰"
>
> [다] "天地之心何也 此與草木之心一般 亦無所謂知覺也", "至於逐物思量之心 存於人 而天地則無有 可見心之名 初從人之心臟上說去 而若草木天地之心者 特以類推 言非委曲皆同者也"

이 세 명제에 하고자 하는 말이 모두 요약되어 있다. 무엇을 말했는지 몇 가지로 정리한다.

[1] 心의 영역은 草木之心·人物之心·天地之心으로 구분된다.

[2] 心의 특성은 生長之心·知覺之心·理義之心으로 구분된다고 하다가, 思量之心을 추가했다.

[3] 초목·금수·사람은 生長之心을 공유한다. 금수와 사람은 知覺之心을 더 갖추고 있다. 사람에게는 理義之心이나 思量之心도 있다.

[4] 사람은 天命이 所當然者를 主宰한다.

[5] 天地之心은 人物之心과 다르고 草木之心과 같아 生長之心만이고, 知覺之心 이하의 것은 없다. 思量之心이 사람에게만 있고, 천지에는 없는 것을 추가해 말했다.

무엇이 문제인가 논의한다.

[1] 人物之心을 말해 사람과 금수를 함께 일컫고, [3]에서 사람과 금수를 구분해 고찰한 것은 적절하지 못하다.

[3] 초목·금수·사람은 生長之心을 공유한다고 한 것이 타당한가? 초목은 生長之心만 있고 知覺之心은 없다는 것이 납득할 수 있는 설명인가? 知覺은 없으나 生長은 한다고 말해도 되는가? 초목·금수·사람은 생장을 하고 지각이 있는 것은 같으면서 그 양상이 다르다고 해서, 차등보다 대등을 더 중요시하는 것이 마땅하다.

[4]와 [5]는 당착된다. 天命이 所當然者를 主宰한다고 하고, 天地之心은 草木之心과 같아 生長之心만이라고 하는 것은 앞뒤가 맞지 않는다. 天命이 所當然者를 主宰한다고 하는 형이상학적 전제는 부정하고, 이에 관한 주관적 신념은 남겨두려고 한 것 같은데, 논리가 어긋나 설득력이 전연 없다.

[2]와 [5]에서 사람의 理義之心과 思量之心이 어떤 관계를 가지는가 의문을 가지도록 하고, 이에 관해 논의를 하지 않았다. 직무유기라고 나무라지 않을 수 없다. 나무라는 데 그치지 않고 대안을 제시하고자 한다.

思量之心은 逐物思量之心이라고 했다. 物의 가장 포괄적인 양상은 天地이다. 天地之心이 人物之心에게 다가오는 것이 思量之心이다. 天地之心은 草木之心 수준의 生長之心만인데 사람은 고도의 思量之心이나 理義之心을 갖춘다고 하는 것은 부당한 견해이다.

天地와 사람 사이의 연관을 말하는 형이상학에 불만이 있어 철학을 버리는 것은 아주 어리석다. 철학을 혁신해야 하는 임무를 맡아, 理學을 버리고 氣學을 이룩해야 한다. 徐敬德에서 시작한 새로운 철학의 흐름을 이해하지 못하고, 20년 정도의 후배 任聖周가 수행하게 되는 과업을 예상할 수 없어 궁벽한 옆길로 들어섰다.

나는 말한다. 사람의 理義之心과 思量之心이 각별해 생긴다. 만물대등을 실현할 뿐만 아니라 자극하는 思量之心이 대등론의 理義之心을 갖추도록 한다. 차등론의 오류를 나무라고 바로잡는 논의를 아주 풍성하게, 다각적인 논거를 확보하고 전개하는 것이 사람의 자랑이다.

6

이익은 각론에서 많은 탁견을 제시했으면서, 미흡하고 당착된 논의로 철학을 망친 것이 적지 않다. 총론은 불신하고 각론만 존중하는 그릇된 학풍을 조성했다고도 할 수 있다. 문학에서 철학하기로 악행의 폐해가 생겨나는 양상을 들고 우려를 나타내는 데 그치고, 대안이 되는 총괄론은 갖추지 못했다. 마음 밖에서 생겨나는 사회악에 대한 인식을 촉구한 의의가 있을 따름이다.

문제 제기에 그치고 더 나아가지 못했다. 그 이유는 철학을 위한 깨달음이 마음속에 갖추어지지 않았기 때문이다. 불교의 용어를 사용해 말하면, 學僧이기만 하고 禪僧은 아니어서 무엇을 알려주기만 하고 알 수 있게 깨우쳐주지 않는다. 이런 분을 대단하게 여기면 오늘날의 학문도 망한다.

위백규

1

魏伯珪(1727-1798)는 전라도 시골에서 농민과 친근하게 살면서, 한시와 시조를 지은 것이 널리 알려지고 높이 평가되고 있다. 그런 작품이 철학으로서 어떤 의의가 있는가? 자득 철학을 얼마나, 어떻게 지니고 있는가? 이에 대해 고찰을 적절한 순서를 갖추어 하고자 한다.

유학 공부를 깊이 하려고 당대의 名儒 尹鳳九를 찾아가 스승으로 삼은 것부터 말해야 한다. 윤봉구는 李珥·金長生·宋時烈·權尙夏로 이어지는 학통을 물려받고, 人物性因氣異論을 주장했다. 李滉의 二元論的 主理論에 맞서 李珥가 주장한 二元論的 主氣論의 두 측면 二元論과 主氣는 분리될 수 있었다. 金長生·宋時烈은 이원론을 더 중요시했으나, 다음 세대는 그렇지 않았다. 이원론자 쪽은 人物性因理同論을, 주기론자 쪽은 人物性因氣異論을 주장해 논쟁이 일어났다.

위백규는 선생의 견해를 따르지 않고 자득의 결론을 얻으려고, 유학의 경전을 직접 자세하게 검토하는 經學을 했다. 四書를 노비까지 포함된 주위 사람이 쉽게 공부할 수 있게 설명하려고 하기도 했다. 이 두 가지 목표를 함께 달성하려고 하는 《讀書箚義》(독서차의)이라는 책 여섯 권을 썼다. 人物性 논쟁을 자기 나름대로 해결하려고 하지는 않고, 근본으로 돌아가자고 하면서 충돌을 피했다고 할 수 있다.

시야를 확대해 이해를 정확하게 하자. 논쟁권 밖의 任聖周가 人物性因氣同論을 이룩해, 人物性因氣異論과 人物性因理同論의 편향을 한꺼번에 시정한 것을 알면 난처했을 것이다. 소통이 부족하고, 원거리 논쟁은 없어 자기 할 일을 계속해서 했다.

2

《讀書箚義》에 〈題辭〉라는 서론이 있다. 그 서두와 결말에 해당하는 두 대목을 든다.

> 夫欲之爲情 理所固有 但有大小眞妄之別而已 生成萬物 天之欲
> 也 長育萬物 地之欲也 造書契作經典 亦聖神之欲 以是化成天下後
> 世也 此卽欲之大而眞者也 賢人君子 讀經典而窮理盡性 希聖知天
> 欲之眞而大之者也

> 무릇 욕구가 情이 되는 것은 당연한 이치이지만, 크고 작고 진실
> 하고 망령된 구분이 있다. 만물 생성은 하늘의 욕구이고, 만물 육성
> 은 땅의 요구이다. 書契라는 글을 만들고 經典을 짓는 것 또한 신성
> 한 요구이다. 이것으로 하는 천하나 후세 교화는 요구 가운데 크고
> 참되다. 현인이나 군자가 경전을 읽고 이치를 궁구하고 본성을 구
> 현해, 성인이 되어 희구하고 천명을 알고자 하는 욕구 가운데 참되
> 고 크다.

> 雖世故掊塞 簞瓢屢空 不忍棄其前功 老而彌篤 竆而益專 聖賢謨
> 訓 如膏澤之浸肌 芻豢之悅口 則元是堯何人之性 寧不生不忍爲不

善之心乎

　　비록 세상사가 꽉 막히고 밥그릇이나 바가지가 자주 비어도 이미 힘쓴 것을 차마 버리지 못하고, 늙으면 탐구를 더욱 돈독하게 하고, 궁하면 노력을 한데 집중해야 하리라. 성현의 가르침이 마치 기름이 피부에 스며들 듯 맛있는 음식이 입을 즐겁게 하듯 하다면, 원래 누구나 堯 임금같이 될 수 있는 본성을 가지고 있으니, 착하지 않은 짓을 차마 할 수 없는 마음이 어찌 생기지 않겠는가.

　경전이 하늘이나 땅만큼 소중하다. 경전을 열심히 공부하면 누구나 높은 경지에 이르러 대등해진다. 이 두 가지 지론을 잘 납득할 수 있게 말했다. 뜻은 의양이지만, 말은 자득이다.《讀書箚義》본문도 이렇다고 할 수 있는가?

　긴요한 대목을 하나 들어보자.《論語》〈里仁〉의 "子曰朝聞道 夕死可矣"(아침에 道를 들으면 저녁에 죽어도 좋다) 대해 다음과 같이 말했다. 번다하지만, 시비를 정확하게 가리려면 길게 인용하지 않을 수 없다.

　　生亦聖人之所欲也 但甚言道不可不聞 故曰夕死可矣 盖人而不聞道 雖食息在世 與死一般 詩所謂何不速死者 還不如速死之爲愈也 君子一日之生 不易小人之百年 可與知者道 這矣字 易以也字 亦不可 生順死安四字 君子終身用之而不能盡者 苟聞道而得其實理於心 雖一日之間 與天地參爲三 而超然獨出於萬物之表 何等快樂 學仙者遺棄人間 羽化昇天 實無所用 而其舍世則與死等耳 而人皆慕之 至於聞道則有實體有實用 不啻百千勝於仙 其超然之樂 又不啻昇天 而世人不慕也 其愚迷甚無謂也 况人之所以樂生者 以其有父母妻子食色富貴聲名之愛也 乃若仙佛則去父母以下諸樂 並去心

思 爲枯木死灰 然後始得 則其在人間 猶死耳 昇天歸寂之後乎 君子
之道 得父母妻子食色之眞樂 富貴聲名 亦自在也 且心知而意會 不
濡於塵俗 高出於物外 是卽眞仙也 而人皆慕虛仙 此夫子所以有朝
聞之訓也

　삶 또한 성인의 요구이지만, 道를 듣지 않아서는 안 된다는 점을
강조해 말하려고 "저녁에 죽어도 좋다"고 했다. 사람이 道를 듣지
못하면 비록 먹고 숨 쉬면서 세상에 살아 있어도 죽은 것과 마찬가
지이다. 〈詩經〉에서 "何不速死"(어찌하여 빨리 죽지 않는가)라고
한 것은 빨리 죽는 것이 차라리 낫다는 말이다. 군자로 하루 사는
것을 소인으로 백 년 사는 것과 맞바꾸지 않음은 道를 아는 사람하
고만 함께 말할 수 있다. 여기의 '矣' 자는 '也' 자로 바꾸면 또한
안 된다. 生順死安(살아서 이치에 순종하고, 죽어도 편안하다)라는
네 글자는 군자가 종신토록 준용하더라도 다 실행할 수 없다. 만일
道를 듣고 마음에서 實理를 얻는다면, 비록 하루만에도 天地에 참
여해 三才가 되어 만물의 밖에 홀로 우뚝 솟아 나오니, 그 얼마나
쾌활하고 즐거운가. 신선을 배우는 자가 인간 세상을 버리고 날개가
돋아나 하늘로 오른다고 해도 실은 아무 소용이 없다. 세상을 버리
게 되면 죽은 것과 같은 것인데 사람들은 모두 사모한다. 도를 들으
면 실체나 실용에서 신선보다 천백 배 더 나을 뿐만 아니라, 세상을
초연하는 즐거움 역시 신선이 되어 하늘로 올라가는 것과는 비교할
수 없는데도 세상 사람들은 이를 사모하지 않는다. 그 어리석음이나
미혹함을 말하지 않는다. 더구나 사람이 삶을 즐기는 이유는 부모
·처자·食色·부귀·명성을 좋아하기 때문이다. 仙道나 佛道는 부모
이하 여러 즐거움을 버리고, 아울러 마음의 작용까지 제거해 마른
나무나 식은 재와 같이 되어야 비로소 터득할 수 있단다. 인간 세상
이 있어도 죽은 것 같은데, 하늘에 오르고 寂滅에 들어간 다음에는
어떠리오. 군자가 추구하는 道는 부모·처자·食色의 참다운 즐거움

을 얻으면, 부귀와 명성 또한 그 가운데에 절로 있는 것이다. 또 마음으로 알고 뜻으로 이해하여 티끌 같은 속세에 더럽혀지지 않고 사물 밖으로 훌쩍 초월하는 것이 바로 참다운 신선이다. 그런데 사람들은 모두 헛된 신선을 사모하고 있으니, 이것이 공자가 아침에 道를 들으면 저녁에 죽어도 좋다는 가르침을 남긴 이유이다.

초보자를 위한 개괄적인 설명을 대강 엉성하게 하다가, 핵심에서 벗어났다. 生順死安이라는 것은 전연 필요하지 않은 잡설이고, 논지를 흐리게 하기만 한다. 道가 무엇인가? 왜 들어야 하는가? 누구에게서 들어야 하는가? 道를 들으면 실행이 보장되는가? 이런 문제를 제기하고 논란하지 않았다.

聞道가 의양론·차등론의 근거를 만들어준 잘못은 덮어두고, 도교의 초탈이나 불교의 적멸을 나무란 것은 수준 이하의 아주 엉뚱한 賊反荷杖이라고 하지 않을 수 없다. 많은 말로 혼란을 일으켜 판단을 흐리게 하지 말고, 聞道와 見性을 비교해야 한다. 見性은 聞道와 달라 스스로 한다. 스스로 힘써 見性成佛하면 이 말을 하는 부처와 대등하게 된다고 한다.

3

《讀書箚義》와는 다른 저작 〈格物說〉도 네 권이나 된다. 經典에 의거하지 않고 사물을 직접 관찰하고 판단해, 주장할 것을 주장한 글이다. 格物을 논의하지 않고 실행했다. 잘못한 것을 알아차리고 방향을 바꾼 것을 평가한다.

배운다고 하는 방법은 셋이다. 스승에게서 배우고, 책에서 배우고, 자연에서 배운다. 위백규는 스승에게서 배워 상당히 많은 것을 알았으나 만족하지 않았다. 아침에 道를 들으면 저녁에 죽어도 좋다는 가르침을 따르려고 하지 않았다. 책에서 더 잘 배우겠다고 작심하고 경전을 직접 읽고 궁리했다. 그래도 이렇다 할 것을 얻지 못했다. 의양의 방법으로 자득을 기대할 수 없었기 때문이다.

예사 사람들은 알량한 의양을 평생 자랑하지만, 위백규는 시간을 낭비하지 않고 자연에서 배우는 다음 길로 나아갔다. 시골에 묻혀 살면서 이웃의 농민들과 친근한 관계를 가지고, 함께 자연을 살피고 활용하는 것이 이 경우에는 절대적으로 유리한 조건이다. 농민들이 道伴이 되어 함께 탐구하니 든든하고 즐겁다.

자연은 가르쳐주기만 하고, 말은 하지 않는다. 가르쳐주는 것을 알아차려 말로 옮기고 글로 적으면, 의양은 전연 아니고 모두 자득이 된다. 자연이라는 위대한 스승이나 대단한 책은 전연 행세하지 않고, 어떤 권리도 주장하지 않는다. 저작권도 없으며, 표절 시비도 하지 않는다.

〈格物說〉에서 한 말 가운데 특히 산뜻한 것들을 고른다. 사람과 가깝고 먼 관계를 기준으로 정리한다. 동물·식물·물질이라는 말을 붙인다. 사람은 별개의 항목에서 거론하지 않고, 이 셋과 다르지 않고 대등하다고 암시했다. 암시를 조금 명시하는 설명을 붙인다.

동물

雞菢雛而搏狗 牛將犢而觸虎 雞雛之大 牛犢之壯也 何曾念其母哉 以不畏狗虎之至情而推之雞牛之子 果禽獸哉 雞大而生雛則又搏狗 牛壯而生犢則又觸虎 其前之不畏狗虎者 又誰歟

닭이 병아리를 품고 있을 때는 개도 쪼아 공격하고, 소가 송아지를 데리고 있을 때면 호랑이라도 뿔로 들이받는다. 그 닭도 병아리가 큰 것이고, 그 소도 송아지가 자란 것이지만 병아리나 송아지 때 언제 그 어미의 고마움을 생각한 적이 있었겠는가. 개나 호랑이도 두려워하지 않는 지극한 정을 그 닭이나 소의 새끼에게 미루어 베푸니, 과연 금수라고 하겠는가. 닭이 커서 병아리를 낳으면 또 개라도 공격할 것이고, 소가 자라서 송아지를 낳으면 또 호랑이라도 뿔로 들이받을 것이다. 그 이전에 개나 호랑이를 두려워하지 않았던 어미는 또 누구란 말인가.

닭과 소는 아주 다르다고 할 것이 아니다. 어떤 위험이 있어도, 어미가 보호하며 자식을 기르는 것은 같다. 사람도 이와 다르지 않다. 금수는 도덕적으로 열등하다고 여기는 차등론은 머릿속에서 지어낸 억설이다. 눈을 열고 볼 것을 보고 마음을 넓혀 알 것을 알면, 만생대등론이 타당하다고 하게 된다.

> 鷄菢者 一室之狗已熟而忘之矣 雞蔽於私 妄疑而搏之 反爲所噬 人不可妄疑也

> 닭이 알을 품은 것을 한집안에 사는 개가 익숙해져 잊어버렸는데, 닭이 자기 생각에 가려서 망녕되게 의심해 공격하면 도리어 개에게 물린다. 사람도 망녕되게 의심해서는 안 된다.

자기가 해야 하는 일을 표내지 않고 성실하게 하면, 불리한 여건도 유리해진다. 불안한 생각을 공연히 일으켜 소란을 떨며 가만있는 방해자를 깨우면 피해를 초래한다. 차등론을 일시에 불태워야 대등론이 들어설 수 있는 것이 아니다. 대등론이 서서히 자리를 잡으면서 일으키는 물결에 씻겨 차등론이 조금씩 약화되고 무너지게 해야 한다.

鴻鵠鷗鶴 高飛意適則鳴 不無時常鳴 漸小而至鷦鷯 則飛止常鳴
此大小之分也 況物之大於鴻鵠者哉 是以鳳凰鳴於岐山 于今三千載

기러기나 학 같은 크나큰 새들은 높이 날다가 뜻이 맞아야 울고,
아무 때나 울지는 않는다. 크기가 점점 작아져 뱁새나 메추라기에
이르면, 날다가 말 때마다 늘 운다. 이것이 크고 작은 구분이다. 하
물며 기러기나 학보다 더 큰 것은 어떠하겠는가? 그래서 鳳凰이 岐
山에서 울었다는 것은 지금으로부터 삼천 년 전의 일이다.

쉽게 보고 들을 수 있는 사실을 근거로 신중하고 경박한 행동의
차이를 말했다. 줄곧 짹짹거리면 귀를 기울이지 않는다. 학문은 재
치 경쟁이 아니다. 삼천 년 전에 鳳凰이 岐山에서 울어 성인이 나타
났다는 말까지 보태도, 긴 안목을 가지고 거대한 이론을 오래 힘들
여 구축해야 세상을 바꾸어놓을 수 있다고 했다.

魚之游 分羣別隊 小大類從 未嘗相撓 大魚之遇小魚 則舒遲連卷
若爲領率而與之同者 小魚則不然 纔遇大魚 輒駭逸傍竄 寧獨行而
未嘗頃刻隨行也 是豈有所不得已者歟 余觀大魚恒就深渦奧淵 不
輕出入 不汲汲於求食 得意則躍 而以靜爲常 故釣網不能禍 蟲獸不
能害 或至神而有呼雲命雨者 其小魚輕剽恣肆 出入遷移 居無常所
求食太急 每喜淺灘污溝 以衒於外 故鸕掠其晝 獺虐其夜 餌鉤網籪
逃閃不得 遇渴澤者則至於滅族 眞可矜哉

물고기가 놀 때 무리를 나누고 대오를 따로 한다. 큰 것은 큰 것끼
리 작은 것은 작은 것끼리 어울리고 서로 섞이는 법이 없다. 큰 물고
기가 작은 물고기를 만나면 여유 있고 침착하게 서로 어울려서 마치
통솔해서 함께 가는 듯하다. 작은 물고기는 그렇지 않다. 큰 물고기
를 만나면 그때마다 놀라서 옆으로 숨어 버리고, 차라리 혼자 다닐

지언정 한순간도 같이 다니는 적은 없다. 이 어찌 어쩔 수 없는 경우가 아니겠는가. 내가 큰 물고기를 보았더니, 늘 깊은 여울이나 연못에 있고 가볍게 출입하지 않으며, 서둘러 먹이를 찾지 않는다. 마음에 내키면 뛰어오르지만 늘 고요하다. 그러므로 낚시나 그물이 화를 입힐 수 없고, 곤충이나 짐승이 해를 입힐 수 없다. 더러 지극히 신통하여 구름을 부르거나 비가 오게 하는 것도 있다. 작은 물고기는 가볍고 빠르며 제멋대로 군다. 들락날락하며 자리를 바꾸고 옮겨서 일정하게 사는 데가 없다. 먹이를 너무 급하게 찾고, 매번 낮은 여울이나 도랑을 좋아하며 밖으로 모습을 내보인다. 그러므로 낮에는 물총새가 습격하고, 밤에는 수달이 침학하며, 낚시나 그물의 먹잇감이 되고 재빨리 도망치지도 못한다. 연못을 막고 물을 퍼서 고기를 잡는 사람이라도 만나면 멸족에까지 이르게 되니 진실로 딱한 노릇이다.

물고기가 노는 모습을 자세하게 관찰했다. 누구나 할 수 있는 관찰에서 깊은 이치를 깨닫고 소중한 교훈을 얻었다. 큰 물고기와 작은 물고기는 따로 놀면서 각기 자기 성격을 보여준다. 포용력과 경계심이 다르고, 은인자중과 경거망동의 차이가 있다. 사람은 마땅히 큰 물고기를 본받아, 위험을 피하고 원대한 뜻을 이루어야 한다고 말하면 되나? 아니다. 작은 물고기가 뜻대로 살 수 없는 불리한 사정인데도 불평이나 불만을 한 마디도 토로하지 않고, 즐거운 삶을 최선을 다해 누리는 것을 높이 평가하고 배워야 한다.

生而無求於物者蟬也 維其無求 故與物無競 得天時於長夏 選清陰而鳴其樂 涼風至矣 隨化歸藏 豈非得仙之性者哉 或曰 其鳴甚聒可憎也 若無聲則善者也 余曰 子豈惡於彼哉 物之有聲者 子寧盡惡之哉 太半是害物之音 有求之聲 日夜聒子之耳而不知惡 又從而助

其眂 顧乃蟬之爲惡耶 蟬固有不鳴者矣 同得其形而獨無其聲 涔涔
然盡日於淸風碧陰 而無聊待盡 則不如無生於初也 彼哉彼哉

　　살면서 다른 데서 무엇을 구하지 않는 자가 매미다. 구하는 것
이 없으므로 누구와 경쟁하지 않는다. 최적의 때를 긴 여름에 얻고
는, 맑은 그늘을 선택해 자기의 즐거움을 노래한다. 서늘한 바람이
이르면 변화에 따라 돌아가 자취를 감추니, 어찌 신선의 성품을 얻
었다고 하지 않겠는가? 어떤 사람은 말한다. "그 울음소리가 너무
시끄러워서 싫다. 소리가 없다면 좋겠다." 나는 말한다. "그대는 왜
그것을 싫어하는가? 소리를 내는 것을 그대는 정녕 다 싫어하는가?
소리는 태반이 다른 쪽을 해치거나 무엇인가를 구하는 것인데, 밤
낮으로 그대의 귀를 시끄럽게 해도 싫어할 줄 모르고, 게다가 덩달
아서 그 시끄러움을 부추긴다. 그러면서 도리어 매미 소리가 싫다
고 하는가?" 매미에는 처음부터 울지 못하는 것도 있다. 모습은 같
지만 그 매미만 유독 소리가 없다. 잠잠하게 하루 종일 시원한 바람
이 부는 푸른 그늘에서 무료하게 죽기를 기다리니, 애당초 태어나
지 않은 것보다 못하다. 그 따위로다, 그 따위로다.

　생물이 내는 소리는 셋이 서로 다르다. 한문으로 말해보자. (가)
適時自樂之聲, (나) 逆時害他之聲, (다) 失時不發之聲이다. (가)의
좋은 본보기를 매미가 보여준다. 사람은 흔히 (나)나 (다)이면서
(가)를 나무란다. 사람은 틀린 말을 함부로 해도 되는 특권이 있다
고 착각하지 말아야 한다. 자기의 (나)는 (가)라고 여기며 자랑하고,
남의 (가)는 (나)라고 하며 나무라는 것이 예사이다.

　이것을 그냥 두고보지 말고, 바로잡아야 한다. 어떻게 해야 하는
가? 오답도 있고, 정답도 있다. 사람의 차등론 질병은 성현도 경전
도 사이비 스승이고 돌팔이 의사여서 고치지 못하고 악화시키기나

한다. 매미 같은 곤충을 스승으로 삼으면, 신뢰감에서 의사의 치료 능력이 저절로 생겨, 차등론이 대등론으로 바뀐다.

虫豸之數萬萬 各以其時生 或以飛 或以鳴 或以躍 或以游 各了其時事 其有無 無與於天地 而天地並聽而存之 此天地之所以爲大也 人爲萬物之長 而亦各有了其時者 得位行道則其飛也 文章言論則其鳴也 功名榮達則其躍也 隱逸高蹈則其游也

벌레의 수는 수만 가지이며, 각각 자기 때에 따라 산다. 날기도 하고, 울기도 하며, 뛰기도 하고, 헤엄치기도 하면서 각각 그 때마다 의 일을 완수한다. 이것들이 있고 없고는 천지와 상관 없지만, 천지 는 나란히 소청을 들어주고 이것들이 있게 해주니, 이것이 천지가 위대한 까닭이다. 사람은 만물의 영장이라지만, 이것들과 마찬가지 로 각각 그 때가 있다. 지위를 얻어 道를 실행하면 나는 것이고, 문장으로 언론 활동을 하면 우는 것이고, 공적이나 이름이 영달하면 뛰는 것이고, 세상에서 물러나 멀리 숨어 살면 헤엄치는 것이다.

벌레들뿐만 아니라 사람도 천지가 있도록 허용해주는 혜택을 받 고, 각기 자기 나름대로 살아간다. 날고, 울고, 뛰고, 헤엄친다. 이 런 사실을 들어 萬生대등론을 분명하게 해야 한다. 사람은 만물의 영장이라고 뽐내는 차등론은 잘못되었으므로 버려야 한다. 성현의 가르침을 벌레의 가르침으로 바꾸어놓아야 한다.

식물

草有發惡者 節節生根 無限蕃衍 人踏之益蕃 其實細而繁 結成無定節 故人鋤去旋卽生 其自爲生計則誠巧矣 比之五穀蘭芝 其生豈不苟乎 苟生 君子不生

기를 쓰고 살려는 풀이 있다. 마디마다 뿌리가 생겨 끝도 없이 퍼져나가며, 사람이 밟으면 더욱 번성하다. 그 열매가 작고 많이 열리며, 열매가 맺을 때도 일정한 마디가 없기 때문에 사람들이 김을 매서 없애도 이내 되살아난다. 그런 풀이 스스로 생명을 이어나가는 계책은 참으로 교묘하다. 오곡이나 난초, 지초에 비하면 그 삶이 어찌 구차하지 않은가. 군자는 구차한 삶을 살지 않는다.

잡초를 싫어해 없애려고 하는 것은 망상이고 과오이다. 잡초는 어떤 시련도 견디며 끈덕지게 살아야 한다고 실천으로 가르쳐주는 스승이다. 형편을 잘 타고나서 삶이 구차하지 않은 군자가 자랑스러운가? 이렇게 말하면 자랑스러움이 부작용을 일으키고 해독을 끼쳐 차등론의 질병을 악화시킨다. 밟히면 더 뻗어나는 民草가 참으로 자랑스럽다. 대등론이 인류의 희망이라고 세계 곳곳에서 합창한다.

草木之花 單葉而儉者必有實 千葉而侈者無實 或欲以千葉自夸 何居

초목의 꽃 가운데 잎이 작고 소박한 것은 반드시 열매가 있다. 꽃잎이 많고 화려한 것은 열매가 없다. 더러 많은 잎을 자랑하려고 하는데, 무슨 소용이 있나?

어느 하나를 우열의 척도로 삼겠다는 것은 차등론의 횡포이다. 우열의 척도는 상대적이고, 역전되어 대등론의 반론을 성취한다.

草木有刺者似自防 然無刺者亦遂其生 何必以猛拒物 有刺皆不材 已則不材而以猛自衛 豈得計哉 有刺必鉤距 其心專是害物 自防何爲

가시가 있는 초목만이 자기를 방어할 수 있는 듯하지만, 가시가 없는 것도 그 생명을 다할 수 있다. 왜 군이 사납게 굴어 무엇이든 거부한단 말인가. 가시가 있는 것은 모두 재목으로 쓸 수 없다. 이미 자기는 재목이 되지 못하는데, 사납게 굴어 자기를 보위하는 것이 제대로 된 계책이라고 할 수 있겠는가? 가시가 있으면 반드시 남을 얽게 만들기 마련이고, 그 마음이 오로지 무엇이든 해치는 데 쏠리게 된다. 자기를 방어해 무엇을 하는가?

글을 다시 쓰면, 뜻이 더 분명해진다. 가시가 나무를 보호하는가? 아니다. 오히려 그 반대이다. 가시 있는 나무는 오래 두어 쓸모를 키울 것은 아니므로, 적절하게 자라면 베어다가 火木으로 사용한다. 그 불은 곧 사라지고 자취도 없어진다. 가시 없는 나무는 天壽를 다해 아주 우람해질 때까지 기다렸다가 材木으로 모시고 집을 짓는다. 그 집이 오래 가, 이미 누린 생명을 다시 누린다. 사람도 남을 해치려는 가시로 자해를 하고 만다.

花葉之敷華 報天地長我之榮也 瓜果之含仁 承天地生我之心也

꽃잎이 활짝 피는 것은 천지가 나를 키워 준 영광에 대한 보답이다. 오이가 씨를 머금고 있는 것은 천지가 나를 낳아 준 마음의 계승이다.

나는 어느 은혜에 어떻게 보답하고, 무슨 마음을 어느 모습으로 계승할 것인가? 꽃과 오이를 스승으로 삼고 열심히 배워야 한다. 자세를 한껏 낮추지 않으면 배운다는 것이 허세이다.

물질

水內明火外明 內明生之根也 外明死之兆也

물은 안이 밝고 불은 밖이 밝다. 안이 밝은 것은 삶의 뿌리이고, 밖이 밝은 것은 죽음의 조짐이다.

火空則燄發 心虛則明生也 燄熾易滅 炫外則易敗也 灰藏不熸 誠中則悠久也

불은 공간이 있으면, 불꽃을 터뜨린다. 마음은 비어야 밝음이 생긴다. 불꽃은 터지다가 쉽게 꺼지고, 사람도 밖에서 빛을 내면 쉽게 무너진다. 재에 간직된 것은 꺼지지 않고, 성실이 마음속에 있으면 유구하다.

이 두 말을 함께 고찰하자. 사람의 마음은 불같기도 하고, 물같기도 하다. 겉이 밝아 타고 없어지는 불처럼, 불같은 마음은 자멸을 초래한다. 안의 밝음을 계속 이어가는 물처럼, 물같은 마음은 많은 것을 이룩한다.

水自下故漸大 山自高故漸削 是以 謙德卑而不可越 亢者亡

물은 저절로 아래로 흘러 점점 커진다. 산은 스스로 높아져 차츰 깎인다. 그래서 겸손한 덕은 낮지만 넘을 수 없다. 너무 높이 올라가면 망한다.

'自'라는 글자가 水와 山에서 뜻이 조금 달라진다. 물은 어떤 의도나 노력 없이 '저절로' 아래로 흘러간다. 산은 누가 시키거나 도와주지 않아도 '스스로' 높아지고자 한다. 그래서 산은 위험하고, 물은 편안하다. "아래로 흐르는 물에는 산불이 나지 않는다." 내가 지은 시에 이런 구절이 있다. 높이 오르려고 다투니 불이 난다. 불은 산을 이기려 하고, 물을 만나면 물러난다. 물같이 살면 해치지 못하고,

불처럼 달아오르면 망하는 것이 당연하다.

4

〈然語〉라는 글도 있다. 서두의 〈題辭〉에서 한 말을 들고, 풀이하면서 번역한다.

> 昔莊周爲影言 人以爲詭 米芾呼石丈 人以爲癲 盖影非有言而石非可丈也 今吾與梅言而君之 吾果詭而癲哉 詭與癲 君子不爲 吾果不君子哉 周與芾亦不爲小人者 吾果周與芾而已耶 與梅君言 命曰然語 宜乎人之謂我詭而癲也 雖然使我詭而癲者 又誰歟

> 옛적 〈莊子〉의 저자 "莊周가 그림자가 말을 한다고 하니, 사람들은 괴이하다고 했다." 북송 때의 이름난 화가 "米芾(미불)은 石(돌)을 丈(어른)이라고 불러, 사람들이 미쳤다고 했다. 그림자는 말을 하지 않고 돌은 어른이라고 할 수 없기 때문이다. 지금 내가 매화와 말하면서 매화를 '君'이라고 한다." 전례가 조금 있는 작업을 적극적으로 추진해 더 잘 한다고 했다.

본문에서 자기는 字자를 따서 子華라고 하고, 상대방의 매화는 사람으로 여기고 존칭을 붙여 梅君이라고 했다. 이런 방식으로 寓言을 지은 것이 어떤가 물었다. "내가 과연 괴이하고 미쳤단 말인가. 군자는 괴이하고 미친 짓을 하지 않으니, 나는 과연 군자가 아니란 말인가. 아니면 莊周나 米芾이 소인이 아니니, 나는 과연 莊周나 米芾 같은 사람이란 말인가?"

"梅君과 더불어 말한 것을 '然語'라고 이름 붙이니, 사람들이 나를 괴이하고 미쳤다고 말하는 것도 당연하다. 비록 그렇다 하더라도 나를 괴이하고 미치게 하는 자는 또한 누구인가?" 끝으로 한 이 말은 더 깊이 새겨 이해해야 한다. '然語'는 '당연히 그런 말'이다. 당연히 그런 말을 사람이 아닌 梅君과 주고받는 것은 무슨 까닭인가?

"나를 괴이하고 미치게 하는 자는 또한 누구인가?"라고 하는 말로, 부당한 주장으로 정당한 언설을 막는 횡포를 은근히 나무랐다. 정면 대결은 할 수 없어, 우언을 지어 유격전 방식의 측면 공격을 했다. 동반 출연자가 梅君인 것은 우연한 선택이 아니다. 사람이나 책에서 배우는 허위를 척결하고, 자연의 진실을 가르쳐주는 스승의 이름을 아름답게 지었다.

〈格物說〉에서 할 말을 다 하지 못해 더욱 진전된 방법을 찾아 〈然語〉를 지었다. 토론이다. 우언이다. 자연이 가장 앞선 스승이다. 子華가 하는 말이 옳다고 하는 동조자이더니, 서로 도움이 되는 말을 하는 동학이나 道伴이다가, 모자라는 식견을 높여주는 스승 노릇을 했다. 사람에게서 배우는 것처럼 말하고, 자연에서 배운 자득 철학을 제시했다.

> 子華曰 聖人以天爲友 故特立而不憂 君子以己爲友 故獨行而不孤 梅君 曰兪
>
> 子華가 말했다. "성인은 하늘을 벗으로 삼으므로 우뚝하게 서 있어도 근심하지 않는다. 군자는 자기를 벗으로 삼으므로 혼자 나아가도 외롭지 않다." 梅君이 말했다. "그렇다."

이것이 첫 대목이다. 子華가 하는 말을 수긍하며 梅君은 동조자 노릇을 했다. 군자에게도 벗이 있어야 하고, 자연이 최상의 벗이라고 해야 한다. 梅君이 이렇게 말하지 않고, 子華가 하고 싶은 말을 하도록 했다.

梅君曰 太上畏己 其次畏天 其次畏人 下者無畏 子華曰 俞 子華
曰 聖人友天故樂 賢者友我故不憂 梅君曰 俞

梅君이 말했다. "최상의 사람은 자기를 두려워하고, 그다음 사람
은 하늘을 두려워하고, 그다음 사람은 사람을 두려워하고, 아랫사
람은 두려워하는 것이 없다." 子華가 말했다. "그렇다." 子華가 말
했다. "성인은 하늘을 벗으로 삼기 때문에 즐겁고, 현자는 자신을
벗으로 삼기 때문에 걱정하지 않는다." 梅君이 말했다. "그렇다."

여기서는 梅君과 子華, 子華와 梅君이 대등한 위치에 있는 동학
이다. 해야 할 말을 서로 보탠다.

子華曰 天忘其大 故悠久而不墜 聖人忘其德 故配天 君子忘其善
故有而不驕 學者不矜故日新 梅君曰 惟其大也故自忘

子華가 말했다. "하늘은 그 큼을 잊어버리기 때문에 오래되어도
떨어지지 않는다. 성인은 그 덕을 잊어버리기 때문에 하늘과 짝한
다. 군자는 그 선함을 잊어버리기 때문에 선함이 있어도 교만하지
않는다. 배우는 자는 자랑하지 않기 때문에 날로 새로워진다." 梅君
이 말했다. "오직 크기 때문에 스스로 잊어버릴 수 있다."

여기서는 子華가 요령부득인 말을 길게 하니, 梅君이 그 핵심을
간명하게 정리했다. 하늘, 성인, 군자, 배우는 자 등이 각기 어떻다
고 하는 것은 사람이나 책에서 배워 아는 의양 지식이다. 子華가
그 수준에 머물지 못하게 梅君이 바로잡아, "오직 크기 때문에 스스
로 잊어버릴 수 있다"는 자득 철학을 제시했다.

子華曰 聖賢所謂天也 是理之所當然而已也 人以爲眞有一物而
主宰之 遂使爲善者怠 梅君曰 不自欺 能知天

子華가 말했다. "성현이 이른바 하늘이라고 한 것은 이치의 당연
한 것을 가리킬 뿐인데, 사람들은 참으로 한 사물이 있어 주재하는
것으로 여겨 드디어 善을 행하는 사람이 게을러지게 한다." 梅君이
말했다. "자기를 속이지 않아야 하늘을 알 수 있다."

신앙을 비판하면 철학이 이루어지는 것은 아니다. 선행 독려를
철학으로 여기지도 말아야 한다. 철학은 자기는 알았다면서 남들에
게 무어라고 일러주는 말이 아니다. 무지한 자기가 유식하다고 스
스로 속이지 않고, 포괄적이고 총체적인 원리를 철저하게 추구해야
철학이 얼굴을 내민다.

子華曰 旣有陰陽 則善與惡元是兩立 性善無惡之說 誠爲可疑 梅
君曰 不可謂陰純是惡 若謂惡 造化中豈容有惡 但對擧則陰不如陽
夜不如晝 凡事物之屬陰者 皆不如陽 其不如者 旣不可謂之善 則只
可謂之惡 天下豈有無對之物乎 若曰有善而無惡 是有春夏而無秋
冬也 豈理也哉

子華가 말했다. "이미 陰陽이 있으면 善惡이 원래 양립하니, 性
은 선하여 악이 없다는 설은 참으로 의심스럽다." 梅君이 말했다.
"陰은 순수하게 惡이라고 말할 수 없다. 陰이 惡이라고 하면, 造化
가운데 어찌 악이 용납될 수 있겠는가? … 천하에 어찌 상대가 없는
사물이 있겠나? 만약 선만 있고 악은 없다고 한다면, 이는 봄과 여
름만 있고 가을과 겨울은 없는 꼴이니, 어찌 이치에 맞겠는가?

萬物陰陽은 존재 일원론이고, 性情善惡은 가치 이원론이다. 앞

의 것을 말하다가 뒤의 것으로 넘어가 일원론은 부당하고 이원론이
타당한 듯이 말하는 것은 잘못이 아닌가? 子華가 제기하는 이런 의
문을 梅君이 풀어주었다. 생각이 子華는 모자라고 梅君은 앞선 것
처럼 보이게 하고, 子華는 하기 어려운 말을 梅君이 하도록 했다.
陰陽은 선악으로 구분되어 상대적 관계를 가지지 않는다. 선만 있
고 악은 없다고 하는 것은 造化의 기본 이치에 관한 말이 아니다.
梅君이 이런 말로 이원론의 개입이 잘못되었다고 분명하게 말했으
나, 일원론의 정체는 납득할 수 있게 말하지 못했다. 중간이나 뒤에
한 말이 적실하지 않아 생략했다. 철학을 철학으로 쇄신하지 못하
는 난점을 드러냈다. 우언을 지어내도 난점을 해결하지 못할 뿐만
아니라, 피하기도 어려웠다.

5

子華

海村深處送殘春
霖雨支離又浹旬
未見禍淫天可必
但知爲善舜何人
啼禽起予詩無病
翠草交窓德有隣
自笑行年五十客
猶嫌華髮欲生嗔

자화

바닷가 마을 깊은 곳에서 남은 봄 보내는데,
궂은비 지겹게도 열흘 동안이나 이어진다.

음습한 재앙을 하늘이 내리는 것은 보지 못하고,
선행을 하면 되는 舜임금 어떤 사람인가는 안다.
새가 지저귀며 나를 일으켜 詩에 병이 없고,
파란 풀 창가에서 어른거리니 德 있는 이웃이다.
나이 쉰 된 것 스스로 웃을 만하다고 하면서,
도리어 흰머리 싫어해 화를 내려고 한다.

梅君

林屋閒趣淡夷猶
書架爐薰春日悠
吼石狂奔溪意氣
盈郊爭茂草風流
林間鳥語知誰使
醉後吾眠奈自由
懶把我詩詩又澁
夕陽釣下白鷗洲

매군

숲 속 삶의 한가로운 정취 담담하며 여유 있고,
서가 화로 연기에서 봄날 해가 느릿느릿 간다.
돌에 부딪혀 세차게 흐르는 냇물이 意氣이고,
들판 가득 다투어 무성한 풀이 風流로다.
숲 속의 새 울음 누가 시키는지 아는가?
취한 뒤의 나의 잠은 어디에서 비롯하는가?
게으르게 움켜쥔 내 詩, 이 詩도 난삽해,
석양에 낚시 드리우나 갈매기 모래톱에서.

子華와 梅君이 주고받았다고 하는 詩가 많은 가운데, 이것이 특히 긴요한 논란을 한다. 두 줄씩 비교해보자.

子華의 "바닷가 마을 깊은 곳에서 남은 봄 보내는데, 궂은비 지겹게도 열흘 동안이나 이어진다."는 공연히 불만을 토로한다. 梅君의 "숲속 삶의 한가로운 정취 담담하며 여유 있고, 서가 화로 연기에서 봄날 해가 느릿느릿 간다."는 편안해 즐겁다는 말이다. 마음가짐이 다르다.

子華의 "음습한 재앙을 하늘이 내리는 것은 보지 못하고, 선행을 하면 되는 舜임금 어떤 사람인가는 안다."는 존숭의 대상에 의지하려고 하는 의양이다. 梅君의 "돌에 부딪혀 세차게 흐르는 냇물이 意氣이고, 들판 가득 다투어 무성한 풀이 風流로다."는 자연과 하나가 되어 약동하는 자득이다. 미혹하고 각성한 차이가 있다.

子華의 "새가 지저귀며 나를 일으켜 詩에 병이 없고, 파란 풀 창가에서 어른거리니 德 있는 이웃이다."는 안이한 자만이다. 梅君의 "숲 속의 새 울음 누가 시키는지 아는가? 취한 뒤의 나의 잠은 어디에서 비롯하는가?"는 진지한 탐구이다. 답보와 전진이 구별된다.

子華의 "나이 쉰 된 것 스스로 웃을 만하다고 하면서, 도리어 흰머리 싫어해 화를 내려고 한다."는 할 일을 버려두고 자기 모습이나 살피는 무책임한 일탈이다. 梅君의 "게으르게 움켜쥔 내 詩, 이 詩도 난삽해, 석양에 낚시 드리우나 갈매기 모래톱에서."는 해온 일이, 지은 詩가 모자란다고 하는 자책이다.

子華의 잘못을 梅君이 시정하지 못했다. 잘 지으려고 해도 詩가 난삽하다. 〈格物說〉에서 한 좋은 말을 살리지 못해 유감이다. 게으르게 움켜쥔 탓이 아닌가 하고 되돌아보아야 한다. 흰머리나 들추면서 딴 소리를 할 것은 아니다. 새로운 詩를 다시 지어야 한다. 그래서 다음 작업을 했다.

6

이제부터 고찰할 시는 《存齋集》이라는 문집을 간행할 때 넣지 않아, 필사본으로 전한다. 품격이 모자란다고 여긴 것 같으나, 오히려 대단한 향상을 이룩했다. 매화를 의인화한 梅君 대신 麥이라고만 적은 보리를 상대역으로 하고 문답하고 시비한 일련의 시를 보자. 보리는 매화와 같은 관상용 화초가 아니고, 땀 흘려 농사 지어 식량으로 삼는 곡식이다. 가만히 두고 보지 않고, 온몸을 움직이며 부딪치는 경기 상대와 같다. 문답이나 시비가 불꽃 튀기며 일어난다.

號穀數爲百
可憎者惟麥
謬以重惡質
承乏參民食

곡식이라 하는 것 몇 백 가지인데
보리라는 놈이 가장 밉살스럽다.
몇 겹이나 악질인 녀석이 잘못 되어,
궁핍을 틈타 백성들의 먹거리에 끼어들었다.

서두가 이렇게 시작되는 〈罪麥〉에서 농사짓기 어렵고, 먹기 거북하고, 속탈이 잘 나는 등의 죄과를 낱낱이 들어 보리를 꾸짖고, 유배형을 내려야 한다고 했다. 보리밥을 먹고 살아가야 하는 농민의 불평을 거친 말투 그대로 쏟아놓아 웃음이 나오게 했다. 그다음에는 타작하는 사람들의 고생을 직접 말하는 듯이 전하고 있다. 게으름을 떨치고 열심히 일하면서 노래해, 전연 난삽하지 않고 실감이 넘친다.

正當五月炎
必待千鞭撲
毒塵霾風欄
獰芒螫汗顏
鞣夫髮被蓬
箕妾體生蠚

바로 오월 염천이 되면
천 번 두들기는 짓 반드시 닥친다.
독한 티끌 흙비 오듯 난간에 날리고,
모진 까끄래기 땀 밴 이마 벌 쏘듯.
도리깨질하는 사람 머리 쑥대 되고,
키질하는 아낙 몸에 상처 생기네.

〈麥對〉에서 보리가 항변을 하는 말을 이렇게 적었다. 보리 덕분
에 춘궁기를 넘기니 그 은혜가 크고, 보리밥으로 만족하며 사는 농
부나 선비의 자세가 훌륭하다고 했다. 주고받으면서 응답하고 힐
난하는 수작을 모두 농민의 입에서 나오는 대로 받아 적어 간격이
없다.

7

〈農歌九章〉이라고 한 것은 한시가 아니고 시조이다.

땀은 듣는 대로 듣고 볕은 쬘 대로 쬔다
청풍에 옷깃 열고 긴 파람 흘려 불 제
어디서 길 가는 손님 내 아는 듯이 머무른고

말뜻을 풀이한다. 땀은 떨어지는 대로 떨어지고, (햇)볕은 쪼일 대로 쪼인다. 淸風(맑은 바람)에 옷깃을 열고 긴 파람 흘려(흘리면서) 불 제(때에), 어디서 길 가는 손님이 내가 안다는 듯이 머무는고.

허리를 굽히고 정신없이 일하다 잠깐 숨을 돌리려고 일어선다. 땀이 마구 흘러 온 몸을 적시고, 햇볕은 너무 뜨겁게 내려쪼인다. 그런 데도 맑은 바람이 불어 옷깃을 열고 맞이하니 상쾌하다. 휘파람을 불듯이 숨을 길게 내쉬자 더욱 시원하다. 아주 즐거운 느낌이다.

이런 즐거움은 괴롭게 일하는 사람이 아니면 알지 못한다. 한가하게 길이나 가는 손님이 무얼 안다고 머물러 바라보고 있는가? 무슨 말을 하려는가? 사람 꼴이 아니어서 민망하다고 하려는가? 수고를 위로하려는가? 너무 더우니 그만두고 쉬라고 하려는가?

그 어느 말을 해도 먹혀들어가지 않고, 엇박자가 생긴다. 가까운 거리에서 비슷한 자세로 서 있으면서 전혀 어울리지 않는 두 사람의 모습이 기이한 그림을 이룬다. 보고만 있으니 마음이 불편하다. 어느 쪽에라도 다가가 서로 통하도록 해야 한다.

이 노래를 듣거나 읽는 사람들은 거의 다 길가다가 머물러 바라보는 사람 쪽이다. 지식은 많을지 몰라도 겪을 것을 겪지 않은 탓에 깨달아 아는 바는 모자란다. 분수 모르고 개입하면 양쪽이 더 멀어지게 한다. 엇박자를 키우기나 해서, 유식이 무식이고, 유능이 무능임을 스스로 폭로한다. 이 노래는 그런 줄 알아야 한다고 깨우치는 최소한의 교훈이다.

일하다 몸을 일으킨 사람 쪽이라고 하려면 겪은 바가 상통해야 한다. 무엇이든 보람 있는 일을 혼신의 힘을 기울여 열심히 해서 괴로움이 즐거움임을 알아야 한다. 그래서 사는 보람을 얻고, 남들에게 도움을 줄 수 있어야 한다. 농사를 지어 먹거리를 나누는 것만 훌륭하다고 할 것은 아니다. 길가다가 머물러 바라보는 사람들을 충격을 주어 깨우치는 정신요법을 마련하는 것이 또한 절실한 과제이다.

잘 먹이면 생각을 바르게 하는 것은 아니고, 오히려 그 반대일 수 있다. 농사짓는 사람을 억누르는 힘을 키울 수 있다. 충격을 주는 정신요법은 지금까지 인정되어온 갖가지 우열을 뒤집어, 누구나 서로 장단을 맞추어 함께 어울릴 수 있게 해야 한다.

> 둘러내자 둘러내자 길찬 골 둘러내자
> 바랭이 역고를 골골마다 둘러내자
> 쉬 짙은 긴 사래를 마조 잡아 둘러내자

말뜻을 풀이한다. 둘러내자(논을 한 골씩 매어나가자) 둘러내자. 길찬(아주 긴) 골(움푹 들어간 곳) 둘러내자. 바랭이, 역고(여뀌)를 골골마다(논의 골마다) 둘러내자. 쉬(시궁창) 짙은(색깔이 짙은) 긴 사래는(논의 긴 이랑 잡초는 힘이 드니까) 마조(마주) 잡아 둘러내자. 바랭이와 여뀌는 흔히 보는 잡초이다.

설명이 더 필요하다. 바랭이는 볏과의 한해살이 풀이다. 높이는 40-70센티미터이다. 꽃이 7-8월에 피고, 열매는 10월에 익는다. 여뀌는 마디풀과의 한해살이 풀이다. 水蓼라고도 한다. 높이는 40-80센티미터이며, 잎은 어긋나고 피침 모양이다. 여름이면 네 잎 끝에 붉은색을 띠는 연녹색 꽃이 핀다. 잎과 줄기는 짓이겨 물에 풀어서 고기를 잡는 데 쓴다.

논매기를 하는 사람들이 부르는 노래를 가져와 부른다. 일하는 동안 계속 이어지는 민요를 시조 형식에 맞추어 잘라, 작품 한 편을 만든다. 사설을 줄일 수밖에 없지만, "둘러내자"를 되풀이하는 말은 원래대로 가져와 현장감을 살린다. 민요와 가장 가까운 시조이다.

어려움을 무릅쓰고 농사일을 억척스럽게 한다. 혼자서는 할 수 없어 함께 일하면서 서로 격려한다. 일을 하면 열이 올라 지치는 줄 모르고, 힘이 솟는다고 느낀다. 무성한 잡초를 다 걷어내니 얼마나 시원한가! 구경하는 사람들은 모르는 기쁨이다.

노래 지은 사람도 구경꾼은 아니고 농사꾼이다. 〈格物說〉에서 한 좋은 말을 여럿이 함께 온몸으로 실행하고 있다. 삶 자체가 대등론을 구현하는 자득 철학이다.

8

위백규는 무엇을 했는가? 폭이 넓고, 성격이 각기 다른 글을 썼다. 힘든 모색과 획기적인 각성을 보여주었다. 여럿이 각기 할 일을 맡아, 시대의 대전환을 이룩했다.

《讀書箚義》에서 한 經學, 〈格物說〉이라는 이름으로 자기 말을 적은 雜著, 〈然語〉에서 매화를 의인화한 梅翁과 문답한 寓言, 〈罪麥〉과 〈麥對〉의 한시, 〈農歌九章〉의 시조, 이 다섯이 아주 다르다. 당대의 모든 글을 순차대로 다 갖추었다. 그러면서 계속 앞으로 나아갔다.

앞뒤의 글이 正變·高下·遠近·順逆의 관계를 가지도록 했다. 이 방법으로, 의양에서 자득으로 한 걸음씩 나아갔다. 중세를 청산하고 근대를 창조하는 방향을 제시했다. 미완의 과업을 맡아, 살아 있는 우리말에서 알차게 피어오르도록 완수해야 한다.

성대중

1

成大中(1732-1809)은 서얼 신분이어서, 능력이 뛰어나도 현달하지 못했다. 저작에 힘써 《靑城集》과 《靑城雜記》을 남겼다. 張維의 《谿谷集》과 《谿谷漫筆》, 金萬重의 《西浦集》과 《西浦漫筆》에서 그랬듯이, 《靑城集》과 《靑城雜記》는 正變이나 雅俗의 차이가 있다. 正雅에 관한 당대의 평가는 낮았으나, 후대에는 變俗을 대단하게 여긴다.

두 저작은 많이 다르다. 《靑城集》에서는 격식을 차리면서 할 말을 조심스럽게 해야 했으며, 자기 발상의 표출을 자제했다. 《靑城雜記》는 그런 제약에서 벗어날 수 있어, 파격적인 발언을 했다. 파격의 정도가 《谿谷漫筆》이나 《西浦漫筆》보다 훨씬 더하다. 철학 혁신을 과감하게 시도한 성과를 확인하고 평가할 수 있다.

고인의 가르침을 받들면서 자기 지론을 펴는 依樣은, 작전으로도 소용이 없다고 여기고 버렸다. 自得한 이치를 분명하게 하려고, 격식을 따르지 않아도 되는 산문을 이용하는 방식을 다채롭게 개발했다. 朴趾源과 함께 지배 이념을 타파하는 유격전을 위한 글을 썼다고 할 수 있는데, 名文을 남기겠다는 생각은 없어 거동이 가볍고 말이 순하다.

《靑城集》은 관심의 대상이 되지 않고, 번역이 없다. 《靑城雜記》는 알려지고, 번역되고, 고찰되었으나, 표면을 스치는 데 그쳤다. 철학 혁신을 알고 평가하는 작업은 여기서 처음 한다. 무엇을 말했는지 알아도, 기존의 관습에서 많이 벗어나 쉽게 납득할 수 있게 풀이하기 어렵다.

친숙하고 정확한 논술을 해야 하는 난제를 안고, 고민하고 분발하지 않을 수 없게 한다. 이 작업을 잘하면, 대단한 가르침을 내용과 함께 외형에서도 소중하게 활용한다. 그 덕분에 오늘날의 학문이 더욱 생동하게 할 수 있다.

2

《靑城集》에서는 시 몇 편으로 자기가 어떻게 살아가는지 조심스럽게 말했다.

〈**自警 兼示子才**〉
有守身長穩
無求體自寬
若要完氣節
先學耐飢寒
布褐輕堪着
藜羹淡可餐
平生安樂法
留待後人看

〈**스스로 경계하며, 아울러 아이들에게 보여준다**〉
있다는 것은 몸을 오래 숨김이고.

없다는 것은 너그러움 구하기이다.
절기가 온전해야 한다고 하려면,
주리고 추운 것부터 익혀야 한다.
갈옷은 가벼우므로 입기 쉽고,
나물국은 담담해 먹기 좋구나.
평생 편안하게 지내는 이 방법
뒷사람이 알아주리라고 기대한다.

"有守身長穩 無求體自寬"이라고 한 첫 대목의 대구는, 짜임새가
교묘하고 뜻이 깊다. 오래 은거하고 '있고', 마음을 너그럽게 먹어
야 한다는 생각마저 '없다'는 것을 有無라고 하는 글자를 앞세워 말
했다.

"守"와 "求", "身"과 "體", "長"과 "自", "隱"과 "寬"이 같고 다르다고
하면서, 대등생극을 암시한 발상이 기발하다.

다음 대목에서는 긴장을 풀고 말을 쉽게 했다. 절기가 온전해야
한다고 요구하며 불만을 토로하지 말고, 어떤 경우에도 적응할 수
있도록 해야 한다. 갈옷은 가벼우므로 쉽고, 나물국은 담담해 먹기
좋아 더 바랄 것이 없다. 이렇게 생각하고 평생 편안하게 지내는
방법을 터득하고 실행하는 것을, 당대에는 이상하게 여기더라도 뒷
사람은 온전하게 알아주리라고 기대한다고 했다.

〈縣齋述意〉

世路元非窄
人心枉自眕
願居昭曠界
長作逸休身

不憾天奚厭
無求道益親
只須敦素履
保我太和春

〈고을의 재실에서 뜻한 바를 말한다〉
세상 길이 원래 좁지는 않은데,
사람은 마음을 심하게 구부린다.
밝고 넓은 영역에서 살기 바라고,
오랫동안 몸 편하게 쉬고 싶어진다.
하늘이 어떻게 누른다고 원망하지 않고,
도리와 더욱 친해질 생각도 버리리라.
다만 늘 하듯이 착실하게 걸으며,
봄날의 큰 조화 내게 이루리라.

어느 고을의 재실에 들렀다가, 뜻한 바가 있어 말한다고 했다. 일상적인 상황에서 비범한 발상을 얻어, 짜임새를 잘 갖추어 나타냈다. 응축한 생각을 풀어내려면, 한 대목씩 순서대로 이해하는 것이 좋다.

1·2행: 고난은 밖에 어디 있지 않고, 사람 마음이 좁아 스스로 만들어낸다. 自害를 중단해야 한다. 3·4행: 밝고 넓게 열린 곳에서 편안하게 살고 싶다고 작정하면 바라는 대로 된다. 마음을 열면 세상이 열린다. 처음에는 이처럼 어렵게 말하다가, 자리가 잡히면 순탄한 길로 간다.

5·6행: 하늘에 대해 불만을 가지고 원망하거나, 마땅한 도리를 더욱 분명하게 밝히겠다고 하는 것은 과분하고 무용한 노력이다. 대단한 탐구를 해서 높은 경지에 이르렀다고 평가되기를 바라는 차

등론의 사고를 버려야 한다. 7·8행: 헛된 생각을 버리고 일상생활을 충실하게 이어 나가면, 봄날같이 따뜻한 천지의 거대한 조화가 내게서 이루어진다. 대등론이 얼마나 큰 행복을 보장하는지 조금 말했다.

〈漫吟〉

杖屨悠然趁野芳
澗磧幽草夕陰長
樹深自貯淸凉意
花老方聞郁烈香
邂逅田翁諮雨旱
招呼社友展碁觴
後人記我平生事
山北山南第一狂

〈함부로 읊는다〉

짝지와 짚신 의지하고 천천히 들 내음 따르니,
골짜기 냇물 그윽한 풀에 저녁 그늘 길구나.
숲은 깊어 맑고 시원한 뜻 스스로 간직하고,
꽃이 늙어 이제는 더욱 짙은 향기 들리게 한다.
늙은 농부 만나 비 오고 가문 날씨 물어보고,
사귀는 벗들 불러 모아 바둑과 술 즐기며 논다.
뒷사람이 내가 평생 한 일 기록하려고 하면,
산 북쪽과 남쪽의 으뜸 미치광이라고 하라.

이 시도 한 대목씩 순서대로 이해하는 것이 좋다. 1·2행: 인간 세상의 물건은 최소한 필요한 것만 가지고 자연으로 간다. 흔히 할 수 있는 말이다. 3·4행: 깊은 숲이나 늙은 꽃이 자기와 같아, 맑고 시원한 뜻과 짙은 향기를 지니고 있다. "향기가 들리게 한다"고 해서 자기가 쓴 글을 읽히도록 내놓는다고 알린다. 만물대등을 조금 알아차리게 한다. 5·6행: 자기는 혼자가 아니고, 주위의 師友와 함께 살아간다. 늙은 농부에게 배울 것을 배우고, 벗들이 있어 함께 즐겁게 논다. 만인대등도 함께 말한다.

7·8행: 예상하지 못한 전환이다. 산 북쪽과 남쪽 경계가 없이 다 다닌다고 했다. 그 모든 곳에서 자기가 으뜸 미치광이라고 한 것은 설명이 부족한 비약이어서 충격이 더 크다. 《靑城雜記》을 샅샅이 뒤져 읽으면 "과연 그렇구나"라고 할 수 있다.

3

《靑城雜記》에서 서로 연결시켜 한 말 가운데 쉽게 눈에 뜨이는 것이 하나 있다. 華夷의 구분에서 벗어나 중국 중심주의를 청산해야 한다고, 이해하기 쉽게 풀어 알렸다. 몇 가지만 개요를 간추려 옮긴다.

> 天同而地異 地同而人異 人同而時異 何謂天同地異… 狀貌異 言
> 語異 服食異 習性異 其不可 以中國之五行治也 五性率也 五禮敎也
> 五倫齊也 明矣

> 하늘이 같아도 땅은 다르다. 땅이 같아도 사람은 다르다. 사람이
> 같아도 시간은 다르다. 다… 모습이 다르고, 언어가 다르고, 의복과
> 음식이 다르고, 습성이 달라, 중국의 五行으로 다스릴 수 없고, 五
> 性으로 거느릴 수 없고, 五禮로 가르칠 수 없고, 五倫으로 가지런하

게 할 수 없는 것이 분명하다.

중국 중심주의의 잘못을 나무랐다. 절대적인 가치가 있다고 여기
지 말고, 상대적인 관점을 갖추어야 한다고 했다. 五倫의 보편적인
의의마저 부정했다. 차등론의 허위를 버리고 대등론의 진실을 알아
야 한다고 했다고 풀이하면, 더욱 빛나는 견해이다.

> 靖康之變 帝子王孫 官門仕族 陷入金虜 屬爲奴婢.. 歲支麻五把
> 令緝爲裘 男子不能緝者 終歲裸體 虜或哀之 使之執爨 雖微有煖氣
> 旋出取柴 歸坐火邊 皮肉脫落… 天之視之 華夷豈有別哉… 周猶以
> 名義斥也 兩漢專以武力加之 奴虜待之 禽獸視之 必欲勦絕而後已
> 彼亦仇視中國 世世磨牙 必欲一報 而中國之自修 乃反不如也

> 靖康의 변란으로 제왕의 자손이나 벼슬하는 족속이 모두 금나라
> 오랑캐에게 사로잡혀 가서 노비가 되었다… 한 해에 삼 다섯 다발
> 씩 주고 직접 길쌈해 옷을 해 입으라고 했다. 길쌈할 줄 모르는 남자
> 는 일 년 내내 알몸으로 지냈다. 오랑캐가 간혹 불쌍히 여겨 불을
> 지피게 하면, 얼었던 살가죽이 떨어져 나갔다… 하늘의 입장에서
> 보면, 어찌 중국과 이적의 차별이 있겠는가… 周나라는 그래도 명
> 분과 의리로 배척하던 이적을, 兩漢 때는 전적으로 무력만 사용해
> 오랑캐로 대하고 짐승으로 보아 반드시 섬멸한 뒤에야 그만두려고
> 했다. 그쪽도 중국을 원수로 보고 대대로 이를 갈면서 반드시 한번
> 보복을 하겠다고 했다. 중국이 스스로 되돌아보는 것은 도리어 그
> 쪽보다 못했다.

物極必反이라고 했듯이, 번영이 극도에 이르면 몰락의 길에 들어
선다. 지나치게 늘어난 자만심이나 낭비가 자기를 해치기 때문이

다. 이런 원리를 북송에서 확인했다. 북송이 중국 역사의 절정을 보여주면서 허점투성이일 때, 북방 민족의 금나라가 쳐서 멸망시킨 변란이 일어났다.

그때 잡혀간 왕족이나 사족이 어떤 고생을 했는지 위의 글이 잘 말해주었다. 무능한 남자는 알몸으로 지내야 했다는 기막힌 사정은, 상하·남녀의 차등이 무너지는 것이 당연하고, 길쌈하는 능력을 가진 하층 여성이 진정으로 위대한 줄 알도록 한다. 무도한 야만인이 성현의 가르침을 과감하게 뒤집어, 숨은 진실이 만천하에 드러나게 했다.

총평을 달아, 논의를 확대했다. 한나라 이래로 중국이 오랑캐를 무력으로 짓밟으면서 짐승처럼 여기다가, 반격을 당한 것이 당연하다고 했다. 잘못한 줄 모르고 아직까지 반성하지 않고 있으니, 우리가 다시 나무라야 한다.

清攝政王 克李自成 取燕京 入皇極殿 拾小簡 若投書然 書曰 謹具萬里江山 文八股再拜… 蓋崇禎遺臣 痛科文之亡國而爲之也

청나라 攝政王이 李自成을 무찔러 燕京을 접수하고 皇極殿에 들어가, 投書인 듯한 작은 편지를 주웠다. 거기 써 있기를, "삼가 文八股는 두 번 절하고 만리강산을 바칩니다"고 했다. … 아마도 崇禎 황제의 遺臣이 科文 탓에 나라가 망하게 된 것을 무척 애통하게 여긴 듯하다.

攝政王 청태조의 아들 多爾袞(도르곤)이다. 청나라 군대를 지휘했으면서 왕이 되지 않고 어린 왕을 보좌해 섭정왕이라고 했다. 李自成은 농민반란의 주동자이며, 명나라를 유린해 무너뜨렸다. 청나

라 군대가 이자성을 치고 중국을 차지했다.

文八股는 과거시험에서 요구하는 글 八股文을 사람의 성명처럼 고쳐 적은 말이다. 그 글이 내용은 공허하고 형식만 야단스럽게 차려, 명나라가 망하게 했다. 이에 대한 고발을 기발한 방식으로 했다. 명나라 대신 중국을 차지한 청나라도 그 길을 따른 것은 말하지 않았다.

孝廟在瀋十年 淸旣克北京 乃許之返 山東人 王鳳崗 王文祥 馮三仕 柳許弄 王美承 大同人 劉自成 裴成三 杭州人 黃功 等八人 從之而來 孝廟居之本宮側 欲官之 不肯 願俟河淸而返 孝廟亦不强 而使衣食於官 後屬之訓局 今盡爲委巷人… 中國人流落東國 而鼎貴奕赫者 三國尙矣 高麗時 宋商之奔投者 元臣之陪公主而至者 無不賜籍顯達 子孫繁衍 而獨明之遺民來東者 箇箇屯蹇 不齒士流 何古今之不同也

효종은 10년 동안 瀋陽에서 생활했으며, 청나라가 북경을 함락하고 나서야 귀국을 허락을 얻었다. 그때 山東 출신 王鳳崗·王文祥·馮三仕·柳許弄·王美承, 大同 출신 劉自成·裴成三, 杭州 출신 黃功 등 여덟 사람이 효종을 수행해 우리나라로 왔다. 효종은 이들을 本宮 곁에 살게 하면서 벼슬을 주려고 했으나, 우리나라에서 벼슬하지 않고 명나라가 다시 회복될 때를 기다렸다가 돌아가려고 했다. 효종도 억지로 일을 시키지 않고, 관청에서 생활용품을 받아 쓰게 했다. 그 뒤 이들을 훈련도감에 소속시켰다. 나중에는 모두 서민이 되었다. 중국인이 우리나라로 망명해 오면 높고 빛난 것이 삼국 시대에는 당연했다. 고려 때의 송나라 상인 망명자나 원나라 신하 공주 수행자들까지 모두 본관을 받고 현달했으며 자손도 번성했다. 유독 명나라의 유민으로 우리나라에 온 자들은 모두 어려움이 많고 선비 축에도 끼지 못했다. 어째서 고금이 같지 않은가?

청나라에 잡혀 있던 효종을 수행해 조선으로 온 중국 선비 여덟은 명나라가 다시 일어서기만 바라고, 스스로 할 수 있는 일은 없는 무능력자였다. 명나라가 무너져 중국이 한물간 이유를 알 수 있게 했다. 중국에서 온 역대 망명자의 위세가 차츰 줄어든 사실을 들고, 그 이유가 무엇인지 물었다. 시대 변화에 대한 깊은 통찰을 하게 한다.

그 물음에 대답을 분명하게 하라는 숙제를 남겼으니, 말해보자. 중국인이 절정을 넘어서자 단계씩 어리석어졌다고 하면 절반만 맞는 대답이다. 처음에는 많이 모자라던 한국인이 분발해 시대마다 더욱 슬기로워져, 중국인과의 격차가 없어지다가 역전되었다고 하는 것이 정답이다.

4

《靑城雜記》에는 예상하지 못한 기이한 말을 한 대목이 적지 않다. 그 가운데 셋을 든다. 앞의 글은 이어져 있어 서로 돕는데, 이것들은 아주 딴판이다. 그러면서 깊은 연관이 있다.

> 一人內外祖 始則二人 至曾祖爲四 至高祖爲八 若至十世, 則內外祖總爲五百一十有二人 若至二十世 則內外祖總爲五十二萬四千二百八十有八人 祖多於孫信矣

한 사람의 內祖와 外祖가 처음에는 두 사람이다. 증조에 이르면 넷이 되고, 고조에 이르면 여덟이 된다. 10대조로 올라가면 내외조가 총 512인이 되며, 20대조로 올라가면 총 52만 4288인이 된다. 조부가 손자보다 많다는 말이 참으로 옳다.

李忠武公舜臣 始除湖南左水使 倭警方急 禦之在水 而海防險阨
莫之悉也 公乃日聚浦氓男女於庭 夕入晨出 捆屨績麻 恣其所爲 而
夜輒犒以酒餐 公便衣狎嬉 誘使之言 浦氓始甚畏懾 久益馴習 相與
笑謔 所語皆漁採所踐歷也 曰某港水洄 入必船覆 某灘石匿 冒必舟
碎 公一一記之 翌朝躬出視之 遠則褊裨往察其地 果然 及與倭戰 輒
引舟回避 誘納之險 倭船無不立碎 不勞戰而勝也

충무공 이순신이 처음 호남좌수사에 제수되었을 때, 왜적이 침입
한다고 다급하게 알려왔다. 왜적을 막는 것은 바다에 달려 있는데,
공은 바다를 방비하는 요해처를 알지 못했다. 그래서 공은 날마다
포구의 남녀 백성들을 좌수영 뜰에 모아놓고 저녁부터 새벽까지 짚
신도 삼고 길쌈도 하는 등 하고 싶은 대로 하게 하면서 밤만 되면
술과 음식으로 대접했다. 공은 평복 차림으로 그들과 격의 없이 즐
기면서 대화를 이끌었다. 포구의 백성들이 처음에는 매우 두려워하
다가, 시간이 지날수록 친숙해져 함께 웃으면서 농담까지 하게 되
었다. 그들의 대화 내용은 모두 고기 잡고 조개 캐면서 지나다닌
곳에 관한 것들이었다. "어느 항구는 물이 소용돌이쳐서 들어가면
반드시 배가 뒤집힌다.""어느 여울은 암초가 숨어 있어 그쪽으로
가면 반드시 배가 부서진다." 이런 말을 공이 일일이 기록했다가,
다음 날 아침 몸소 나가 살피고, 거리가 먼 곳은 휘하 장수를 보내
살펴보게 했다. 과연 그랬다. 마침내 왜군과 전투를 하게 되자 번번
이 배를 끌고 후퇴하여 적들을 험지로 유인해 들였다. 그때마다 왜
선이 여지없이 부서져 힘들여 싸우지 않고도 승리했다.

俚語之妙者 無不合韻 蜻蛉蜻蛉 往彼則死 來此則生 此直無理俚
謠 而亦諧於韻 如所謂三尺髯食令監 看新月坐自夕 坐雀必帶鏃 皆
成韻語 似此類者甚多

속담 가운데 절묘한 것들은 모두 가락이 착착 맞는다. "잠자리야

잠자리야, 저리 가면 죽고 이리 오면 산단다." 이것은 다만 아무 뜻이 없이 전하는 노래인데, 역시 가락이 맞는다. 이를테면 "수염이 석 자라도 먹어야 영감이다.", "새벽달 보자고 저녁부터 기다린다.", "오래 앉은 참새 화살 맞는다."' 등의 속담은 모두 나무랄 데 없는 한 토막의 시구이다. 이와 비슷한 것들이 아주 많다.

이 셋을 〈조부〉·〈이순신〉·〈속담〉이라고 일컫고, 함께 고찰해보자. 〈조부〉는 아주 기발한 계산이다. 〈이순신〉은 구전의 수록이라고 생각된다. 〈속담〉에는 더 들어야 할 것이 아주 많다.

〈조부〉를 재론한다. 위대한 인물 누가 자기 20대조라고 자랑하는 것은 그 사람이 52만 이상의 다수 가운데 하나일 따름이다. 조모까지 보태면 그 수가 100만이 넘는다. 자기가 물려받은 유전자 100만 이상을 분모로 한 분자 1은 계산하면 0에 수렴한다. 엄청나게 많은 선인들의 다양하기 이를 데 없는 유전자는 어느 기준에서 차등의 서열을 가지는 것이 전연 불가능하고, 오직 대등의 관계를 가지고 서로 돕는 것을 알아야 한다.

유전학이 이루어지기 한참 전에 성대중은 사고실험이라고 할 것을 진지하고 정확하게 해서, 20대조와 자기가 한 줄로 이어져 있다고 여기는 오늘날도 심한 착각을 밑둥에서부터 잘랐다. 혈통주의와 권위주의를 내세우는 차등론이 지배력을 행사하며 사고를 마비하고 상극을 확대하는 폐해를 철저하게 타파할 수 있게 했다.

그 전례를 모르고 나는 거의 같은 발상을 제시했다. 〈혈통후손과 문화후손〉이라는 글을 써서, 〈대학지성 in&out〉이라는 매체 2023년 4월 9일 자에 발표했다. 그 앞부분을 든다.

족보에는 부계만 적혀 있어, 어느 조상과 후손이 바로 연결되는 것처럼 보이게 한다. 잘난 분 누가 자기의 몇 대조라고 하면서 뻐길 수 있게 한다. 이것은 알고 보면, 우스운 일이다. 위로 올라가면 조상이 아주 많아진다.

부모는 2인이고, 조부모는 4인이고, 증조부모는 8인이다. 이처럼 한 대 올라갈 때마다 조상의 수가 갑절로 늘어난다. 5대조는 32인, 10대조는 1,024인, 15대조는 32,768인, 20대조는 1,048,576인이다. 누가 10대조라는 것은 1,024인 가운데 하나, 20대조라는 것은 1,048,576인 가운데 하나라는 말이다. 20대 선조의 후손이라는 것은 1,048,576 분의 1일의 혈통만 지닌다. 그 정도면 0에 수렴한다고 할 수 있다.

선조와 후손의 관계는 혈통이 아닌 문화로 이어져야, 인정할 만한 의의가 있다. 혈통후손임을 주장하지 말고, 문화후손임을 입증해야 한다. 과거 어느 분이 이룩한 문화의 업적을 알고 이어받으면 문화후손이 된다. 혈통후손인가는 족보에 근거에 두니 위조할 수 있다. 문화후손인가 하는 것은 언행이 말해주므로 판별하기 쉽고, 가짜가 있을 수 없다.

혈통후손과 문화후손은 일치하지 않는다. 혈통후손이라고 자부해도, 문화후손은 아닐 수 있다. 혈통후손은 아니라도, 문화후손일 수 있다. 혈통후손은 선조의 잘못을 합리화해 세상을 속인다. 잘못된 선조는 문화후손이 없다. 훌륭한 선조는 문화후손이 많다. 문화후손의 수가 선조를 평가하는 척도이다.

문화후손인이 될 수 있는 자격 규정은 있을 수 없다. 누구나 스스로 노력하면, 훌륭한 선조의 자랑스러운 문화후손이 된다. 그 선조의 유산을 이어받아, 널리 이롭게 사용할 수 있다. 혈통후손의 횡포는 적고, 문화후손의 활약이 많은 나라가 좋은 나라이다.

혈통후손이라고 자처하는 무리는 배타적이고 폐쇄되어 있다. 그러면서 내부에서 지체나 서열을 가리면서 다툰다. 문화후손은 개방

되어 있으며, 서로 포용한다. 여럿이 겹칠 수 있고, 국경을 넘어간다. 혈통후손은 차등론, 문화후손은 대등론을 이룩한다.

성대중이 이미 한 말을 내가 처음 한 것으로 착각한 것을 알아 부끄럽다. 그러면서 훌륭한 생각을 버리지 않고 모르면서도 되살려 다행이라고 할 수 있다. 나는 성대중의 혈통후손일 수 없으며, 바라지도 않는다. 좋은 생각을 이어받아, 나는 성대중의 문화후손 자격을 얻는다.

혈통후손이라고 자처하는 무리는 이름난 선조를 이용해 위세를 부린다. 자기 이익을 위해 선조의 뼈다귀를 우려먹는다. 선조를 현창하고 숭앙한다면서, 선조와는 다른 방향으로 나아가 선조를 배신하고 욕보인다. 문화후손 노릇은 하지 않거나 정반대로 해서, 선조의 가치를 훼손한다. 이것은 선조의 불운이고, 불행이다. 선조를 못난이로 만드는 가해이다.

대등의 길로 가려면 혈통을 존중하는 폐풍을 단호하게 물리쳐야 한다. 잘못된 과거를 청산하고, 새 출발을 해야 한다. 새 출발을 좋은 전례를 되살려 해야 한다. 성대중이 이렇게 하려고 한 노력을 내가 문화후손이 되어 더욱 키운다. 고금학문 합동작전으로 대등생극론이 깨어나게 하고 키운다.

〈이순신〉을 다시 보자. 이순신에 관한 지금까지의 논의는 지략이 뛰어나 승리했다고 하고, 지략의 내역을 이것저것 구체적으로 설명하는 데 그쳤다. 그처럼 뛰어난 지략을 어떻게 해서 얻었는가? 이 질문은 하지 않았다. 이 질문에 대해 어떻게 대답해야 하는가?

천품이 뛰어났기 때문이라고 하면, 질문을 무색하게 한다. 병법 공부를 많이 했다는 것이 적절한 대답일 수 없다. 성대중이 분명한 대답을 제시했다. 어부들과 친하게 지내면서 바다의 지형, 수심, 조류 등을 소상하게 안 것이 뛰어난 지략을 얻은 내력이고 그 내용임을 밝혔다. 지략이 어부들의 체험에 축적되어 있는 것을 알고 받아들였다고 했다. 글 읽는 선비의 학식보다 생산 활동에 종사하는 하층민의 체험이 더욱 타당하고 유용한 지략, 한층 높은 통찰이나 투철한 철학을 제공한다고 말했다.

이런 사실이 〈이순신〉에 관한 어느 문헌에도 전하지 않는다. 구전을 듣고 기록했다고도 할 수 있으나, 성대중이 지어낸 이야기라고 보는 것이 더 적합하다. 타당하다. 〈조부〉에서 한 것 같은 사고실험을 해서, 모르고 있던 내막을 명백하게 밝혔다고 보는 것이 타당하다.

오늘날의 학자들이 한다는 연구는 어떤가? 문헌증거만 일방적으로 신뢰해 식견을 옹색하게 하고, 사고실험은 자연과학의 전유물로 내주어 학문의 분열과 차등을 키운다. 사고실험을 공통된 방법으로 삼고, 통합되고 대등한 학문을 해야 한다. 성대중이 보여준 그 전례를 높이 평가하고 이어받아야 한다.

〈속담〉은 어떤가? "잠자리야 잠자리야, 저리 가면 죽고 이리 오면 산단다." 이것은 잘 날아다니는 수단을 자랑하지 말고, 살길을 찾아야 하는 목적 달성에 힘써야 한다는 말이다. "수염이 석 자라도 먹어야 영감이다"는 형식에 매이지 말고 내용을 갖추어야 한다는 말이다. 이 둘에다 "모로 가도 서울만 가면 된다"는 것을 보탤 수 있다.

"새벽달 보자고 저녁부터 기다린다.", "오래 앉은 참새 화살 맞는다"는 것은 흔히 하는 일관성 예찬이 어리석다는 말이다. "원숭이도 나무에서 떨어진다"고 해서 보수주의의 고정관념 타파를 요구한 것과 함께 평가해야 한다. 속담이 지혜의 원천임을 잘 알고 적극 활용해야 한다.

《문학에서 철학 읽기》의 한 대목 〈속담의 논리 구조〉에서 한 작업이 이와 관련된다.

문헌에 의거하는 依樣과 결별하고, 이치를 스스로 생각하면서 난문제를 사고실험으로 해결하면 깊고 타당한 이치를 自得할 수 있다. 이 작업을 민중의 자혜를 받아들여 더 잘하려고 설화의 도움을 받고 속담의 지혜를 공유한다. 이것이 성대중의 탐구 방법이고 내용이다.

5

《靑城雜記》에서는 자기가 생각하고 깨달은 이치를 여러 가지 방식으로 정리해 놓았다. 그 가운데 높이 평가할 만한 것들을 든다. 제목이 따로 없고, 붙이지 않는다.

> 鳳麟所以輝世 而利於民也 豈若牛馬 文繡所以侈躬 而便於人也 豈若布帛 酒醴所以合歡而益於體也 豈若飯饌 文章所以華國 而適於時也 豈若事功

> 봉황과 기린은 세상을 빛나게 하지만, 어찌 소와 말만큼 백성에게 이롭겠는가? 화려한 비단은 몸을 치장하지만, 어찌 무명만큼 사람에게 편안하겠는가? 술은 기분을 좋게 하지만, 어찌 밥만큼 몸에 유익하겠는가? 문장은 나라를 빛나게 하지만, 시대의 요구에 부응

하는 데서는 어찌 실제로 공을 세우는 것만 하겠는가?

여기서는 허식을 버리고 실질적인 가치가 있는 것을 존중해야 한다고 했다. 실학을 하자고 한 것 같으나 그렇지 않다. 실질적으로 가치 있는 것을 외부 세계가 아닌 내면의 사고에서 추구해, 대등생극의 이치를 깨닫고 실행해야 한다고 했다. 이것을 공덕이 더욱 중대한 과업으로 삼았다.

朝暉夕照 一景之移也 盛暑祁寒 一氣之變也 得於此 則必失於彼 盛於始 則必衰於終 其反也 亦如之 故至人之居世也 辭尊而居卑 辭富而居貧 無榮則無悴 無功則無罪 無福則無禍 全身遠害 孰過於此

아침 햇살과 저녁노을은 같은 경치의 변이이다. 무더위와 심한 추위는 같은 기운의 변화이다. 이것을 얻으면 반드시 저것을 잃는다. 시작이 번성하면 반드시 끝에는 쇠퇴한다. 그 반대도 이와 같다. 그러므로 至人은 높은 지위를 사양하고 낮은 자리에 머물러 살아간다. 영화가 없으니 초라함도 없다. 공이 없으니 죄도 없다. 복이 없으니 화도 없다. 온몸으로 해로움을 멀리하니, 누가 이보다 낫겠는가?

한 말을 구분해 정리해보자. 앞에서는 [1] 자연의 역전을, [1-1] 하루의 아침 햇빛과 저녁노을, [1-2] 한 해의 무더위와 심한 더위를 들어 말했다. 그다음에는 [2] 생겨나는 모든 것이 [2-1] 공간에서 이것이거나 저것이어서 둘을 아우를 수 없고, 시간에서 [2-2] 시작과 끝 가운데 하나가 좋으면 다른 쪽은 나빠 둘 다 좋을 수는 없다고 했다.

세 번째 대목에서는, [3] 위의 두 이치를 알고 있어 지극히 슬기로운 사람인 至人은 어떻게 살아가는지 말했다. [3-1] 지위가 높지 않으니 낮아지지 않고, [3-2] 영화가 없으니 초라함도 없고, [3-3] 복을 바라지 화가 닥치지 않는다고 했다. [3-4] 이런 방식으로 해로움을 멀리하는 것보다 더 잘 사는 사람은 없다고 했다.

지나치면 반대가 되는 역전의 원리를 말했다. [1]에서 말한 자연의 역전을 말하고, 으레 그런 줄 알면 된다. [2]에서는 자연과 사람의 공통된 역전을 말하고, [2-1] 공간에서나 [2-2] 시간에서나, 구분되는 양쪽이 다 좋을 수 없어, 좋으면 나쁘고 나쁘면 좋은 것을 알아야 한다고 했다.

알 것을 알고 실행하는 사람을 至人이라고 했다. 聖人이 아닌 至人이 으뜸이라고 했다. 성인은 자기가 완전하다고 자부하고 모자라는 사람들을 가르치려고 하는 차등론자라면, 지인은 극단에 이르면 일어나는 역전을 미리 알고 막을 수 있는 지혜를 보여주는 대등론자이다. 높은 자리의 영화나 복을 바라지 않아야 지인일 수 있다는 것은, 대등론을 실행하고 있어 만백성이 원래부터 지인이라는 말이다.

지인이 자기의 해로움을 멀리하기만 하면 이로운 일은 누가 하는가? 자기의 이로움이 아닌 만인의 이로움이 무엇인지 알고 실행할 수 있어야 한다. 이런 사람을 지인이라고 하지 않고 다른 말로 일컬을 수 없다. 으뜸인 사람이 지인이라고 한 말을 뒤집지 않고, 이 의문에 진지하게 응답했다.

順之則喜 怫之則怒 常情也 順之則喜 怫之而不怒 高人一等者也
可以利物 可以長民 順之而不喜 怫之而不怒者 至人也 可以爲軍師

可以爲民牧也.

순응하면 좋아하고 거스르면 성내는 것은 예사 마음이다. 순종하면 좋아하고 거슬러도 성내지 않는 사람은 한 등급 위의 高人이다. 물질로 이롭게 하고, 사람들을 길러 줄 수 있다. 순응해도 기뻐하지 않고 거슬러도 성내지 않는 사람은 至人이다. 군대를 지휘하거나, 백성을 다스릴 수 있다.

여기서는 凡人·高人·至人을 구분했다. 셋은 지위가 아닌 마음가짐이 다르다고 했다. 凡人은 순응하면 좋아하고 거스르면 성내는 예사 사람이다. 高人은 순응하면 좋아할 뿐만 아니라 거슬러도 성내지 않는 한 등급 높은 사람이다. 남들과 불화하지 않고 도움이 되는 일을 하는 것을 평가해야 한다. 그 정도로는 모자라므로, 더 상위의 至人이 있다고 했다. 거슬러도 성내지 않을 뿐만 아니라, 순응해도 좋아하지 않기까지 해야 지인이라고 했다.

그 이유는 무엇인가? 예상하지 않고 있던 역전을 미리 막고 공연히 당황하지 않아야 한다. 무엇이 좋다느니 나쁘다느니, 자기 마음이 기쁘거나 성난다고 하는 분별심 없어 사리를 있은 그대로 정당하게 판단하고 적절하게 대처해야, 지인일 수 있다. 지인은 고인이 한정된 범위 안에서 도움이 되는 개별적인 작업을 하는 수준을 넘어서서, 널리 도움이 되는 중차대한 과업을 바람직하게 수행한다.

지인이 이렇게 대단하다고 말해, 만백성이 원래부터 지인이라는 말을 스스로 부인하는 것은 아니다. 만백성이 원래 가진 특성을 손상 없이 지니고 발현해야 지인일 수 있다. 혼란이나 차질이 얽힌 소용돌이에서 벗어나 근본으로 회귀하려고 진통을 많이 겪는다.

회귀가 곧 진출이다. 만백성과 하나임을 확인한 지인은 물러나 자기를 지키지 않고 나아가 해야 할 일을 한다. 이것이 天道의 실현이라고 하면서 다음과 같이 말했다.

施恩於人而忘之 以天道自公也 受恩於人而不忘 以人道自救也
大抵 成事 豈人力哉 市之則貪天也 報恩 人之職也 忘之則不義

남에게 은혜를 베풀고 잊으면, 天道를 따라 스스로 공평함을 이룩한다. 남에게 은혜를 입고 잊지 않는 것은 人道를 따라 자기를 신칙함이다. 대저 일을 이루는 것이 어찌 사람의 힘이겠는가. 이것을 가져가면 하늘의 공을 탐내는 짓이다. 은혜에 보답하는 것은 사람의 도리이므로, 이것을 잊으면 의롭지 못하다.

은혜를 베풀었으면 잊고, 받았으면 잊지 말아야 한다. 베푼 은혜를 잊지 않고 기억하면, 우월감에 사로잡힌 대등론자가 될 수 있다. 받은 은혜를 기억하지 않고 잊으면, 자기가 모자란다는 생각이 없어져 서로 도우며 사는 대등 관계에서 이탈한다.

이런 말을 天道와 人道를 들어 크게 확대했다. 일을 이루는 것은 天道인데, 자기가 남들에게 은혜를 베푼 덕분이라고 여긴다면 참람한 착각이다. 이런 착각을 쉽게 막으려면, 은혜 베푼 것을 잊어야 한다. 받은 은혜를 잊지 않아야 하는 것은 人道이다. 은혜 기억했다 보답해, 人道를 버리지 말아야 한다.

누구나 바로 알아들을 수 있는 은혜에 관한 말을 근거로 삼고, 모호하고 난해하다고 여기는 天道와 人道를 분명하게 구분했다. 天道는 공공의 소망을 성취하는 大道이고, 人道는 사사로운 의리를 실행하는 小道이다.

凡人·高人·至人 구분론을 가져와 다시 말해보자. 小道를 지키면

高人이 되어 범인과는 다른 것 같다. 至人이 되어 大道를 실행하려고 하면, 高人의 자랑인 은혜 기억을 넘어서야 한다. 무덤덤한 凡人으로 되돌아가야 한다.

6

《靑城雜記》에 속담과 같이, 짧고 뜻깊은 말이 많이 있어 더욱 빛난다.

> 室無藏蓄 則盜賊不至 心無忮羨 則患害不侵

> 집에 쌓아 놓은 재물이 없으면, 도적이 이르지 않는다. 가슴속에 시기하고 부러워하는 마음이 없으면, 재난이 침범하지 않는다.

부정문을 긍정문으로 바꾸어보자. 도적은 집에 쌓아놓은 재물 때문에 오고, 재난은 시기하고 부러워하는 마음 탓에 생긴다. 그릇된 원인을 제거하면 불행한 결과도 없다. 원인 제거가 무척 어려우므로, 작심하고 해야 한다.

> 不量力之善心 不解事之固執 亡國破家 皆由於此

> 자기 역량을 헤아리지 못하고서 남에게 선심을 쓰고, 사태를 제대로 파악하지 못하고 고집을 부린다. 나라를 망치고 집안을 파탄내는 것이 모두 여기에서 연유한다.

이것은 자기 역량을 헤아려 무리하지 않은 범위 안에서 선심을 쓰고, 사태를 제대로 파악해 부릴 만한 고집을 부리라는 말이다.

과부족이 없는 중도의 길을 걸어야 한다고, 실행하기 힘든 충고를 한다.

含容足以畜衆 忍耐足以率物 淵默足以居世 斂約足以保身

여러 사람을 함께 지낼 만큼 받아들인다. 만물을 거느릴 만큼 인내한다. 세상에서 견딜 수 있을 만큼 조용하다. 몸을 넉넉하게 보존할 만큼 검약한다.

여기서는 말을 다듬어 마음을 다듬었다. 번역하기 무척 어려워 고민하게 한다. 가만히 생각하면 모두 할 수 있는 일이다.

乘則必除 屈者能伸 天下萬事 皆以此準之

번성하면 반드시 쇠퇴하고 굽은 것은 펴진다. 천하만사가 모두 이런 이치를 기준으로 삼는다.

이것은 지나치면 반대가 되는 역전이 반드시 일어나는 말이다. 만물과 인생의 역전이 같은 이치이다.

盛者衰之候 福者禍之本 欲無衰 無處極盛 欲無禍 無求大福

융성은 쇠퇴의 조짐이고, 복은 화의 근원이다. 쇠퇴가 없기를 바란다면 극도의 융성에 처하지 말고, 화가 없기를 바란다면 큰 복을 구하지 말아야 한다.

名譽盛者 惟斂退可以遠辱 富貴極者 惟謙恭可以免禍

명성이 자자한 자는 자신을 단속해야만 치욕을 멀리할 수 있다.

지나치게 부귀를 누리는 자는 겸손하고 공손해야 화를 면할 수 있다.

이 둘은 지나쳐서 불행하게 되지 않도록 해야 한다는 실질적인 충고이다. 차등 선호를 경계하는 뜻도 있다. 융성이나 복, 명예나 제물이 지나칠 수 없는 대다수의 사람은 대등을 실행하고 있어 불행해지지 않는다는 말이기도 하다.

以福家稱者 便非福家 以智士稱者 便非智士

복 있는 집안이라고 일컬어지는 집안은 복 있는 집안이 아니다. 슬기로운 선비로 일컬어지는 사람은 슬기로운 선비가 아니다.

여기서는 외형에 대한 평가는 과장되거나 조작되어 실질과 반대일 수 있는 것을 알아야 한다고 한다.

名待後日 利付他人 在世如旅 在官如賓

이름은 후일에 기대하고, 이익은 타인에게 준다. 이 세상에 여행하듯 살고, 벼슬을 손님처럼 맡는다.

이것이 무슨 말인지 깊이 생각해야 알 수 있다. 당장 높아지는 이름은 근거 없이 조작된 허명이다. 참된 이름은 업적을 정당하게 평가하는 기간이 필요해 나중에 난다. 이익을 자기가 차지하려고 하면 충돌이 일어날 따름이고, 남에게 양보하면 화합이 이루어진다. 小利를 다투지 말고, 모두 함께 유익하게 하는 大利를 이룩해야 한다.

자기가 이 세상의 항구적인 주인이고 영원한 거주자라고 착각하면, 시간 낭비나 하고 있다가 죽음이 닥치면 크게 당황한다. 여행하듯이 살아야 일정을 잘 짜서 마땅히 할 일을 하고, 때가 되면 조용히 떠나는 것이 당연하다고 여긴다.

자기가 관직의 주인이라고 여기면 어쭙잖은 폭군이 된다. 그만두어야 하는 것을 납득하지 못해 행패를 부린다. 손님처럼 머물면서 할 일을 조심스럽게 하고, 미련 없이 그만두는 것이 공직자의 마땅한 자세이다.

屠必有食肉相 醫必有殺人命

백정은 반드시 고기 먹을 관상이 있다. 의원은 반드시 사람을 죽일 운명을 타고난다.

이것은 백정은 천하다느니, 의원은 그보다 자체가 높다느니 하는 선입견을 버려야 한다는 말이다. 어느 생업이라도 그 나름대로 보람도 있고 수난도 있어 서로 대등하다.

7

《靑城集》의 시는 알차지만 갑갑하고, 《靑城雜記》의 산문은 그렇지 않다. 길고 짧은 말을 뜻한 대로 지어내며 깊은 이치를 다채롭게 표출해 철학을 혁신했다. 경전을 풀이하고 기존의 논의를 존중하는 依樣의 인습에서 완전히 벗어나, 自得의 경지가 대단한 것을 잘 보여주었다. 문학사나 철학사에 전례가 없는 새로운 작업을 기발하게 했다.

세 가지 발언이 특히 소중해 다시 든다. "하늘이 어떻게 누른다고 원망하지 않고, 도리와 더욱 친해질 생각도 버리리라."이런 자세로 살아간다고 했다. "이것을 얻으면 반드시 저것을 잃는다. 시작이 번성하면 반드시 끝에는 쇠퇴한다. 그 반대도 이와 같다. 그러므로 至人은 세상에 살면서 높은 지위를 사양하고 낮은 자리에 머문다. 영화가 없으니 초라함도 없다. 공이 없으니 죄도 없다. 복이 없으니 화도 없다."이런 경지에 이르고자 했다.

"이름은 후일에 기대하고, 이익은 타인에게 준다."이것은 이익을 양보해 분쟁을 줄이자는 말만은 아니다. 내가 小利를 차지하려고 남들과 경쟁하면 어리석고, 누구나 공유하는 大利를 키우 데 힘쓰는 것이 슬기롭다고 했다. 이렇게 말하니 대등생극론 각성이 크게 진전되었다.

안민영

1

　安玟英(1816-1885 이후)은 中人 歌客이다. 신분은 中人이고, 하는 일은 歌曲 唱이어서 歌客이라고 했다. 歌客은 대부분 중인이었다.
　歌客은 唱만 하지 않고, 歌集 편찬도 하고, 시조라고 통칭되는 작품 창작도 했다. 수많은 시조 가운데 자득 철학을 특히 잘 갖춘 것이 安玟英의 작품이다.

2

　　　매영이 부딪친 창에 옥인금차 빗겼는데,
　　　이삼 백발옹은 거문고와 노래로다.
　　　이윽고 잔 들어 권할 제 달이 또한 오르더라.

　말뜻을 풀이한다. 梅影(매화 그림자) 부딪친 창에 玉人金釵(아름다운 사람의 금빛 비녀) 빗겨 있구나. 二三(두셋) 白髮翁(머리 흰 늙은 이)은 거문고와 노래로다. 이윽고 盞 들어 勸할 적에 달이 또한 오르더라.
　좋은 것들을 다 열거했다. 매화 그림자가 창에 비치는데, 금빛 비녀를 지른 아름다운 여인을 앞에 두고, 거문고 타고 노래 부르는 두셋 늙은이가 있다. 이런 즐거움에 무엇을 더 보태야 하는가?

달이다. 잔 들어 술을 권할 적에 "달이 또한 오르더라"고 마지막으로 말한다. 앞에서 든 것들, 매화, 미인, 음악, 벗들, 술보다 높은 등급의 즐거움을 높이 뜬 달이 준다고 한다.

> 지난 해 오늘 밤에 저 달빛을 보았더니,
> 이 해 오늘 밤에 그 달빛이 또 밝았다.
> 이제야 세거월장재를 알았은저 하노라.

말뜻을 풀이한다. 지난 해 오늘 밤에 저 달빛을 보았더니, 이 해 오늘 밤에 그 달빛이 또 밝았다. 이제야 歲去月長在(해가 가도 달은 길게 그대로 있다)를 알았는가 하노라.

달은 연도가 바뀌어도 그 모양 그대로 빛을 내고 있다. 이것이 불변의 사실임을 과거 시제의 형태 "-았-"을 거듭 사용해 확인한다. 사실 확인이 말하고자 하는 바는 아니다. 사실의 의미는 말하지 않고 독자가 발견하도록 한다.

달이 달만은 아니다. 달처럼 변하지 않고 빛을 내서 멀리까지 밝히는 것은 무엇이든지 훌륭하다. 달처럼 모습을 드러내지 않아 모르거나 잊고 있는 것이 달처럼 훌륭해 마음으로 우러러볼 수 있다.

그것을 마음속의 달이라고 하자. 마음속의 달은 무엇인가? 무엇인지 아는가, 모르는가? 이런 의문은 작품의 문면에 나타나 있지 않아, 독자가 발견하고 스스로 감당해야 한다.

이 두 작품은 공통점이 있다. 달을 노래하는 것을 핵심으로 한다.

달을 두고 흔히 하는 말을 버리고, 새로운 발상을 제시해 충격을 준다. 달은 세상에서 좋다고 하는 것들 상위에 있고, 세월이 흘러 무엇이든 변해도 불변이다. 달을 노래하며 핵심을 이루는 상위 개념이 불변인 것을 찾고자 한다. 이것이 철학하는 자세이고 철학이 추구하는 목표임을 자득해 알려준다.

미처 하지 않은 말을 보태라고 한다. 위에서 내려다보는 시선이 밝고 냉철해, 철학의 요건을 잘 갖추고 있다. 햇빛의 위세를 타고 차등을 뽐내던 것들도 달빛을 받으면 달라진다. 화려한 색채를 잃고 달빛을 나누어가져 대등해진다. 달은 해와 경쟁하지 않는다. 해가 지면 모습을 분명하게 드러내, 해의 단점을 보완한다. 어둠을 조금만 몰아내, 음양의 차이를 줄이기만 한다. 상극을 부추기지 않고, 상생을 유도한다.

3

이번에는 다른 사람 申欽의 시조를 먼저 든다.

> 산촌에 눈이 오니 돌길이 묻혔어라.
> 시비를 열지 마라 날 찾을 이 뉘 있으리.
> 밤중만 일편명월이 그 벗인가 하노라.

말뜻을 풀이한다. 山村에 눈이 오니 돌길에 묻혔어라. 柴扉(사립문)을 열지 마라 날 찾을 이 뉘(누가) 있으리. 밤중만 一片明月이 내 벗인가 하노라.

안민영은 비슷한 말을 다르게 했다.

공산 풍설야에 돌아오는 저 사람아.
시비에 개 소리를 듣느냐 못 듣느냐?
석경에 눈이 덮였으니 나귀 혁을 놓으라.

말뜻을 풀이한다. 空山 風雪夜에 돌아오는 저 사람아, 柴扉에서 개 소리 듣느냐 못 듣느냐? 石經(돌길)에 눈이 덮였으니 나귀 革(고삐)을 놓으라.

신흠은 눈이 와서 외부와 격리되어 있다. 그 때문에 찾아올 사람이 없으니 시비를 열지 말라면서 단절을 자청한다. 겨울이 어떤 계절인지 말하려는 것은 아니다. 세상을 등지고 은거하는 사람의 처지를 눈이 와서 길이 막힌 겨울날과 같다고 한다. 그런 데도 밤중에 뜬 달이 벗이어서 외롭지 않다고 한다.

등져야 하는 이유를 설명하면서, 세상을 나무라지는 않는다. 세상과는 반대가 되는 자연에서 이중의 혜택을 얻는다고 하는 것으로 비판을 대신하고, 대안을 제시한다. 겨울의 눈을 울타리 삼은 덕분에, 세상 사람들의 방해받지 않아 편안하다. 달과 소통해 위안을 받고 즐겁게 지낸다. 세상차등에서 벗어나 만물대등으로 나아간다.

安玟英은 눈이 오고 바람이 부는 날 밤이 아닌 낮에, 찾아오는 사람을 맞이한다. 겨울은 격리나 단절의 계절이라고 하는 것은 옳지 않다. 찾아올 벗은 겨울이 되어도, 눈이 와도 온다. 벗에게 하는 말로 노래가 이어진다. 벗은 아직 멀리 있어 듣지 못하지만, 마음이 앞서나가 하고 싶은 말을 한다.

시비에서 개 짖는 소리가 나는 것은 오는 사람을 알아차린 반응이다. 개 짖는 소리를 나는 듣는데, 너는 듣느냐 못 듣느냐 하고 벗에게 묻는다. 벗은 아직 개 짖는 소리도, 내가 하는 말도 듣지 못하는 것 같다. 그래도 반가움에 들떠 다음 말을 한다. 집으로 들어오는 돌길에 눈이 덮였으니 고삐 잡은 손을 놓고 나귀에서 내려 걸어서 오라고 한다.

눈 오고 바람 불고, 돌길에 눈이 덮여 있는 것은 살아가면서 겪는 시련일 수 있다. 시련이 있다고 해서 격리되고 단절되는 것은 아니다. "시비를 열지 마라 날 찾을 이 뉘 있으리"라고 하는 것도 어리석다. 진실한 벗이 있으면, 어떤 어려움이라도 넘어설 수 있다. 진실한 벗과의 유대나 소통은 시련이 있으면 더욱 강화된다.

申欽은 "방에서 포시랍게 지내"는 자체 높은 양반이다. 농촌에 은거하고 있어도 고고한 경지에서 노니는 차등을 자랑하고자 했다. 安玟英은 양반이 아닌 중인이며 歌客 노릇을 생업으로 삼고 노래를 짓고 불렀다. 넓은 세상과 소통하며 대등의 관계를 가지는 것을 과제와 보람으로 삼았다. 이런 철학을 제시했다.

4

다음 시조를 보면 거의 같은 말을 아주 쉽게 했다.

> 높으락 낮으락 하며 멀기와 가깝기와,
> 모지락 둥그락 하며 길기와 자르기와,
> 평생에 이러하였으니 무슨 근심 있으리.

복수의 것들을 열거하는 어미 "-락"·"-며"·"-와"가 서로 다르게 쓰인 것을 알아차려야 한다. "-락"은 반드시 짝을 지어, 대조되는 의미를 지닌 서술어 둘을 열거한다. "-며"도 짝을 지어, 대조되는 의미를 지닌 동사 둘을 열거할 수도 있다. "-와"는 한 번만 쓰여 앞뒤의 명사를 연결하기만 하는 것이 예사이다.

이런 차이점을 잘 알고, 조금도 어렵지 않게 이용했다. 철학이 그 경지에 이르러야 한다. 체언으로 된 용어를 자꾸 지어내는 어리석은 짓을 하지 말고 슬기로운 길로 가야 한다. 체언 용어를 번역해서 우리가 철학을 하는 용어로 삼으려고 하는 것은 가장 어리석다.

처음 두 줄에서 "높은 것은 낮고 낮은 것은 높고, 먼 것은 가깝고 가까운 것은 멀고, 모진 것은 둥글고 둥근 것은 모지고, 긴 것은 짧고 짧은 것은 길다"고 했다. 이런 말을 아주 줄여서 했다. 그것이 공연한 말이 아니다. 평생 그랬으므로 근심할 것이 없다고 마지막 줄에서 말해 마음을 편안하게 했다. 툭 트인 소견을 말해 번뇌나 망상을 없애는 철학의 소임을 아주 잘 수행했다.

높은 것은 낮고 낮은 것은 높고, 먼 것은 가깝고 가까운 것은 멀고, 모진 것은 둥글고 둥근 것은 모지고, 긴 것은 짧고 짧은 것은 길다.

이렇게 말한 것은 생극론의 사고이다. 상생이 상극이고 상극이 상생이라는 것이 여러 모습으로 나타난다. 아주 쉬운 말로 커다란 깨달음을 나타냈다. 세상은 생극론의 이치를 가지고 움직인다는 것을 아니 근심이 없다. 낮다, 가깝다, 모지다, 짧다고 한탄할 것은 없다.

낮다, 가깝다, 모지다, 짧다는 것이 있을 수 있는 일이 아니고, 실제 상황이어서 문제가 심각하다. 억눌려 사는 처지에 있는 불운이 행운이어서, 세상의 움직임을 알 수 있다. 높고, 멀고, 둥글고, 길다고 으스댈 것은 아니다. 생극의 이치에 의해 세상은 돌고 돈다.

그처럼 놀라운 말을 중인 가객 안민영이 시조를 지어 했다. 하층민의 성장과 의식의 확대로 거대한 역전이 실제로 진행되고 있는 것을 알렸다. 관념적인 설명은 전연 없는 작품을 내놓아 걸고넘어지지 못하고 제대로 알면 압도되지 않을 수 없도록 했다.

수식어나 활용형을 다채롭게 사용해 우리말의 아름다움을 잘 나타냈다는 작품들과는 차원이 다르다. 언어 자산의 더욱 기본적인 층위인 어미(토)를 자재로 삼아 크고 넉넉한 집을 지어, 문학이 철학이고 역사인 문화통합을 확보하고 혁신했다. 정철이나 윤선도보다 안민영이 더욱 심오해 탁월한 창작을 한 것이 대변동이다.

5

철학의 말은 체언 또는 임자말이기만 하지 않고, 용언 또는 풀이말이기도 해야 한다. 풀이말을 사용하면 일상생활에서 벗어나지 않고, 多名이라고 한 여러 말을 아주 다채롭게 하는 이점이 있다.

철학을 철학으로 하는, 공인된 철학은 체언에 갇혀 있어 생기가 없다. 체언은 고정되어 있어 의양하게 하도록 하고, 자득을 막는다. 한문이 이런 철학을 하기에 아주 적합하다. 문학으로 철학하기를 하기로 하고 시를 지으면 자득으로 나아가는 자유를 얻는다. 그러나 한시는 이 자유를 마음껏 누리지 못한다. 체언이 용언을 압도하는 한문을 사용하므로, 자득하는 용언 철학으로 나아가지 못해 길이 막힌다.

우리말은 한문과 반대이다. 체언은 잘 갖추지 못했고, 한문에서 가져온 것들이 큰 비중을 차지한다. 풀이말 활용을 많이 해 여러 가지 의미를 나타낸다. 이런 것을 잘 알고 활용하면 새로운 용어를 지어내는 무리한 짓을 하지 않아도 된다. 생동하는 창조를 얼마든지 할 수 있다. 안민영이 그 본보기를 보인 것을 높이 평가해야 한다.

어떤 말로 철학을 할 것인가? 정해진 것이 없다. 어느 하나로 고정시키는 것은 무리다. 어떤 말을 해도 모자라니, 이말 저말 할 수 있는 대로 하고 어디 머무르려고 하지 않아야 한다. 누구나 쉽게 하고 듣는 말로 토론하면서 서로 깨우쳐주면 얻을 것이 많다. 이런 작업을 문학으로 철학해야 잘할 수 있다.

무명씨

1

無名氏는 이름 없는 만백성이다. 여럿이니 이름이 하나일 수 없다. 혼자라도 이름은 남기지 않고, 작품만 보게 한다. 無名氏는 여럿이 함께 공동의 구비철학을 했다. 구비철학을 시조나 사설시조로 간추려 재창조했다.

2

요순도 우리 사람 우리도 요순 사람
저 사람 이 사람이 한가지 사람이라
우리도 한가지 사람이니 한가진가 하노라

말뜻을 풀이한다. 堯舜도 우리와 같은 사람이고, 우리도 堯舜과 같은 사람(이다.). 저 사람 이 사람이 한가지(같은) 사람이라, 우리도 한가지 사람이니 한가진가 하노라.

堯舜은 오늘날의 우리와 古今·君臣·賢愚의 차이가 있다고 한다. 옛적 임금이고 슬기로운 분인 요순을 오늘날 신하이고 어리석은 우리가 우러러 받들어야 한다고 세상에서 말한다. 그러나 요순이나 우리나 사람인 점에서는 같다. 오늘날 저 사람과 이 사람을 구별하고 차별하지만 모두 같은 사람이다. 우리도 다른 모든 사람과 평등하다.

安分이란 분수에 만족하고 편안하게 지낸다는 말이다. 安分樂道라는 말을 써서 안분하면서 도의를 실행하는 즐거움을 누리는 것이 마땅하다고 한다. 미천하고 가난해도 헛된 희망을 버리고 불평하지 말면서 주어진 삶에 만족해야 한다. 벼슬해 영달한 사람도 물러나서 편안하게 지내는 안분의 즐거움을 알아야 한다. 이런 말을 하는 노래가 많다.

> 벼슬을 저마다 하면 농부 될 이 뉘 있으며
> 의원이 병 고치면 북망산천 저러하랴
> 우리는 천성을 지키어 내 뜻대로 하리라

말뜻을 풀이한다. 벼슬을 저마다(사람마다) 하면 農夫 될 이 뉘(누가) 있으며, 醫員이 병 고치면 北邙山川 저러 하랴? 우리는 天性을 지키어 내 뜻대로 하리라.

벼슬하는 사람과 농부를 구분한다. 양반과 상놈이라는 말을 쓰지 않고 직분을 나누어 말한다. 사람마다 벼슬할 수 없으므로 농부도 있어야 한다.

사람마다 벼슬을 할 수 없는 것은 의원라고 해서 반드시 병을 고칠 수는 없어 북망산천에 무덤이 많은 것과 같다고 한다. 두 사례의 공통점은 무엇인가? 벼슬하는 사람과 농부, 그 어느 쪽도 의원과 공통점이 없다. 초장과 중장이 호응되지 않는 것 같다.

다시 생각하면 북망산천 무덤에 누워 있는 사람과 농부는 공통점이 있다. 벼슬하고 싶은 소원을 이루지 못하고 농부 노릇을 하는 것이, 의원을 잘 만나 병이 낫게 하고 싶어도 뜻을 이루지 못하고 죽어 묻힌 것이 다르지 않다. 농부 노릇을 하는 신세는 죽어서 묻힌 것만큼이나 처량하고 억울하다고 은근히 이른다.

그래도 원망하지는 않는다. 농부 노릇을 하는 것이 天性을 지키는 짓이다. 천성을 지키면서 내 뜻대로 농부 노릇을 한다. 그래서 즐겁다는 말은 하지 않고 감춘다.

3

이번에는 작품 여럿을 들고 비교해 고찰한다.

작품 1

시비에 개 짖거늘 임 오시나 반겼더니
임은 아니요 잎 지는 소리로다
저 개야 추풍낙엽을 짖어 날 놀랠 줄 있으리

말뜻을 풀이한다. 柴扉(사립문)에 개 짖거늘 임 오시나 반겼더니, 임은 아니요 잎 지는 소리로다. 저 개야 秋風落葉을 짖어 날 놀랠 줄 있으리.

작품 2

임이 오마 하거늘 저녁밥을 일찍 먹고
중문 나서 대문 나가 지방 위에 치달아 앉아 이수로 가액하고 오는가 가는가 건넛산 바라보니 거머희뜩 서 있거늘 저야 임이로다

버선 벗어 품에 품고 신 벗어 손에 쥐고 곰비임비 임비곰비 천방지
방 지방천방 진 데 마른 데 가르지 말고 위렁충창 건너가서 정엣말
하려 하고 곁눈을 힐끗 보니 상년 칠월 열사흗날 갉아 벗긴 삼대
알뜰히도 날 속였다
　　모처럼 밤일세망정 낮이런들 남 웃길뻔 하괘라

　말뜻을 풀이한다. 임이 오마 하거늘, 저녁밥을 일찍 먹고 中門
나서 大門 나가 지방(개울) 위에 치달아 앉아, 以手로 加額하고(손을
얼굴에 얹고) 오는가 가는가 건넛산 바라보니, 거머희뜩(검고 희뜩하
게) 서 있거늘 저야(저것이야) 임이로다. 버선 벗어 품에 품고 신 벗
어 손에 쥐고, 곰비임비(뒤에서 앞뒤로) 임비곰비(앞에서 뒤로) 天方
地方(하늘로 땅으로) 地方天方(땅으로 하늘로) 진 데 마른 데 가르지
말고 위렁충창 건너가서, 情엣말 하려 하고 곁눈을 힐끗 보니, 上年
(지난 해) 칠월 열사흗날 갉아 벗긴 삼대 알뜰히도 날 속였다. 모처럼
밤일세망정 낮이런들(낮이었으면) 남 웃길뻔 하괘라(하였노라).

　작품 3
　간밤에 꿈을 꾸니 임에게서 편지 왔네
　일백 번 다시 보고 가슴 위에 얹어 두니
　각별히 무겁진 아니 하되 가슴 답답하여라

　말뜻을 풀이한다. 간밤에 꿈을 꾸니, 임에게서 편지 왔네. (꿈을
깨서) (그 편지를) 일백 번 다시 보고, 가슴 위에 얹어 두니, (그 편지
가) 각별히(특별히) 무겁지는 않아도, (임 때문에) 가슴 답답하여라.

작품 4

마음이 지척이면 천리라도 지척이요
마음이 천리면 지척이라도 천리로다
우리는 각재천리오나 지척인가 하노라

말뜻을 풀이한다. 마음이 咫尺이면 千里라도 咫尺이요, 마음이 千里면 咫尺이라도 千里로다. 우리는 各在千里오나(각기 천리에 있으나) 咫尺인가 하노라.

네 작품 모두 있어야 할 것이 없다고 하는 虛無에서 시작된다. 작품 1·2·3은 임이 없다고 한다. 작품 4에서는 임이라는 말은 하지 않고, "우리"를 이루는 다른 한쪽이 멀리 있다고 한다. 임의 不在는 우연히 생긴 특정의 사실만이 아니고, 상징으로 이해할 수 있다. 있어야 할 것의 상실로 말미암아 생긴 虛無를 분명하게 말해주는 최상의 선택이다.

다음 단계에는 없다는 것을 부정하고, 있어야 할 것이 있다고 한다. 虛無가 現實로 전환되는 제1차 역전이 일어난다. 現實의 양상은 각기 다르다. 작품 1에서는 개가 짓는 소리를 듣고 임이 오신다고 반긴다. 작품 2에서는 임이 오시는 모습을 장황하고 자세하게 말한다. 작품 3에서는 임의 편지가 왔다고 한다. 작품 4에서는 마음이 千里면 咫尺이라도 千里이지만, 마음이 咫尺이면 千里라도 咫尺이라고 한다.

그다음 단계에는 있다고 하는 것이 착각이므로 버려야 한다고 한다. 現實이라고 여긴 것이 虛妄하다고 하는 제2차 역전이 일어난다. 그 양상은 차이점이 더 크다. 작품 1에서는 임이 오는 소리라고 여긴 것이, 추풍낙엽을 보고 개가 짓는 소리라고 한다. 작품 2에서는 "상년 칠월 열사흘날 갉아 벗긴 삼대 알뜰히도 날 속였다"고 하고, "모처럼 밤일세망정 낮이런들 남 웃길뻔 하괘라"라고 한다. 虛妄한 착각이 심각하고 창피스럽다고 한다. 작품 3에서는 그 편지를 "일백번 다시 보고 가슴 위에 얹어 두니 각별히 무겁진 아니 하되 가슴 답답하여라"고 한다. 인정하려고 하지 않으니, 虛妄이 심각한 고민을 가져온다. 작품 4에는 虛妄이 없다.

마지막 단계에는 없다는 것과 없다는 것이 둘이 아니다. 虛妄에서 眞實로 나아가는 제3차 역전이 일어난다. 眞實은 現實과 다르다. 現實은 있는 것만으로 이루어지고, 眞實은 없는 것까지 포괄한다. 現實은 虛妄하게 되어 무너지고, 眞實은 虛妄을 받아들여 넘어선다. 작품 1에서는 임 오는 소리, 추풍낙엽 지는 소리, 개 짖는 소리가 모두 같은 소리라고 여기면 眞實에 이른다. 작품 2는 기대와 실망, 긴장과 이완이 둘이 아닌 眞實을 알아차리게 한다. 작품 3은 사실과 생각이 둘이 아니고, 생각이 사실로 되는 것이 眞實이라고 한다. 작품 4는 생각이 사실로 되는 眞實을, 마음이 千里면 咫尺이라도 千里이지만, 마음이 咫尺이면 千里라도 咫尺이라는 말로 아주 분명하게 한다.

이런 전개는 불교에서 하는 말과 상통한다.

虛無: 苦海
제1차 역전
現實: 我相·人相·衆生相·壽者相
제2차 역전

虛妄: 凡所有相 皆是虛妄

제3차 역전

眞實: 色卽是空 空卽是色

모든 논의를 나는 다음과 같이 정리한다.

虛無

제1차 역전: 虛에서 實로

現實, 차등론의 과오

제2차 역전: 實에서 虛로

虛妄, 차등론 거부

제3차 역전: 虛實 분리에서 虛實 공존으로

眞實, 대등론의 대안

虛無를 알아차리는 괴로움에서 해결해야 하는 문제가 제기된다. 논의를 위한 논의가 아닌, 불가피한 논의를 시작하지 않을 수 없다. 출발점이 되는 虛無가 사랑하는 임이 없다고 하는 경우에는 가볍게, 인생은 苦海라는 명제에서는 무겁게 부각된다. 무거운 짐은 道僧에게 넘겨주고, 시인은 가벼운 쪽을 택한다.

虛無에서 벗어나기 위해 제1차 역전을 한다. 虛가 지속되는 것을 차단하고 實로 나아가는 결단을 내린다. 있어야 할 것을 있는 것으로 여기고 現實이라고 한다. 객관적이라고 하는 것들이 主見의 각축장이어서, 우열을 다투는 차등론의 과오를 빚어낸다.

배타적인 主見이 고착되어 相을 이룬다. 我相·人相·衆生相·壽者相을 내세워, 나는, 사람은, 동물은, 생물은 상대방보다 우월하므로 횡포를 자행해도 된다고 하는 것이 虛無에 대한 대안일 수 없다. 곤경에서 벗어나 잃은 길을 찾아야 하므로, 實에서 虛로 나아가는 제2차 역전이 불가피하다.

이때의 虛는 虛無가 아니고 虛妄이다. 있고 없는 것이 아닌, 옳고 그른 것이 문제가 된다. 존재에서 인식으로의 전환이 일어난다. "凡所有相 皆是虛妄"(무릇 相이 있는 것은 모두 虛妄하다)는 말이 적절하다. 배타적인 主見이 고착되어 이루어진 相을 모두 虛妄하다고 단죄하고 파괴해야 한다.

이것이 너무 어려운 일이라고 여기면 할 수 있는 사람이 적어진다. 대단한 高僧이라야 시도할 수 있다고 여겨, 특권의 我相을 존숭해 뜻한 것과 반대가 되는 길로 나아간다. 무릇 相이 있는 것은 모두 虛妄하다고 자격이나 능력을 묻지 않고, 누구나 쉽게 판단하고 빗나가지 않게 실행해야 한다. 임이 온다고 여긴 것은 착각이다. 이렇게 말하는 것이 최상의 표현이고 각성이다.

虛妄은 방법이고 결과가 아니다. 수단이고 목표가 아니다. 결과를 얻고, 목표에 이르려면, 제3차 역전을 해야 한다. 이제는 虛에서 實로 나아가지 않는다. 虛實 분리에서 虛實 공존으로 나아간다. 虛가 實이고, 實이 虛여서 둘이 하나이다. 虛와 實은 차등이 없고 대등하다. 이것이 최대의 대등이다. 이것이 최종의 대안이고, 궁극의 각성이다.

이 말을 어떻게 해야 하는가? "色卽是空 空卽是色"이라고 할 수도 있고, "마음이 지척이면 천리라도 지척이요, 마음이 천리면 지척이라도 천리로다"라고 할 수도 있다. 色과 空이 대등하다고 할 수도 있고, 지척과 천리가 대등하다고 할 수도 있다.

앞의 말은 너무 막연하다. 오래 생각하면 머리가 아프다. 눈에 보이는 色은 없어지고, 무언지 알 수 없는 空만 남는다. 空執이나 法執에 사로잡히게 한다. 뒤의 말은 쉽고 분명하다. 눈에 보이는 것이 머리를 맑게 한다. 잡념이 끼어들지 않는다.

4

　잠깐 만나보니, 無名氏는 대단하다. 시인이 아니어서 진정한 시인이다. 如來가 아니고, 그 이상이 아닌가 한다. 얼마나 많고, 어디까지 나아가는지 알지 못해 더 말할 수 없다.

나는

1

나는 어떻게 하는가? 《창조주권론》, 《대등생극론》 같은 책을 써서 자득한 철학을 말하려고 했으나 많이 모자란다. 용어 사용과 논리 전개에서 구속을 떨치기 어렵고, 상상은 버리고 입증된 것만 명시하려고 하니 창조력이 시들어 제자리걸음을 걷는다. 시를 써서 활로를 찾으며 신명을 되살리는 작업을 함께 하고, 연구와 창작은 하나여야 한다고 주장한다.

그래도 둘이 하나가 아니다. 둘은 우열의 관계를 가진다고 한다. 연구는 성실한 노력으로 맡은 작업을 모범이 되게 완결했다고 자랑하며, 열등생이 하는 창작의 어설픈 분발은 부끄러워 김새게 한다. 창작은 언제나 시도이고 미완이어서, 연구가 의욕을 가지고 덤벼들어 모범생의 본때를 보이도록 한다. 이런 이유에서, 연구가 창작을 이끌 수는 없고, 창작이 연구를 이끈다.

창작이 언제나 시도이고 미완인 것은 새로운 탐구를 적극적으로 하기 때문이다. 연구에서 가까스로 이어지다가 고갈되는 창조의 샘이 홀연 분출되게 한다. 그러면 내 마음이 강을 건너고 산을 넘어 하늘로 올라가는 듯한 시를 쓴다. 자득이 극도에 이르러 참신한 철학이 솟아날 것 같다.

그러나 시를 철학 논설로 옮기려고 하면 무척 어렵다. 연구가 의욕을 가지고 덤벼들어 모범생의 본때를 보이도록 한다는 것은 유치한 수준의 착각이다. 논설은 따르지 못한다고 인정하고, 시의 약진이 어떤 방해나 간섭도 받지 않고 온전하게 이루어지게 해야 한다.

그 모습을 여기서 보인다. 앞의 시 몇 편에서는 논설이 따라 동행을 하려고 하다가, 역부족임을 알고 그만둔다. 너무 많다고 나무라지 말기 바란다. 더 나은 것들을 골라내기 어렵고, 모두 함께 각기 달라 서로 필요로 하는 대등의 합창을 한다.

2

〈同行〉
心中山水高長通
夢裏桃鄕漸近現
物我生克古今同
大小對等不變見

東西南北不必分
過去未來是時在
誠說靑龍能消紛
深情白虎作親愛

〈**함께 가자**〉
마음의 산수 높고 길어 상통하면,
꿈속 복숭아 고장 가깝게 나타난다.
만물과 나의 생극은 고금이 같고,
대소의 대등함도 불변의 견해이다.

동서나 남북은 갈라놓을 필요 없고,
과거와 미래는 바로 지금에 있도다.
성의 설득 청룡은 분란을 없애주고,
깊은 정감 백호는 친애를 이룩한다.

제목으로 삼은 〈同行〉은 "함께 간다"는 사실을 말하지 않고, "함께 가자"고 제안하는 말이다. 혼자 가만있지 말고 함께 나아가자고 권유하는 말이다. 특히 東西의 일본과 한국, 南北의 남측과 북측에게 하는 말이다.

첫수는 어떤가? 제1행은 마음가짐이다. 산은 높고 물은 길어 서로 통하는 마음을 가지면, 어려움이 없고 길이 열려 학문 탐구를 제대로 시작할 수 있다. 제2행은 각성 진행이다. 꿈이라야 가능할 이상적인 경지로 나아가, 복숭아 꽃 핀 골짜기라고 할 수 있는 깊고 그윽한 이치가 차츰 다가와 모습을 드러낸다.

제1·2행은 행로라면, 제3·4행은 목표이다. 제3행은 생극론이다. 物과 내가 생극의 관계를 가지는 이치는 고금이 다르지 않아, 옛사람의 업적을 이어받는다. 제4행은 대등론이다. 크고 작은 것이 대등하다는 이치는 새삼스럽게 찾아내 불변임을 알린다. 둘 다 같은 이치이다.

첫 수는 원리를, 둘째 수는 실행을 말했다. 東西나 南北은 절대적이지 않고 상대적이며, 편의상 구분된다. 구태여 갈라놓고 대립을 만들 필요가 없다. 관찰하는 위치를 바꾸어보면 반대가 될 수 있다. 한국이 東, 일본이 西라는 것도 가능하다. 남측과 북측도 자기중심의 시각을 버리고 바꾸어 생각할 수 있다. 어떤 차등론도 버리고, 대등론을 분명하게 해야 한다.

과거의 일을 시비하고, 미래를 두고 다툴 것도 아니다. 과거도 미래도 현재와 분리되어 따로 존재하지 않는다. 미래가 현재에서 결정되는 것만이 아니다. 과거는 기억으로 존재하므로 현재가 바꾸어놓을 수 있다. 시간을 총괄하는 현재만 오직 소중하니, 현재를 바람직하게 하는 데 힘을 모아야 한다. 환상은 버리고 반드시 해야 하는 일만 잘해야 한다.

성의 있는 설득과 깊은 정감은 左靑龍과 右白虎의 관계를 가지고 조화를 부린다. 예상을 넘어선 변혁을 성취하고, 분란을 해소하는 친애를 이룩한다. 이렇게 해야 동행할 수 있고, 동행하면 이렇게 된다. 一切唯心造가 이론이 아닌 실행에서 입증된다.

〈있고 없는 하늘〉
올라가 치어다보니 높기만 한 하늘,
내려와 눈 감으니 가까이서 보이네.

숭앙하며 다가가니 멀기만 한 하늘,
조용히 명상하니 안에서 펼쳐지네.

엄청난 군중이 환호하며 받드는 하늘,
혼자서 마주하니 없는 듯이 다가오네.

만물을 창조해서 가장 위대하다는 하늘,
모두 서로 얽혀 있다가 없다가 하네.

하늘이라는 것은 있고 없다. 이름만 있고 실상은 없다. 우주공간은 상하가 없고 비어 있어, 하늘 높다는 것은 착각이다. 하늘을 받드는 종교를 물리쳐야 철학이 시작된다. 철학의 진실은 내면에서 찾아야 한다. 남들이 하는 대로 따르지 말고 홀로 결단을 내려, 있다는 것만 찾지 말고 없는 것도 보아야 한다. 모두 서로 얽혀 있다가 없다가 하는 것은 사람들끼리의 인연만이 아니고, 하늘의 별, 지구의 무생물이나 생물도 다르지 않다. 철학은 그 모두를 아우르는 총체적인 판단이어야 하는데, 생각이 모자라고 말이 어둔해 헤매고 있다. 시가 앞에 나서서 깨우쳐주어야 한다.

〈너와 나〉
하나는 둘이면서 하나이고,
둘은 하나이면서 둘이다.

네가 산이고 나무이고 잎이라면,
나는 몸이고 얼굴이고 눈이다.

네가 올라간다고 뽐내면 나는 숨는다.
네가 지나쳐 추락하면 내가 일어난다.

꿈이 커서 땅을 온통 짊어지고,
마음을 비우니 하늘이 들어온다.

음양, 物我, 피차, 자타 등으로 일컫는 두 존재를 '너와 나'라고 했다. 둘의 관계에 관해 세 차례 고찰을 했다. 하나씩 음미해보자.
제1연에서는, 너와 나는 둘이면서 하나이고 하나이면서 둘이라고 했다. 이 말은 둘이 하나가 되고 하나가 둘이 된다는 것이기도 하다. 둘이 하나가 되면 상생하고 지속한다. 하나가 둘이 되면 상극하고 변화한다. 생극이 천지만물의 이치이고, 사람들 사이의 관계이다.
제2연에서는, 자연의 산·나무·잎과 사람의 몸·얼굴·눈이 겹겹으로 대등하다고 했다. 자연과 사람이 대등하다. 산과 몸, 나무와 얼굴, 잎과 눈이 대등하다. 산과 나무와 잎이 대등하다. 몸과 얼굴과 눈이 대등하다. 대등도 천지만물의 이치고, 사람들 사이의 관계이다.

제3연에서는, 차등과 대등의 교체를 말한다. 높이 오른다고 뽐내는 것은 차등을 확대하는 짓이다. 차등이 지나치면 스스로 무너져 아래에 숨어 있던 쪽이 일어나 차등을 대등으로 바꾸어놓는다. 이것은 자연의 이치이고, 역사가 전환되는 원리이며, 개인끼리의 관계이기도 하다.

제4연에서는, 생극이나 대등을 있는 그대로 받아들이기만 하지 않고, 있어야 할 것으로 바꾸어놓을 수 있다고 했다. 그 방법이 나를 확대해 너를 압도하는 것이 아니고 그 반대이다. 있음은 유한하고, 없음은 무한한 이치를 모르면서 알고, 실행하지 않으면서 실행해야 한다.

〈세상 됨됨이〉

액수가 작은 위조지폐는 만들지 않고,
비싸지 않은 술에는 가짜랄 것이 없다.

아래로 흐르는 물에는 산불이 나지 않고,
만백성 자리는 빼앗길 염려가 전연 없다.

마음은 크게 먹어도 도둑이 들지 않고,
시는 아무리 잘 지어도 세금 걱정 없다.

세월은 빨리 달리지만 아무도 차비를 내지 않고,
호화로운 무덤이 없다고 죽지 못할 사람은 없다.

세상 됨됨이를 살피면서 사람이 어떻게 살아야 하는지 말한다. 액수 작은 지폐나 값싼 술과 같은 처지에서 살아가면, 진실이 손상되지 않고 허위가 끼어들지 못한다. 고액의 위조지폐로 고가의 가짜술을 사서 흥청망청 마시는 무리가, 억울하면 출세를 하라고 하니 기가 찰 일이다.

끔찍한 환란인 산불은 산에서만 나므로, 물과 함께 흘러내리면 염려할 것이 없다. 높은 자리는 얻기 어렵고 빼앗길까 전전긍긍하게 하지만, 만백성은 안전지대에서 편안하게 산다. 청문회에서 욕을 보지 않고, 부정을 저질렀다는 비난이 면제되어 있고, 임기가 없으며 탄핵도 받지 않는다. 편안하기 이를 데 없는 종신직을 차지하고 있다.

남들이 부러워하는 크고 좋은 물건을 소유하면 도둑이 든다. 좋은 자리에 호화주택을 잘 지으면 세금 걱정을 해야 한다. 물질 충족은 우환을 동반한다. 마음을 크게 가지고 빼어난 창조를 하는 즐거움을 누리는 사람은 방해를 받지 않는 투명인간이다. 투명인간이 사방 다니면서 좋은 일을 하듯, 그 즐거움을 나누어줄 수 있다.

빈부에 따라 차비를 더 내거나 덜 내, 속도가 각각인 세월 열차를 골라 타겠다고 하면 어떻게 되겠는가? 차비를 더 낸 열차는 천천히, 덜 낸 열차는 빨리 달리는 기괴한 사태가 벌어지리라. 이런 일은 없으니 안심해도 된다. 세월은 누구에게나 같은 속도로 흘러간다.

무덤이 크고 호화로우면 편안하게 죽고, 죽은 뒤에도 안락한 것은 아니다. 무덤은 남은 사람들이 행세하는 데나 소용된다. 죽음은 사람은 누구나 다 같은 사람임을, 반론의 여지를 전연 남기지 않고 완벽하게 증명한다.

3

이제부터는 근래에 지은 시를 풀이 없이 내놓는다.

〈강약의 허실〉

거목은 강풍에 쓰러지고,
풀은 어떤 시련도 견딘다.

코끼리는 큰 코를 휘두르며 길을 찾고,
지렁이는 땅속에서 어느 충격이든 감지한다.

호랑이는 산 하나를 지배한다고 뽐내고,
기러기는 여러 대륙을 가볍게 드나든다.

〈구름〉

하얀 구름 가벼워
높이 떠 있다가,
색깔이 짙어지면 품위 잃기 시작한다.

세력 불려 패권 장악
이런 뜻은 전혀 없고,
무게가 늘어나면 잘못된 줄 알아차린다.

하늘을 온통 가리는
잠깐 실수 뉘우치고,
참회하는 눈물이 되어 아래로 내려온다.

제 몸을 헐어내어
온갖 생명 살려내고,

땅 위의 모든 물과 다시 만나 소생한다.

〈어리석도다〉

산이 아무리 높고 커도
허공에는 이르지 못한다.
산만 쳐다보고 감탄하면
생각의 수준을 낮춘다.

아는 것이 아무리 많아도
모르는 것이 더 많다.
아는 것이나 자랑하면
모르는 것은 멀어진다.

가진 것이 아무리 많아도
가지지 않은 것이 더 많다.
가진 것에나 매달리면
가지지 않은 것은 사라진다.

어리석도다,
자기만 있고 우주는 없다니.
어리석도다,
있음만 알고 없음은 모르니.

〈가진 것이 없어야〉

어제 진 그 해가 또 뜬다고 하지 말라.
시간까지 태우고 다시 나기 거듭한다.

모든 것을 버리면 언제나 새로 시작,
없음과 하나 되면 있음이 달라진다.

가진 것이 없어야 천지가 내 것이고,
없는 소리 들어야 진실로 귀가 밝다.

머물러 행세하면 헛된 체중 늘어나
연료 과다 고장 빈번 폐차 신세로다.

〈**나·풀·별**〉
나는 풀이고, 별이다.

나는 살아 있고, 풀도 살아 있다.
풀은 빛나고, 별도 빛난다.

나와 풀은 더 자라려고 한다.
풀과 별은 헤아리기 어려울 만큼 많다.
별과 나는 여러 이웃과 함께 있다.

나는 죽으면 묻힌 자리에서 풀이 난다.
풀은 별의 하나인 태양에서 오는 빛으로 자양분을 만든다.
별이 터져서 흩어지면 나도 만들고 풀도 만든 자료가 된다.
나·풀·별은 서로 맞물려 윤회를 한다.

나만 알고 풀이나 별은 모르면 자폐증세이다.
풀만 알고 별이나 나는 모르면 시각착란이다.
별만 알고 풀이나 나는 모르면 정신혼란이다.
풀이나 별만 알고 나는 모르면 중증치매이다.
이런 여러 질병을 시인이 맡아서 치료한다.

〈**모두 선생이다**〉
풀은 선생이다. 초등학교 저학년 선생이다.

집 안팎의 풀이 이울면 가을이 된 것을 알고,
살아나면 생명이 피어나는 봄을 알라고 한다.
계절의 순환을 먼저 알라고 친절하게 말하더니,
명이 무엇인지 알아보라는 숙제를 낸다.
이 숙제는 쉽지 않아 평생토록 탐구하고 있다.

진달래도 선생이다. 초등학교 고학년 선생이다.
근처 산에 해마다 피는 진달래는 너무나도 놀라워,
생명의 아름다움을 탐구하고 창조하라고 가르친다.
아름다움은 알기 어렵고 창조하기는 더 힘들어,
그때 배운 것이 사라지지 않고 생생하게 남아,
그림도 그리고 시도 쓰면서 힘든 것을 즐긴다.

까치도 선생이다. 중학교에서 만나는 선생이다.
까치는 누가 찾아오면 반가운 말로 알려준다.
그 소리 맑고 청명해 흐린 정신을 깨우쳐준다.
까치와 까치, 까치와 사람, 사람과 사람의 만남
창조의 시발, 운동의 동력, 역사의 전개이다.
차등론의 장애를 물리치는 대등론의 쾌거이다.

강아지도 선생이다. 고등학교 수준의 선생이다.
강아지는 길을 가다 미지의 것이 있으면 멈춘다.
의문을 그대로 두지 않고 자기가 맡아서 알아낸다.
무엇인가 조사하고 추리하는 작업을 철저하게 한다.
결과를 알려주지 않아 궁금하다는 말은 그만두고,
그런 탐구의 열의와 방법 본받아 공유해야 하리라.

대학 선생은 누구인가? 호랑이가 있는데 내쫓았다.
호랑이는 어떤 험악한 환경에서도 모험과 도전으로

운명을 개척하는 동반자이기에 너무 힘들어 배척했다.
대학에서는 교사보다 반면교사가 더 소중한 줄 알고,
호랑이를 반면교사로 삼아 치열한 토론을 해야 하는데,
공부를 스스로 한다고 장담하며 길을 잃고 헤매는구나.

대학원은 어떤가? 바이러스 선생이 있는데 알아보는가?
인류가 동물을 마구 괴롭히니, 식물이 가만두지 않는다.
식물까지도 못살게 하니, 미생물이 훈계를 맡아 나선다.
바이러스는 미생물에서도 가장 작고 무생물이기도 해서,
누구보다 더 큰 힘을 지니고 행사하는 지구의 주인이다.
하늘처럼 넓은 대등론 강의를 하고 있으니 들어야 한다.

선생들의 말 전혀 듣지 않고 불량학생 노릇이나 하다가,
학교에서 퇴출될 수 있다. 너무 심하면 인류는 멸종한다.
선생들은 남아서 다른 학생 기다려도, 지구에는 더 없다.
인류의 역사는 연습이 아니고, 또 다시 시작되지도 않는다.
아득히 먼 곳 다른 은하 어디에 인류 같은 학생이 있다면
그쪽 선생들이 하는 말 잘 들어 퇴출도 멸종도 없으리라.

4

이름이 없으면 모두가 하나인데,
이름이 달라서 분란 시비 생겨난다.
이름이 없는 쪽으로 어찌 하면 나아가나?

말로써 말 많으니 말 말을까 하노라.
고인이 이미 한 말 오늘 다시 하면서,
말 없앨 그 한 마디 말 찾으려고 헤맨다.

말 기둥에 매달려서 그네 뛰는 녀석들아,
재주를 자랑하면 말 기둥이 무너진다.
두 발로 조심스럽게 걸어가면 탈 없으리.

거미줄에 이슬 맺혀 현란하게 빛나는
그런 말에 매혹되어 다가가면 낭패로다.
말은 그물이 아니고 날개여야 소중하다.

별난 것에 마음 주면 시야가 흐려지고
모난 소리 하려 하면 음성이 갈라진다.
진실을 전하고 싶다면 만인과 소통해야.

하늘을 내려보고 땅은 쳐다보면,
시선이 혼란되어 어지럽다 하지 말라.
차등론 뒤집어버리면 대등론이 되리라.

산이 높고 물은 깊은 차등이 불만이라,
산을 깎아 물을 메워 평등하게 할 것인가?
높고 낮은 양쪽이 서로 도와 대등하다.

유한과 무한은 둘인가 하나인가?
과학은 유한 측정, 철학은 무한 논란,
갈라진 유한과 무한 시가 맡아 하나로.

흑야에 달이 돋고, 백주에 천둥 번개.
극단으로 치우치는 파탄을 경계한다.
자연이 알려주는 말 알아듣고 따라야.

초목은 살아서, 금수는 죽고 나서

제 몸을 내놓는다, 상대방이 먹으라고.
차등은 억지 수작이고 대등이 진실이다.

암흑물질 찾으려고 외길로 가지 마라.
어둠이 밝음이고, 없음이 있음이어,
양극이 대등한 줄 알면 모든 이치 밝혀지리.

시비분별 넘어서면 만상이 자유롭다.
수식으로 묶은 것은 극단의 시비분별.
얼마나 어리석은가, 우상숭배 자승자박.

오늘이라 하는 것은 어제의 내일이고
내일은 다름 아닌 다음 날의 어제이니,
시간이 가버린다고 한탄하지 말아야.

좌측과 우측 사이 상하가 만나는 곳
대인은 언제나 그 중간에 자리 잡고,
누구도 돌출 못하게 가로막고 타이른다.

증거가 부족하고 수식을 찾지 못해
하던 작업 팽개치고 과학이 물러나면,
그 파탄 수습하는 수고 어느 누가 맡는가?

우주의 시작은 아무도 모르고,
궁극의 이론은 있을 수 없다면서,
과학이 내던진 과제 시가 맡아 번민한다.

증거로 말하자면 중간에서 막히고,
이론은 복잡해져 서로 얽혀 꼬이지만,

시는 걸릴 것 없어 하늘 높이 올라간다.

아는 것만 논증하는 과학에 매달릴까?
철학은 시야 넓고, 시는 더욱 트여
모르고 없는 것까지 모두 함께 말한다.

과학은 수식에 몸이 묶여 절름절름,
철학은 헛가락 장광설로 삐걱삐걱,
시가 가르쳐준다 말없이 하는 말을.

수식을 사용해 과학이 빛난다며
차등을 과시하다 자승자박 신세로다.
우주는 수식이 아니고 생극의 작동이다.

화초는 화려하고 잡초는 잡스런가?
화초는 가련하고 잡초는 당당하다.
학문은 잡초 편이라 당당하게 나가야.

잡초를 보아라, 얼마나 당당한가.
이름난 화초 따위 우습게 여긴다.
무참히 짓밟히고도 원망조차 안 한다.

신명의 바람이 어디선가 불어와
고목 덩치 무딘 삶을 흔쾌하게 흔들고,
바위의 벙어리 짓은 놀림감이 되게 한다.

산은 산인 줄 몰라도 산이고,
삶은 알거나 모르거나 삶이지만,
앎은 모르는 것까지 알아야 앎이다.

세상을 알려면 나를 알아야,
나를 알려면 세상을 알아야.
앎에는 선후가 없고 대소도 사라진다.

내 마음 마음대로 휘어잡지 못한다고
세상 일 가로맡아 마음대로 하려 한다.
이보다 더 어리석은 일 어디 있다 하겠나?

이것과 저것은 같은가 다른가?
'것'이어서 같으며 '이'와 '저'라 다르다.
한쪽만 옳다고 고집하며 다투지 말아야.

너와 나는 우리 되고, 우리 모두 무엇 되나?
인연으로 얽혀 있고, 사랑으로 맺은 관계
금수나 초목까지도 이어진다 하리라.

사소한 골짜기에 빠져서 헤매다가
사소한 것 긴요한 것 가려낼 줄 알면,
긴요한 봉우리에다 깃발 꽂고 올라선다.

어둠은 어둠이고 밝음은 밝음인가?
양쪽을 갈라내려 골짝에서 헤매다가
둘이 하나인 줄 알고 높이 높이 올라간다.

이쪽이 밤이면 저쪽은 낮이라,
밤낮이 따로 없고, 이쪽저쪽 둘 아니니,
골방 차등론 벗어나 대등론 넓게 보라.

있다 하면 없어지고 없다니 나타나,

유한은 무한이고, 무한이 유한이라.
유무를 가리는 수작 처음부터 잘못이다.

가해자는 의식파탄 정신이 혼미하고,
피해자는 의식각성 총명하게 일어나서,
차등론 버리라 하고 대등론을 활짝 연다.

강자는 자만하고 약자는 분발해,
강약 교체 선후 역전 겹겹이 얽히어,
역사는 마구 격동한다, 예측 불허 태풍처럼.

밝음은 사정없이 직선으로 돌진하고,
어둠은 무엇이든 원만하게 포용한다.
돌진이 포용과 다투면 어떻게 되겠는가?

힘 있다고 뽐내는 차등의 횡포는
자기를 망치고 남들도 괴롭힌다.
누구나 창조의 주역 대등론이 활로이다.

금력과 권력의 역겨운 냄새 탓에
코를 막고 숨을 죽여 죽은 듯이 지내다가,
대등론 맑은 공기에 생기를 되찾는다.

금력 권력 차등론 역차등도 청산하자.
좌우를 넘어서고 남북을 아우르며
대등의 큰 혁명을 힘을 합쳐 이룩하자.

종교며 정치 따위 차등을 다투어서
수직으로 얽힌 군상 밝히다가 밀려난다.

학문이 대등론으로 활인공덕 수행해야.

천지는 생생하고 만물은 당당해,
무엇이든 잘 되고 즐거움이 넘친다.
인간이 아니 빗나가면 차질이 없도다.

나는 모를 어느 곳에 숨은 동지 많고 많아
하던 작업 물려받고 새 연구 더욱 잘 해
앞날은 빛나리라고 굳게 믿고 마음 든든.

연구에는 승패판정 심판이 따로 없어,
경기하는 연구자가 심판 노릇 함께 한다.
논란이 치열해지면 공동우승 확대된다.

한 시대 끝이 나서 퇴장하는 무리는
어둠만 남았다고 언제나 말하지만,
보아라, 해가 다시 떠 새 시대 시작된다.

해는 날마다 잊지 않고 뜨지만,
시대 전환 선후 역전 거대한 공사는
뜻있고 힘 모은 쪽에서 성심껏 밀어야.

우주는 아주 넓고 별들은 무척 멀어
아득히 먼 곳에 저쪽 인류 없을쏜가?
우리가 없어지더라도 대등생극 탐구하리.

시간이 공간이고 공간이 시간이며,
있음이 없음이고 없음이 있음인,
궁극의 대등생극론 어디서든 알아낸다.

5

〈죽음〉

나는 죽게 되면 마침내 깨달을 것인가?
그 동안 말하고 글쓴 것이 사실이라고.

잘나고 못난 것 없이 사람은 누구나
혼자라 외롭고, 아무것도 먹지 못하는 처지에서
죽음을 즐겁게 받아들이는 것이 대등하다고.

죽음에서는 만인뿐만 아니라 만생도 대등해,
주위에서 돌아다녀 자주 보는 고양이나 비둘기,
산책길에 만나는 다정한 벗들 느티나무나 철쭉꽃,
실수로 죽인 파리, 공연히 뽑은 풀과도 동행한다고.

내가 잠시 지닌 원소들이 우주 공간에 흩어져 떠돌다가
다시 쓰여 이룩되는 새로운 생명은
사람이 아닌 무엇일 수도 있고,
아주 먼 곳의 전연 다른 사람일 수도 있어,
모두 남남이 아니라고.

생겨난 것은 사라지는 만물대등의 크나큰 이치가
타당하다고 입증하는 너무나도 작은 사례 하나,
그것이 내가 살고 죽은 내력이라고.

마무리

이제 이 책《문학으로 철학하기》를 마무리한다.《문학 속의 자득철학》3부작 전체를 되돌아보는 작업도 함께 한다. 얻은 성과를 간추리고, 무엇을 해야 하는지 정리해 말한다.

긴 여행을 끝내면서 다시 묻는다. 철학은 무엇이며 왜 하는가? 품격 높고 난해한 지식을 자랑하려고 철학을 하는 것은 아니다. 이런 依樣 철학은 철학에 대한 불신을 자아내고, 당사자도 허탈하게 한다. 악몽 같은 세월을 끝내야 한다.

부당한 주장이 세상을 지배해 해독을 끼치는 것을 그냥 두고 볼 수 없어 바로잡으려고 철학을 한다. 부당한 주장이 철학으로 무장하고 있어, 격파하고 시정하려면 대응이 되는 철학을 해야 한다. 이런 철학은 自得이어야 한다. 자득 철학은 문학에 있고, 문학에서 다시 이룩할 수 있다.

자득 철학은 일방적 주장이라는 비난을 듣지 않고 타당성이 인정되어야 한다. 이렇게 하는 작업을 슬기롭게 추진해야 한다. 의양 철학의 용어나 방법을 이용해 자득 철학의 논리를 구축하려고 하면, 무척 힘들고 성과는 미흡하다. 작전이 빗나가 패망을 자초한다. 새로운 논리를 허공에서 지어낼 수는 없다. 문학으로 철학하기를 적절한 방법으로 삼고, 이미 공감을 얻고 있는 논리를 더욱 생동하게 하는 것이 마땅하다.

부당한 주장을 격파하고 정당한 대안을 제시하는 것은 세상을 바로잡아 널리 혜택을 베풀고자 하는 노력이다. 유용성이 입증되어야 대안 제시가 정당하다고 평가되고, 진정한 가치를 가진다. 이것은 장래의 일이고, 실현이 지연될 수 있다. 결과를 보지 못하고 삶을 마감하는 것이 예사이다. 그래서 즐거움이 없다고 할 것은 아니다.

유용성은 타당성을 확보해야 기대할 수 있다. 타당성을 확보하는 작업은 당장 해야 한다. 이것이 크나큰 즐거움이다. 부당한 주장이 끼치는 피해, 반론 제기를 어렵게 하는 상황, 기대하는 대로 되지 않을 것 같은 암담한 전망, 이 모든 것이 가져다주는 참담함과 괴로움을 반론의 타당성을 확보하는 작업의 즐거움으로 몰아낸다.

이것은 군사 작전과 다르다. 군사 다르다. 작전은 실전에서 가치가 입증되지만, 반론 구성은 작전이 바로 실전이다. 상대방은 모르고 있는 상태에서 이미 승리가 확정되었다. 그 내역이 공개되기까지 시간이 필요할 따름이다. 학문 특히 철학의 역사는 글 속에서 바뀌고 상당한 기간이 지나 세상에서 확인된다.

나는 이 책을 써서 문학 속의 자득 철학이 부당한 주장의 지배를 타파한 전승의 기록을 찾아 세상에 내놓고 공인을 요청한다. 내가 한 작업도 함께 내놓는다. 이 모두를 알아달라는 것은 아니다. 독자가 분발해 자득 철학의 창조자가 되어 더 크고 긴요한 승리를 얻으라고 부추긴다.

자득 철학의 요체는 대등생극론이고, 만인·만생·만물대등론이라고 할 수 있다. 이것을 개념으로 이해하고 논리로 풀어내면 생명을 잃어 화석이 되고 말 수 있다. 누구나 지닌 창조주권을 생활 체험 속에서 발현해야, 타당하고 유용한 논의를 전개한다.

살아가는 언동 자체가 철학이지만, 오래 남고 널리 전달되며 토론을 통해 집성되려면 정착하는 표현이 필요하다. 철학 논설을 써서 자기 생각을 펴는 것은 아주 어렵다. 예사 글은 범속해지고 함량 미달인 것이 예사이다. 문학 창작을 표현 방법으로 삼으면 긴장된 논란을 집약해 전개한다.

철학과 문학이 거리가 멀어져 둘 다 빗나가고 있는 것이 문명의 위기이다. 철학이 문학이고 문학이 철학이게 해서, 함께 살려야 한다. 자득한 각성을 표출하는 철학, 깊은 통찰을 구현하는 문학, 이 둘이 하나가 되어 위기를 해결해야 한다.

거기까지 나아가는 것은 장래의 과제로 남겨두고, 지금 할 일을 분명하게 하자. 세 가지 중대한 과업을 수행하자고 한다. 모두 함께 외치자는 구호를 말한다.

유럽문명권이 세계를 지배하려고 조작한 근대의 차등론을 타파하자. 인류의 오랜 지혜인 대등론을 이어받아, 만인대등이 실현되는 다음 시대를 창조하자.

이기적 유전자의 실상을 알고 얻었다고 하는 절망을 씻어내자. 이기가 이타이고, 상극이 상생인 생극론이 차질 없이 살아 있는 사회에서 행복을 누리자.

사람다움 어쩌고 하면서 다른 생물과의 차이점을 자만의 근거로 삼는 억설을 바로잡자. 만인·만생·만물대등생극론을 하나로 연결시켜 분명하게 하자.

조동일

1939년 경북 영양 출신
1958년부터 서울대학 불문·국문과 학사, 국문과 석·박사
1968년부터 계명대학·영남대학·한국학대학원·서울대학 교수
2004년부터 서울대학 명예교수, 2007년부터 대한민국학술원회원
《한국문학통사》,《문학사는 어디로》,《대등의 길》등 저서 다수

문학 속의 자득 철학 3
문학으로 철학하기

2025년 4월 3일 초판 1쇄 펴냄

지은이 조동일
발행인 김흥국
발행처 보고사

책임편집 황효은
표지디자인 김규범

등록 1990년 12월 13일 제6-0429호
주소 경기도 파주시 회동길 337-15 보고사
전화 031-955-9797 **팩스** 02-922-6990
메일 bogosabooks@naver.com
http://www.bogosabooks.co.kr

ISBN 979-11-6587-803-0 94810
      979-11-6587-800-9 (세트)
ⓒ 조동일, 2025

정가 28,000원